DE AMORES E SEGREDOS

Do mesmo autor:

O regresso (romance)
Livro de sonetos (poesias)

De Amores e Segredos

Sergio Santos

Rio Branco 2019
Copyright © 2019 by Sergio Santos

Revisão: Margarete Edul Prado Lopes
Capa, Projeto gráfico e Diagramação: Sergio Santos

Dados Internacionais de Catalogação na Publicação (CIP)
(Câmara Brasileira do Livro, SP, Brasil)

S237d   Santos, Sergio, 1980-
          De amores e segredos / Sergio Santos.
– Rio Branco, AC: Amazon, 2019.

        ISBN: 978-85-911928-1-6

        1. Romance brasileiro.   2. Literatura
brasileira. I. Título.

           CDD: B869.3
           CDU: 821.134.3(81)

Índices para catálogo sistemático:

1. Romance: Literatura brasileira   869.93

Para Maria José

O tempo passa?
Não passa
No abismo do coração.
Lá dentro perdura a graça
Do amor, florindo em canção...

Carlos Drummond de Andrade

Palavras do autor

Este livro foi o primeiro que escrevi, embora não tenha sido o primeiro a ser concluído nem publicado. Na verdade, o primeiro livro que publiquei foi o terceiro que escrevi, *O regresso*. Este foi o primeiro que me perturbou a mente e pediu para sair. Saiu em poucos meses, cuja tarefa de escrevê-lo era diária, na casa de uma amiga, pois na época eu não tinha computador. Suas primeiras páginas foram datilografadas, o que me dava – confesso – muito prazer. Isso me enchia de uma presunção particular de ser escritor. Escrever era o meu ofício – ou seria um dia. No tempo em que eu datilografei e depois digitei essa narrativa, eu era um jovem leitor desesperado. Queria ler tudo, mas estava fisgado pela literatura americana, culpa de Sidney Sheldon e cia. Se o leitor observar bem, verá que uma Danielle Steel passou por aqui e deixou algumas lágrimas.

Não posso negar, porém, que a literatura brasileira também me influenciara naquele momento, pois eu também a lia. Mas a leitura que fazia dela, por questões óbvias, mais me afastava da escrita do que me aproximava. Eu não conseguiria escrever como escrevem os brasileiros – pensava eu. Eu não tinha tantas palavras para contar uma história, construir personagens. Eu gostava era da rapidez com que se narravam as aventuras e dramas dos livros americanos de literatura bem comercial.

Mas eu também não era um fanático pela literatura americana. Eu lia os russos, os franceses, os alemães. Mas de uma coisa eu tinha certeza: meu primeiro romance não teria a profundidade dramática de uma Clarice Lispector, nem a perfeição de construção narrativa como os romances de Gabriel García Márquez.

Este romance que você está prestes a ler teve duas versões e foi feito em partes: a primeira versão, a que escrevi na casa de minha amiga Maria José, ficou lá no seu computador até o dia em que um vírus também dividiu com ele o mesmo espaço; depois que voltei a reescrevê-lo, escrevi mais da metade antes de entrar na faculdade e o resto, depois que a terminei. Durante o período em que cursei Letras, quase não escrevi, sobretudo narrativas. Uma frustração abatera-me o ânimo de escrever, uma decepção de mim mesmo me fez parar. Somado tudo isso à ideia que eu tinha da literatura brasileira, minha frustração de escritor medíocre aumentou consideravelmente, a ponto de me impedir de escrever uma palavra sequer. Agora era que achava que não conseguiria jamais escrever um romance tão bem construído como os que eu analisara nas aulas de literatura. Esse era o motivo para demorar a pegar esta narrativa, que jazia em algum disquete de computador, prestes a ser perdido para sempre, pela segunda vez, e lhe dar um fim – um fim no sentido de terminá-lo, porque o fim de desaparecer eu já havia lhe dado quando subestimei um vírus de computador.

O fim veio depois de uns dois anos de concluída a faculdade de Letras. Eu não poderia me dar o luxo de deixar mais da metade de um romance sem terminar. E daí se eu não fosse uma Clarice Lispector, um García Márquez? Eu nunca seria mesmo. Ninguém o é, senão eles próprios. Eu tinha de me construir como romancista, e isso deveria começar quando eu pegasse o computador e desse continuidade a este livro. Pronto! Fiz isso.

Quando voltei a escrevê-lo, vivi um outro drama: minha escrita não era mais a mesma de tantos anos antes. Com certeza havia amadurecido em algum aspecto. E como eu faria para concluir um romance e não criar uma divisão do antes e do depois? Optei por revisar alguma coisa na primeira parte e não inovar tanto na segunda. Eu tinha de manter a escrita original, porque a narrativa foi assim concebida, com minha visão romântica de adolescente tentando entender o mundo adulto.

Eu não quero que o leitor pense que eu estou justificando a pobreza literária desse romance com essa história toda. Se a narrativa tem falhas, não se deve isso à imaturidade do escritor iniciante, mas do escritor que sou hoje, porque optei por manter o romance muito próximo do que ele era. Além disso, perdi há tempos o medo de minha escrita não ser digna de prêmios e reconhecimentos, tampouco não almejo mais chegar aos pés de Clarice ou de García Márquez. A qualidade – ou falta dela – não fica a cargo de mim, cujo único ofício é escrever o que me atormenta; fica a cargo do leitor, o qual, espero, não abandone este romance nos primeiros capítulos.

Dito o que se passou no processo de criação deste romance, resta-me agora esperar que o leitor se engrace de algo nessas quase duzentas páginas de uma história que durante muito tempo morou em minha cabeça e, hoje, espero, passe a morar na cabeça de algumas pessoas, porque escrever é compartilhar ideias, perturbações, desejos. Podem até dizer que escrever é um ato isolado, porque o fazendo sozinhos, na solidão de nós mesmos, mas escrever é um ato dialógico. Impossível eu negar estou escrevendo para alguém ler. O meu leitor é, inclusive, o motivo de eu escrever, porque ele é o meu ouvido, sempre. Os leitores em geral são, inevitavelmente, os maiores confidentes que possam existir, porque ouvem tanta confissão, que nós preferimos chamar de romance, para não ficar tão óbvio o que de fato fazendo quando escrevemos.

Boa leitura!

Sergio Santos

Prólogo

Ela mirou o homem à sua frente e tentou entender o que diziam seus olhos claros. Havia alento neles, mas ela não entendia o que era aquilo, por que aquilo. Apenas o olhou e viu que aquela vida seria deixada para trás. Bruno era o nome do rapaz com roupa de exército. Os outros, que usavam roupas iguais, ela sequer notou. Seus olhos se detiveram apenas no homem que a escolhera naquela noite, que lhe prometera uma vida nova, um lar, se ela quisesse se casar, um mundo que ela perdera quando cometera aquele crime terrível e depois sumiu.

Vida nova, minha cara, vida nova! E ela não conseguia expressar em palavras a felicidade que sentia, a não ser em um sorriso que insistia em se esconder. Talvez ela quisesse gritar sua felicidade, sua nova vida, mas não sabia como fazer. Perdera, nos últimos tempos, o dom de sorrir e de se expressar; vivia sob uma casca, uma mentira, uma fuga. Era uma criminosa e se a pegassem, iria para trás das grades. Era melhor que fosse dada como morta, que sua família chorasse sua perda, mas que ela estivesse livre, sobretudo agora, que parecia ter encontrado seu verdadeiro amor.

Ela entrou no helicóptero e se sentou ao lado dele. Despediu-se das outras meninas e deu um fim a uma vida que não poderia mais ter, viver. Tudo seria novo, tudo! O tempo se encarregaria de fazê-la aprender a viver a nova vida, como as plantas que se acostumam ao novo solo e ainda sim florescem na primavera. Mirou o rapaz de olhos claros e sorriu para ele.

Lá embaixo, a poeira cobria as pessoas que assistiam à saída do helicóptero, que ganhava os céus. Sim, eram os céus!

* * *

O padre iniciou a missa na hora certa, como era comum naquela paróquia. Os fiéis esperavam suas palavras, e a igreja estava relativamente cheia. O padre Bernardo lhe dissera que nos domingos era comum aquela quantidade de pessoas. Era um bom número para sua primeira missa; isso lhe deu ânimo e ele se sentiu seguro para pregar a palavra àqueles que, como ele um dia, procuravam uma palavra de conforto.

Olhava para os fiéis e só via rostos estranhos, com exceção de sua família, que se sentava do lado esquerdo do grande salão. Era a primeira missa dele a que sua família assistia. Na verdade, era a primeira vez que o viam como padre, depois de tanto tempo longe, em reclusão, no exercício de aprendizagem do sacerdócio. Estava feliz. Se houve em algum momento dúvida de que caminho escolhera, ali estava a certeza de que ser padre era o que estava destinado para ele. Uma satisfação inflou seu peito jovem. Ver as pessoas ávidas por suas palavras, por sua sabedoria e oratória, confortava-o. Tentou conhecer alguns dos rostos que lhe miravam, mas sabia que não havia ninguém ali que conhecesse. Iria conhecer aos poucos e com eles teria uma relação duradoura, já que estava ocupando aquela congregação para sempre ou até que a Igreja o enviasse para outro lugar.

Mas se enganou o padre quando achou que não havia um rosto conhecido além de sua família. E por mais que o tempo tivesse dado a todos a sua marca, mudado os rostos adolescentes de outrora em rostos adultos, ele conseguiu reconhecer o homem um pouco à sua frente. Não poderia ser! Era impossível que tão rapidamente ele fosse ficar de frente com... Não! Fugira daquilo desde que decidiu ser padre. Não poderia agora enfrentar aquele rosto. Ou estava preparado para isso? Teria ele estudado e se preparado tanto para não dar conta de enfrentar o próprio passado? Não, ele era mais forte que isso.

Tentando disfarçar a atenção tirada por um rosto aparentemente conhecido, ele seguiu sua pregação. Entretanto, quando seus pensamentos o invadiram com imagens, palavras, lembranças, dores, ele não conseguiu mais se manter firme. Uma dor aguda tomou-lhe o peito e sua mão se dirigiu ao local da dor; suas pernas não resistiram ao peso do corpo doente e ele foi ao chão.

LIVRO UM

Capítulo Um

Cruzeiro do Sul-AC, 1986

ssim que resplandeceu em céu cruzeirense o sol, o galo iniciou o seu matinal ritual do canto marcado, fazendo-se ecoar por todo o horizonte que amarelecia em contornos suaves no distante ver das curvas das matas verdes. Eram fins de novembro e os dias ficavam frescos, principalmente nas manhãs, que ali já não eram muito quentes. Além do galo, cantavam também alguns distantes pássaros, nas árvores altas que jaziam erguidas imponentemente ao fundo da paisagem.

Pequenas frestas de luz penetravam as finas fendas das paredes da casa, naturalmente causadas pelo tempo, que ali sempre batia com seu incansável cajado de vento e sol. Todos, com exceção de Teresa, ainda se aconchegavam nos braços de um sonho profundo, e já se sentiam inquietos com a presença do novo dia, que nascia com sua intensa luz pálida e quente.

Depois de Teresa, Marta foi a próxima a pôr os pés para fora da cama. Nem se viam quantas horas marcava o velho relógio pendido na parede por um prego já enferrujado, pois era um domingo e os compromissos não eram o motivo do despertar. A senhora calçou as sandálias e caminhou até a cozinha, onde Teresa, com o coador na mão, passava o café, ali mesmo produzido, o qual exalava seu doce cheiro pelo ar. Não se falaram e a senhora dirigiu-se até a porta da cozinha, abriu-a e deixou-se enlevar pelo vento que lhe acariciava a tez ainda jovem, apesar da idade.

Voltando-se para a empregada, Marta fechou a porta e dirigiu-lhe as primeiras palavras do dia:

— Faz tempo que levantou?

— Não, senhora, acordei cedo, mas vim para a cozinha faz pouco... — respondeu-lhe a jovem de longos cabelos negros, os quais, por conforto, encontravam-se presos num coque que só mesmo ela sabia fazer.

— Acho que os meninos não vão acordar agora não. Acho que vou é deitar mais... Hoje não tem quase nada pra fazer – dizendo isso, virou-se de costas e voltou para o quarto, onde na cama de casal, o marido dormia de borco e ressonava como quem tivera o dia todo a carregar pedras.

Parou por alguns segundos e o contemplou como se buscasse compreender algo ainda velado; riu displicentemente e em seguida, deitou-se na cama novamente, entregando-se à deliciosa sensação do descanso; cobriu-se lentamente e cerrou os olhos. Adormeceu.

Dali a algumas horas, outros membros da casa despertaram. O primeiro foi Caetano, que se levantou muito preguiçosamente, como sempre vinha lhe acontecendo, devido à raiva que sentia de ainda estar morando ali. Era um menino de pele maravilhosamente moreno-clara, cabelos pretos e olhos amendoados e vivazes. Pela idade, trazia no rosto ainda de menino, algumas espinhas que insistiam em nascer de vez em quando.

Seu desejo era também morar na cidade junto da irmã e lá estudar para ter uma profissão que lhe tirasse daquele serviço que detestava fazer, cuidar da roça. Tinha o jovem apenas 14 anos, mas trabalhava como qualquer homem, carregando peso e enfrentando o sol sempre implacável. Não queria aquilo para o resto da vida, mas seu pai não lhe queria deixar estudar na cidade. Marta já tinha tentado várias vezes pedir-lhe que deixasse o filho seguir o que gostava e queria, mas Osvaldo era por demais teimoso. Dificilmente, ele voltava atrás no que dizia.

Enquanto isso, o jovem menino vivia de sonhos e aspirações. Imaginava como seria conviver com muitas pessoas na escola, como seria conhecer essas pessoas e fazer parte daquele mundo que lhe parecia fascinante. Deparava-se, porém, com a intolerância do pai, que não mudava de opinião. Caetano tinha de aprender a cuidar da fazenda e mais nada. Afinal, ele seria o herdeiro daquilo tudo. Tinha que fazer jus à herança. Vivi dizendo o velho que não trabalharia para deixar herança, que todos tinham de trabalhar para poder herdar.

Porém, o pobre menino pouco queria saber da herança em forma de fazenda, com bois, vacas, cabras, bodes, terras, plantas... queria seguir um outro rumo, queria ser doutor em alguma coisa, ter o respeito dos outros quando adentrasse qualquer ambiente, muito bem vestido. Não queria ser eternamente aquele jovem sem conhecimento das coisas, sem título...

E seus dias passavam na esperança de um dia o pai lhe deixar estudar na cidade, assim como fazia a irmã, que já fazia o primeiro ano colegial. Ele não tinha passado da quinta, isso porque insistiu muito e o pai achou melhor que o menino deveria conhecer alguma coisa para ser esperto. Às vezes, ele tinha sonhos, nos quais aparecia se formando numa grande cerimônia, na qual estava o pai na primeira fila a olhá-lo com lágrimas nos olhos e sorrindo bestialmente como se seu sonho fosse vê-lo formado. Eram apenas sonhos, pois o menino vivia uma realidade de cuidar da fazenda com o pai quando este viajava. Fazia de tudo ali: tirava leite da vaca; carregava sacas de milho, arroz, feijão; capinava, brocava, queimava as coivaras... Nada disso lhe causava prazer, aliás, poucas coisas ali lhe causavam prazer... a não ser as visitas que fazia ao seu tio Manuel, irmão de sua mãe. Somente o seu tio parecia compreender o que ele realmente sentia em relação à vida; só ele mostrava-lhe o que ele gostava de ver; só ele lhe fazia os desejos certos e prazerosos. Somente ele lhe ensinava como obter prazer de coisas simples, como olhar e falar com os olhos...

Não sabia por que seu pai não gostava do tio, que era uma pessoa tão complacente e de ideias tão admiráveis; ficava horas a fio a ouvir o tio contando suas histórias inenarráveis... pelo menos para algumas pessoas aquelas histórias eram inenarráveis. Não conseguia imaginar a cara de seu pai ouvindo tudo aquilo. No início, quando o seu tio lhe contou a primeira história, ele ficou estático na cadeira, enquanto as suas faces enrubesciam diante do relato. Gostou muito, porque só em ouvir as aventuras narradas e muito detalhadas pelo tio, sentia friúmes por todo o corpo, causando-lhe estranhas e maravilhosas sensações.

Naquele dia, enquanto se levantava lentamente da cama dura, imaginava que argumentos usaria para convencer o pai a deixá-lo estudar na cidade com a irmã. Já havia pensado em tudo, mas sua intuição o convencia de que seu pai não aceitaria nenhuma delas. Pediria ajuda a sua mãe, afinal só ela compreendia os filhos que tinha e saberia interceder por eles. Por enquanto, deixou de lado as suas ideias, já que tinha algumas tarefas a cumprir naquele instante, antes mesmo de sentar-se à mesa para tomar o café, para o qual ele tinha que tirar o leite da vaca. Foi isso fazer antes que o pai cedo acordasse e ralhasse como gostava de fazer pela manhã, para iniciar o dia.

Já tinha pedido ao pai que pagasse alguém para lhe ajudar, mas o pai lhe dissera que era muito gasto e ele era o homem da família e, por isso, tinha de arcar com as responsabilidades que lhe cabiam. A mãe também era da mesma opinião do filho, mas não foi o suficiente para que o pai mudasse de ideia. Aliás, era muito difícil fazer o velho Osvaldo mudar as suas opiniões. Quando ele tomava uma decisão, nem questionamentos queria ouvir, mesmo que mais tarde viesse a se arrepender do feito.

Elizabeth foi a segunda a se levantar naquele dia. A bela jovem de longos cabelos castanhos e olhos incrivelmente azuis, cercados por longuíssimos e espessos cílios, levantou-se da cama também com a preguiça que o irmão sentia. Havia herdado os olhos dá avó materna, dizia sua mãe, que tinha olhos claros, não azuis, e sim um castanho quase mel. A preguiça da menina naquela manhã tinha outra explicação: no dia anterior não fora dormir muito cedo, como sempre fazia, visto que seus pensamentos divagaram por toda a noite. Um jovem rapaz de 18 anos, forte, de belíssimos olhos e braços, tinha-lhe roubado o sono, deixando-a rolar-se na cama por quase toda a noite, até que o cansaço de pensar e imaginar fê-la adormecer. Estavam namorando há pouco tempo – o pai dela não queria que ela fizesse outra coisa senão estudar. Os namorados deveriam vir depois, somente quando ela tivesse feito o magistério e se tornado uma professora, como deveria ser para as moças de boas famílias. Porém, a moça, manifestando interesse no rapaz e prometendo ao pai que não deixaria de lado o estudo, e que namoraria conforme a suas recomendações, bem como o rapaz pedindo pessoalmente ao pai dela que lhe deixasse cortejá-la, também prometendo que jamais lhe faltaria com respeito; o velho permitiu.

Desde então, os dois se viam todas as noites e ela comprazia-se com vê-lo toda vez sorridente e amável. Já tinha até pretensões de casar-se com ele. Via nele tudo o que queria para ser uma boa esposa. Existia, porém, um problema nisso tudo: ela passava parte do ano na cidade, enquanto ele ali ficava a esperá-la voltar, quando estivesse de férias. Foi ela obrigada a passar longe dele uns dois meses, desde o dia em que o pai os deixara namorar. Aquilo foi para ela muito difícil: vivia na solidão da cidade. Nunca havia sentido saudade dos pais e da casa, porque tinha frequentemente as amigas para lhe acompanhar, no entanto, depois que o colocara em sua vida, elas já não lhe serviam de companhia como dantes. Queria-o com os seus olhos de homem, com seus braços fortes e aconchegantes. Que o pai nem imaginasse os desejos que ela tinha em relação ao namorado! Ela sentia umas estranhas vontades quando perto dele estava e quando distante dele se encontrava. Aquelas sensações ela jamais havia sentido antes. Buscava uma compreensão para tudo aquilo, entretanto, o que ela sabia é que tudo nela tinha mudado. Afinal, tinha 16 anos e o seu mundo já não era mais o das bonecas e casinhas. Os anseios já não eram mais as brincadeiras de meninas, eram emoções e sentimentos que lhe confundiam a cabeça, e que lhe comprazíam deveras. Adorava sentar-se sozinha na cama e escrever cartas e cartas de amor para ele, embora não lhe enviasse nenhuma delas. Era só pela sensação de escrever sobre algo novo, algo útil. A maior virtude do amor é a proficiência que ele dá às coisas ao redor dos amantes, quando não a tira completamente. Como Elizabeth era inclinada à utilidade das coisas – tudo lhe fazia sentido, porque havia também grande sentido em viver, em gozar os prazeres simples das coisas – as cartas lhe faziam companhia à noite, quando não tinha mais alguém para ouvir as confissões. Desabafava com canetas e páginas e páginas de papel, que eram preenchidas lentamente, até que todas estivessem cobertas de contornos caprichados.

O amor tinha chegado à jovem Elizabeth e somente nele ela pensava, só para ele ela dedicava seus devaneios mais escusos e longínquos. A vida ganhara mais sentido e as cores eram mais vivas, os sons mais nítidos, a chuva mais encantadora, o vento mais delicado... Tudo tinha se transformado ao seu redor ou o seu olhar via tudo diferente? Ela ainda não sabia dizer ao certo – era ainda muito inexperiente para chegar a conclusões. Vivia ainda na colheita das experiências e de pouco sabia. Sabia apenas que amar era maravilhoso... e assim seus dias iam rompendo as paredes do tempo, rejuvenescendo-a cada vez mais, fazendo-a amadurecer.

O que mais vinha lhe tirando o sono era o fato de que em breve – uma semana – voltaria para a cidade e viveria mais um tempo longe de Pedro e de todos os seus encantos. Lá ficaria a passar os dias, as horas, os minutos, os segundos a se lembrar dele e de tudo que o fazia ser o que ela imaginava que ele era ou pelo menos o que ele parecia ser para ela.

Assim que se levantou, foi para a cozinha, onde encontrou Teresa, colocando o leite no fogo para ferver. Riu-lhe timidamente e depois se sentou numa das cadeiras da mesa; espreguiçou-se e bocejou.

– A mãe ainda tá dormindo, Teresa? – foi o que perguntou à moça.

– Ela acordou, mas voltou pra dormir de novo – respondeu-lhe a empregada, passando as mãos no pano de prato.

– Caetano já acordou?

– Já. Deve estar lá fora, não sei fazendo o quê.

Ela levantou-se e se dirigiu até a porta, de onde olhou e viu o irmão sentado num grande tronco de árvore, que no fundo do quintal fora deixado há muito tempo. Ficou a contemplá-lo e a imaginar quais seriam os seus pensamentos. Em que ele poderia pensar àquela hora da manhã? No que pensavam os homens? Desde que começara a namorar o jovem Pedro, começou também a perceber que o mundo era dividido entre homens e mulheres e que havia muita diferença entre eles, que não eram apenas diferenças físicas. Havia toda uma ideologia por trás dessa imensidão separatista, e apenas com aquele contato que vinha tendo com o namorado, ela começou a pensar nesse outro mundo.

Continuou a olhá-lo sem que ele a percebesse. Ela sabia que o desejo do irmão era ir com ela para a cidade. Seria nisso que ele estava pensando? Ela também queria que ele fosse. Não lhe agradava a ideia de vê-lo sempre ali, naquele lugar, trabalhando sem nenhuma perspectiva. O pai tinha que pensar naquilo e perceber a importância que teriam os estudos para Caetano também. Tentaria falar com ele novamente para ver se desta vez ele deixaria que o irmão fosse junto com ela. Seria mais alguém para lhe fazer companhia. Lá ela ficava com a irmã de sua mãe – uma senhora já de certa idade e com ideias não muito conciliáveis. Precisava de companhias de alguém de sua idade ou próxima, papel este das amigas que às vezes lá dormiam. Contudo, elas não estavam lá todos os dias. Muitas vezes se sentia só, quando chegava um final de semana em que não recebia nenhuma visita de Glorinha ou Solange, suas inseparáveis amigas, que tinham também os seus problemas. Caetano seria uma excelente companhia. Apesar das diferenças entre os dois, davam-se muito bem e raras vezes brigavam. Nem pareciam os irmãos das amigas, que estavam sempre a procurar confusões, como mexer em seus pertences. Os meninos não pareciam saber que as coisas das meninas não deveriam ser tocadas, porque diziam respeito apenas às donas? Na verdade, eles faziam aquilo propositadamente, para que elas ficassem irritadas. Os meninos adoravam vê-las irritadas.

Elizabeth sentia que seu irmão era diferente dos demais. Aliás, sempre notou que ele era um menino diferente de todos que conhecia. Era sempre mais calmo, mais complacente, embora não fosse completamente tolerante. Tinha os seus limites, mas não se impunha agressivamente, como se tivesse defendendo um segredo. Ela sabia que entre os meninos do círculo de amizade dele, ele era visto como o diferente, que agia muitas vezes contrário aos outros sem nenhuma explicação. Os meninos, com uma maldade talvez ainda inocente, provavelmente porque não conheciam a gravidade de suas palavras, chamavam-no de maricas, o que o irritava profundamente, fazendo-o passar semanas sem dirigir a palavra aos agressores. Ela não sabia, porém, ele, atualmente, estava sabendo mais a administrar essa situação. Principalmente depois que conversara com seu tio sobre a alcunha que lhe queriam pôr. O tio sabia conversar sobre aquilo sem nenhum receio. Ele já tinha enfrentado aquilo há muito tempo – talvez fosse até por isso que Osvaldo não lhe tinha apreço.

Ela deixou-o com seus pensamentos e voltou para a cozinha. Mal se sentou novamente, seu e pais e sua mãe entraram cozinha adentro.

– Cadê o Caetano? – o pai lhe perguntou.

– Tá lá fora – Teresa se prontificou em responder.

– Chame ele pra tomar café. No domingo, é bom ter a família reunida na hora do café. – A sua voz era como sempre muito grave e firme. Dava até medo, às vezes.

Teresa foi chamá-lo, enquanto os donos da casa ocupavam seus lugares à mesa. Quando abancados já estavam, Caetano adentrou a cozinha timidamente. Vinha pensando em falar com o pai sobre sua ida...

– Senta, menino – ordenou-lhe rispidamente o pai.

Aquele não seria o melhor dia para lhe pedir. Deixaria para outro dia, quando o pai estivesse menos mal humorado. Sentou-se na cadeira e começou a tomar o seu café.

O silêncio era o grande imperador daquele ritual matutino. Ouviam-se apenas os maxilares trabalhando e evitando fazer muito barulho. Alguns poucos sons extraídos do bater de copos, colheres e pratos harmonizavam-se com o som dos dentes em processo de mastigação. Quando o silêncio já estava se tornando insuportável, uma voz o cortou:

– Caetano, meu filho, seu pai tem uma boa notícia pra você. – A voz da mãe lhe soou como uma melodia de ninar.

Os pensamentos do menino se misturam de tanta ansiedade em saber de quais novidades a mãe se referia. Os olhos brilharam quais vaga-lumes à noite.

– Fala, Osvaldo.

O velho encarou a todos no ambiente e, ressumbrando a situação, disse o que todos queriam ouvir.

– Bem... – pigarreando –... eu pensei um pouco melhor e acho interessante te deixar ir para a cidade estudar, com sua irmã.

Aquilo pareceu tão irreal que o menino demorou certo tempo até ter a certeza de que o pai lhe falava sinceramente. Indescritível era o seu estado de felicidade. Via-se não apenas nos olhos a imensidade da alegria pela notícia; seu corpo todo ressumbrava aquela sensação vitoriosa.

O que se viu em seguida foi que todos ali estavam felizes por isso. Ninguém nem ousou perguntar ao velho o motivo da mudança, pior, talvez custasse a voltar na palavra recente. O que se percebeu foi que os olhos de Marta demonstravam cumplicidade. Intimamente, os filhos lhe agradeceram. Porém, como é comum ao ser humano, a curiosidade começou a se apoderar das mentes dos ali presentes. Caetano, então, não conseguia deixar de questionar a si mesmo sobre que motivos tinham levado o pai a mudar de ideia. Imaginou coisas até inimagináveis, sem obter respostas convincentes. Teria sido a presença do seu tio, que o pai tanto detestava e queria vê-lo distante de seu filho? Não se sabia, o rapaz só sabia da novidade misteriosa.

– Isso quer dizer que amanhã mesmo vocês vão ter que ir pra cidade. As aulas de Elizabeth começam na outra semana e você precisa ainda ser matriculado – essas coisas todas.

O peito do menino encheu-se ainda mais de felicidade, enquanto o da irmã esvaziou-se. A semana que teria ao lado do namorado, que já era curta, ainda mais se reduzira. Teria de ir embora no dia seguinte e aquilo era horrível. Viu-se claramente isso em seus olhos e em todo o semblante de jovem. Pelo menos, poderia vê-lo naquele dia para se despedir e pedir-lhe que fosse visitá-la sempre que possível. Não poderia viver distante dele por muito tempo.

Depois, o café seguiu tão silenciosamente como dantes, porém um silêncio agradável e até melódico, confortável.

– Você já vai amanhã? Mas por quê? – incrédulo, o jovem queria a resposta do seu infortúnio. Logo agora que os dois estavam tão bem.

– Porque o Caetano também vai comigo e a mamãe precisa procurar vaga pra ele, matricular, essas coisas todas. Por isso nós temos que ir mais cedo. Por mim, eu ficava mais um mês aqui contigo. – E nisso, ela deu mostras do que pretendia fazer se ficasse: beijou-o ardentemente, como até então não ousara fazer.

O rapaz até estranhou, porque ela sempre tinha umas desculpas quando a mão dele escorregava sem querer em determinados lugares do corpo dela. Se o beijo era também um pouco mais demorado ou por demais invasor, ela já reclamava. Sabia que tinha de ir com muito tato para conseguir que ela liberasse certas restrições e que já vinha obtendo êxito em algumas delas, como a mão nas pernas. O beijo daquele jeito lhe pareceu um sinal de que muita liberdade viria pela frente. Não questionou por que lhe foi de muito agrado tê-lo conseguido sem muito esforço. Se prosseguisse mais, conseguiria até algo mais ousado como...

Nem ousou pensar naquele momento, embora ele sentisse muita vontade de tentá-lo, pois já não conseguia mais resistir aos beijos e abraços daquele corpo tentador que ele tinha nos braços. Por isso, às vezes, ele não conseguia controlar certas manifestações naturais de seu corpo, o que o deixava envergonhado, mas lhe dava um ar ainda mais sedutor. Ela adorava, embora lhe dissesse que não era para ele fazer aquilo, que deveria se controlar. Ela sabia que aquilo era mostra do que ele sentia por ela e do que também queria fazer. Não queria agora, embora gostasse de vê-lo um pouco mais excitado que o normal. Naquele momento, por exemplo, soube que seu beijo tinha causado no rapaz certo embaraço e reações adversas e constrangedoras. Para não evidenciar o fato, esquivou-se um pouco dele para não lhe sentir o entusiasmo. Naquele dia, ele queria que ela sentisse que o seu corpo pedia coisas que ele não conseguia controlar e, por isso, aproximou seu corpo um pouco mais junto ao dela para que ela sentisse o...

– Calma, seu assanhado! – Ela protestou cinicamente, como que disfarçando o seu desejo também oculto. Não esquecera os conselhos que lhe tinham dado as amigas e a mãe: jamais deixar que ele perceba que ela quer também. Por mais que sentisse vontade, ela deveria mostrar-lhe o contrário, para que ele soubesse que ela era uma moça séria e também para que ele a quisesse ainda mais.

– Tá bom, eu vou me controlar, mas é que...

– Não tem que nada... Você disse que ia se controlar. – Ela tentou parecer muito séria, todavia, um sorriso aparecia no canto de seus lábios. Na verdade, seu temor se devia à figura severa do pai, que a mataria se soubesse de seus atrevimentos.

– É porque eu vou ficar tanto tempo sem você que...

– Não inventa.

Fez-se um silêncio.

– Quando é que você vai me visitar?

– Eu acho que o papai tem que deixar umas coisas lá na cidade daqui umas duas semanas. Acho que dá pra eu ir com ele. Senão, só daqui uns dois meses, a não ser que eu vá por conta própria.

– Se der, você vai, tá?

Os dois estavam de namoro enquanto suas mães conversavam. Assim que acabassem o papo, dona Marta voltaria para casa e levaria Elizabeth consigo. Suas mães eram amigas de muito tempo e, sempre que possível, Elizabeth convencia a mãe de ir visitar a amiga, como tinha feito naquele domingo. Os dois aguardavam no quarto dele, cuja porta deveria ficar apenas encostada, claro. De lá, conseguiam ouvir um pouco da conversa com os circundantes na sala, embora não lhes desse a menor importância. Seu Osvaldo, claro, não estava com ela, senão não a teria deixado ir até o quarto dele. Como se sentisse o momento da despedida, beijou-o novamente com toda a ânsia que ele queria que ela manifestasse e só interromperam o ato quando ouviram a voz de Marta a gritar, chamando-a.

– Eu preciso ir – disse ela, desvencilhando-se dele.

– Vai não... fica comigo.

– Ah, seu bobo. Você sabe que não dá pra eu fazer isso. Eu preciso ir. Tchau. – Ainda o beijou uma última vez.

Desta vez, a ardência do beijo causou no rapaz um friúme em todo o corpo que o fez estremecer com a estranha sensação que sentira. Não via a hora de revê-la e de ficarem a sós. Queria que ela experimentasse novas sensações que ele tinha experimentado uma vez e adorara.

– Assim que der, eu vou te ver, tá? – Ele sorriu-lhe com ar de cumplicidade.

E ela devolveu-lhe o agrado com o mesmo sorrisinho e se foi...

Deveriam ser umas 5h quando Marta avisou Caetano que estavam prestes a sair. Aquilo foi tão especial para o menino, que ele se sentiu em tal estado de êxtase, que nem respondeu à mãe; permaneceu flutuando naquela verdade. Iria para a cidade sem precisar voltar uma ou duas semanas depois, e, o melhor, ficaria lá para estudar, como sempre sonhara. O lugar onde vivia não era de todo mau; tinha suas vantagens, tinha os seus valores. Adorava brincar com os outros meninos de sua idade, correr montado no cavalo que ganhara de seu pai e a apostar corrida com o Juninho; banhar-se de açude todos nus a brincar de manja, do pega. Ali passara uma infância muito boa, reconhecia. Só lhe faltava a possibilidade de estudar, o que ele almejava há muito tempo. Daquele lugar, ele levava muita recordação e levava também a certeza de que ali só voltaria para visitar umas poucas vezes. Em breve, ele estaria na capital ou numa cidade ainda maior. Aquele lugar não era o seu lugar; ele sentia isso.

Levantou-se da cama e foi buscar a sua mala, na qual continha os seus poucos pertences: algumas roupas, alguns brinquedos e jogos, a revista que seu tio lhe dera e que nunca ninguém viu – nem poderiam ver. A pressa da decisão do pai nem lhe permitira se despedir dos meninos direito. Havia falado com apenas alguns, os que moravam mais perto. Eles lhe entenderiam a pressa. Pensou em apenas chegar ao lugar mais esperado desde que percebera que morar naquela fazenda não fazia parte do seu sonho de vida. O que ele mais queria era conhecer pessoas novas, que tivessem muitas ideias, que fossem mais esclarecidos que os colegas que tinha, os quais só pensavam em brincar, em brincar e em brincar. Ele já estava prestes a ser tornar um homem. Tinha de pensar em coisas novas, mudanças. Aquele lugarzinho não lhe ofereceria isso.

Quando chegou do lado de fora, encontrou Elizabeth e sua mãe já dentro do carro, enquanto seu pai, abrindo a porta, gritava-lhe pelo nome. Correu antes que ele se zangasse. Depois da mudança de decisão, era recomendável não fazê-lo irritar-se. Entrou na carroceria da caminhonete e acomodou-se. Lá havia mais uns vizinhos que aproveitavam a carona. Deu uma última olhadela em todo aquele mundo verde que o cercava e respirou fundo como se o respirasse pela última vez. Ouviu o barulho do carro sendo ligado e sentiu quando o solavanco indicava que já partiam. O verde aos poucos foi tomado pelo amarelo alaranjado da poeira que cobria o céu, impedindo-o de ver o lugar onde passara oito anos de sua vida.

Capítulo Dois

A sensação da saída não é igual à sensação da chegada. O coração de Caetano quase soltou do peito quando percebeu que estava chegando à cidade, embora ele já tivesse ido lá várias vezes. De longe, ele avistou o rio e a balsa que se dirigia para buscar as pessoas que acabavam de chegar. De longe, também avistou a Catedral Nossa Senhora da Glória, imponentemente erguida. Aquilo o fascinava de tal forma, que ele se enlevava quando a via. Era a mão do homem trabalhando e criando beleza, uma beleza indescritível, eternamente contemplável. Aquele mundo agora lhe pertencia, era ali o seu novo cenário, seu novo lugar.

Desceu do carro e dirigiu-se em direção à balsa que se acostava à margem do rio. Era visível em seus olhos a emoção que sentia de estar ali, não simplesmente porque estava ali, e sim porque estaria sempre ali, a partir daquele momento.

Já a pobre Elizabeth não se conformava em ter-se separado do jovem Pedro, tão cedo. Poderiam conviver por mais uma semana, mas... Tentou nem pensar mais nisso, já que em breve ele iria visitá-la e ela também o poderia fazer. Assim que fosse possível, daria um jeito de ir vê-lo. Enquanto esse dia não vinha, cuidou de se animar mais um pouquinho. Seu semblante espelhava muito a sua dor, ao mesmo tempo em que contrastava com o do irmão, que era só felicidade.

A cidade apenas os observava. Cada um com seu fardo para carregar, buscando amenizar o seu peso para não sofrer tanto. O rio ainda dançava brandamente, como quem sutilmente tenta seduzir, sorrindo com seu jeito tímido de jogar-se nas margens, umedecendo a terra já tão acostumada a ver-se refrescada com tanta delicadeza. Tudo ali tinha vida, aliás, tudo tem vida. O ser humano é que nunca observa o outro, a não ser que esteja buscando ver a si próprio. Ele faz de si o referencial para tudo e quando não se vê no centro, recusa o outro das coisas. A areia que não era tão branquinha deitava-se preguiçosamente como se nada tivesse a fazer, como não tinha, deixando-se pisar pelas pessoas que por ali passavam. Ele tinha chegado à cidade, entretanto, o que mais queria era iniciar na escola, na qual poderia conhecer outras pessoas e com elas poder conversar sobre tudo, como não podia fazer no lugar onde morava...

Depois que chegaram à cidade, sua mãe procurou a escola onde Elizabeth estudava. Havia, por precaução, guardado as transferências do menino, pois há muito planejava convencer Osvaldo a deixá-lo estudar na cidade. Não havia falado ainda com a diretora da escola, mas conseguiu uma vaga, mesmo que já estivesse perto de se iniciarem as aulas. Quando retornou para casa, Caetano ficou maravilhado com a notícia de que iria estudar. Temia que não encontrasse vaga àquela altura. Não sabia se seria bom ou não estudar na mesma escola que a irmã. Iria saber disso com o tempo.

No dia seguinte, desceram para o centro da cidade ele, sua mãe e Elizabeth, para comprarem os materiais escolares. Embora Elizabeth se animasse com isso, pois adorava comprar; ninguém ressumbrava mais prazer que o menino Caetano. Nunca havia feito aquilo como deveria ser de fato. Quando estudava no ramal em que morava, o pai mal lhe comprava um caderno e um lápis. Dessa vez, a mãe ia comprar tudo que era necessário, além da mochila para carregar todo o material. Ele ia para a escola se sentindo gente, com a autoestima elevada. Na cidade, tudo era diferente do campo. Aqui, as pessoas reparavam nas outras, observavam o que tinham e o que não tinham, de modo que estar bem vestido e levar o material adequado era mais que necessário. Seu pai não entendia isso, coitado! Conhecia somente o campo e sua vida rústica, sem luxo algum. Ele, que lia em alguns livros e sabia pelas conversas com seu tio, sabia que na cidade era preciso outro comportamento. Ele estava se preparando para isso ao comprar seu material conforme a lista que lhe fora dada. Dali a alguns dias sua aula teria início, e ele iria conhecer uma porção de gente, fazer novas amizades, conhecer um outro mundo, viver um outro mundo.

Ninguém estava tão ansioso quando Caetano.

Marta conseguia enxergar a emoção do filho diante de seu sonho, de sua vontade. Por isso se esforçara para convencer Osvaldo a deixá-lo ir. Sabia que naquele fim de mundo seu filho não seria ninguém, além de um fazendeiro. Não que ser fazendeiro não servisse, pois seu marido era e além de feliz era realizado financeiramente. Osvaldo gostava do que fazia, ao contrário de Caetano, que vivia sufocado naquele ambiente que não o satisfazia plenamente. Sentia-se Marta tocada pela nova fase que o filho enfrentaria. Sabia que aquela mudança seria muito importante e que traria uma série de outras mudanças. Só temia que tudo desse certo, que seu filho conseguisse enfrentar o que viria pela frente. Talvez ele não desse pelas mudanças que viriam, pois apenas queria realizar seus sonhos. Ela, que tinha a sensibilidade materna de ver além dos outros, sabia que mais cedo ou mais tarde, o filho enfrentaria as dificuldades típicas de quem era como ele. Um aperto pungiu-lhe o coração, fazendo-a respirar fundo.

Sabia ela que a ida para a escola e a convivência com pessoas mais maduras era o melhor para Caetano. Que o tempo e as pessoas lhe fossem complacentes. Ela torcia por isso.

Eram vários os rostos que, meio nervosos e ainda tímidos pelo novo ano letivo que se iniciava, procuravam seus nomes nas listas pregadas às portas. Dentre os vários, um se destacava, não pela beleza ou qualquer outro atributo estético, e sim pelo entusiasmo com que adentrava naquele ambiente juvenil, cujo som era notoriamente alegre e vivaz. Era uma profusão de sons que se esbarravam e se amontoavam, que quase nada se ouvia quando se falava em tom normal. Era a maravilhosa manifestação do poder e da vitalidade juvenil; o encantador festejo dos que ainda procuram conhecer os mistérios da vida. Jovens e mais jovens desfilavam maravilhosos rostos expressivos e inocentes. Meninos e meninas se olhavam de longe e se perguntavam o que era aquilo que os faziam rir timidamente como se tivessem diante do desconhecido e do assustador. Não estavam? Sim, estavam e era esse mistério primeiramente que queriam desvendar. Como poderia fazer para desvelá-lo? Ainda não sabiam, mas empenhavam-se muito nisso e era exatamente por isso que os olhares eram lançados, como iscas, os quais poderiam ou não ser correspondidos. Quando havia correspondência e olhares, era maravilhoso. Precisavam apenas romper as barreiras da timidez e trabalhar bem a conversa, o assunto, o jeito de se expressar, pois havia os exigentes, os perfeccionistas – para alguns, os chatos. No entanto, isso tudo fazia parte daquele mundo tão abertamente fechado, do qual os adultos já tinham feito parte, embora não recordassem mais como tinha sido e como deveriam agir para reingressar nele de novo, agora não mais como participante ativo, como apenas um elemento vigilante dos atos impensados dos imaturos.

Essa era a delícia da juventude: a liberdade vigiada, o que suscita necessariamente na profunda ânsia de transgredir as leis dos adultos. Por isso, tudo era maravilhoso e os jovens eram sempre ousados e buscavam aventuras inenarráveis e até arriscadas, apesar de deveras prazerosas, cuja consequência, em certos casos, era desastrosa.

E, naquele meio de tantos rostos e corpos e gritos e espalhafatos, encontrava-se o jovem Caetano, que a tudo olhava com olhos curiosos. Uma curiosidade intrigante para os que o viam daquele jeito ousado e ao mesmo tempo tímido – ousado por perscrutar tudo ao seu redor, tímido por não enfrentar os que o fitavam de volta. Seus olhos investigavam cada ação que na sua frente se passava. Nada lhe escapava ao olho aquilino.

Quando estava dentro da sala, sentou-se ele numa das filas encostadas na parede, localizando-se exatamente entre um jovem sardento e ligeiramente obeso e um outro, que lhe chamou mais a atenção, um rapaz de pele clara e perfeitos cabelos negros, levemente caídos sobre a testa, a qual brilhava, resultante da oleosidade típica dos adolescentes. O rapaz não aparentava ter a idade que deveria ter. Tinha em seu rosto a marca de uma barba cheia, que lhe deixava a tez levemente azulada. Além disso, via-se nitidamente que ele já passara por muito tempo pela puberdade, enquanto a maioria dos que ali estavam ainda ingressavam com seus medos e falta de jeito. O que mais ainda lhe chamara a atenção no precoce rapaz foram os olhos verdes e profundamente penetrantes, cuja expressão chegava a causar arrepios.

Caetano nunca tinha visto alguém tão expressivo e bonito, porque o jovem, somando todas as características físicas, era incrivelmente bonito. Deveria ser ele o preferido das garotas, como já constatara, porque algumas meninas já o olhavam interesseiramente. O rapaz de olhos verdes se sentia muito bem com aqueles olhares vários.

Caetano apenas o olhava meigamente, como que o admirando, porque via nele algo semelhante ao seu futuro. Não se sentia tão belo quanto o jovem rapaz, mas sabia que também possuía sua beleza. A diferença era que a beleza do desconhecido rapaz era diferente, agressiva, máscula demais para a idade que deveria ter. Isso era o que chamava a atenção dos outros. Caetano não era diferente, porque até mesmo os outros meninos tinham-lhe lançado um olhar desconfiado e talvez invejoso. Ele não era essa maravilha, apenas se destacava diante dos outros.

Quando entrou a professora na sala, uma jovem senhora de curtos cabelos grisalhos e sorriso muito aberto, todos se voltaram para frente a contemplá-la. Ela era muito engraçada, alegre e conseguira chamar a atenção da garotada, que a olhava com muito prazer. Depois que ela se apresentou e disse chamar-se Teresa, pediu que todos se apresentassem. Assim, Caetano soube que o rapaz em questão se chamava Cláudio. Era ele também um rapaz de voz muito grossa, melódica. Imaginou que poderia ser ele um bom cantor.

Naquele dia, na escola, só isso ficou sabendo sobre o rapaz que lhe chamara a atenção. Todavia, no dia seguinte, começou a conversar com algumas pessoas, principalmente as que perto dele tinham se sentado, inclusive o rapaz bonito, com quem dialogou um pouco, entretanto, o suficiente para com ele estabelecer alguma ligação ainda muito despreocupada, mas boa. O jovem Caetano precisava, sentia a necessidade de conversar com alguém, conhecer gente. Nem todos naquele ambiente pareceram ser agradáveis para fazer amizade. Olhando discretamente e buscando fazer uma pequena análise sobre os colegas, selecionou cuidadosamente alguns.

No final da aula, quando já se levantava para sair, Caetano ouviu uma voz firme e que lhe soou também familiar. Como poucas vozes dali conhecia, identificou a voz do jovem Cláudio. Virou-se para ele e ouviu:

– Você mora aonde?

– No Copacabana. E você?

– Moro lá também...

E os dois iniciaram um pequeno diálogo, que foi se alongando, de modo que terminou quando os dois já se despediam para irem em direção às suas casas, num trecho em que não dava mais para seguirem juntos. Não estavam longe de suas casas, o que lhes permitiu andar um bom espaço e se conhecerem um pouco mais.

Assim, Caetano ficou sabendo de algumas coisas sobre o novo colega. Cláudio era filho de pais separados; morava com a mãe e raramente via o pai, que morava em Rio Branco e era dono de um supermercado. Tinha 15 anos, gostava de vídeo game, e sua mãe era enfermeira e trabalhava no Pronto Socorro. Ele estava na mesma série que Caetano porque havia perdido dois anos, em função da separação dos pais, que foi traumática para ambos, sobretudo para o menino. Sua mãe havia feito tudo, no entanto, ele se recusava a ir para a escola. Quando ia, nada fazia, o que diminuiu consideravelmente o seu rendimento. Um ano havia sido perdido. No ano seguinte, ele brigou com a mãe e foi morar com o pai, que estava morando em um município distante, onde também não havia escola. Seus pais eram contra ele ir para um lugar onde não pudesse estudar, mas como ficando com a mãe de nada adiantou, deixaram-no ir, lamentando mais um ano perdido. Depois de muito conversar com ele, seu pai conseguiu fazê-lo voltar para a escola, e era aquele ano em que ele conhecera Caetano. Prometera ele que assim que concluísse o ensino fundamental, levá-lo-ia para Rio Branco. Por isso agora ele parecia ter vontade de estudar, embora tivesse ainda três anos para compartilhar com a mãe, com quem ele vinha tendo uma relação um pouco difícil.

O rapaz era muito solitário – era possível perceber isso nos seus olhos verdes, que pareciam buscar uma companhia. Ele mesmo contou que não tinha irmãos por perto e não se relacionava muito com os garotos de sua escola. Sua mãe era muito mal-humorada e por isso ele não gostava de levar colegas para casa, embora a mãe lhe pedisse isso, alegando que ele precisava conversar com alguém, divertir-se. Na verdade, sentia o jovem saudades do pai, que lhe era mais atencioso que a mãe. O pai, porém, estava em outra cidade e agora se divertia com a mulher com quem se casara há uns quatro anos, assim que se fora dali definitivamente.

Os dois adolescentes conversaram tudo que tinham para conversar num primeiro papo. Caetano adorou tudo aquilo, porque finalmente tinha iniciado uma amizade; não estava se sentindo tão sozinho. Via a irmã cheia das amigas e ele, solitário, porque ainda não tinha dado tempo para estabelecer contato com ninguém. Naquele dia, foi para casa mais leve, mais feliz.

No dia seguinte, foi ainda melhor, conheceu mais gente: a Glorinha, o Jonas, a Fabiana, enfim, alguns de seus colegas, que não pareceram tão chatos, embora não fossem também tão adoráveis quando o jovem Cláudio. Naquele dia, voltaram para casa juntos novamente. Andavam cerca de um quilômetro da escola até o lugar em que se separavam para pegarem ruas diferentes. Apesar de o trajeto ser curto e por isso não lhes permitir dividir por muito tempo a companhia um do outro, conversaram muito sobre tudo o que puderam conversar. Falaram sobre o que queriam ser quando terminassem os estudos, do que gostavam, e até filosofaram, mesmo sem a pretensão para isso. Discutiram assuntos abstratos e chegaram às garotas. O jovem Cláudio, como Caetano esperava, já tinha algumas experiências com garotas, todavia, não estava namorando ninguém, embora não lhe faltassem pretendentes. O jovem Caetano, por sua vez, ficou tímido ao dizer que não tinha tido ainda nenhuma aproximação com garotas, nem beijo.

Cláudio deu uma risadinha, depois confortou o amigo, dizendo que era normal e que ele apenas tivera a tal experiência recentemente, quando já tinha quinze anos. Tinha ele a precocidade a seu favor: a aparência de homem atraía mais as meninas. Entretanto, ele não estava se importando muito se estava sozinho, sem garotas; passara tanto tempo na solitude, sem amigos; não seriam as garotas as companhias perfeitas. Aprendera a ser sozinho e não sentia tanta falta assim de gente. Também se sentia feliz de conhecer o jovem Caetano. Ele lhe parecia muito mais agradável do que os outros garotos com quem tinha alguma intimidade. Os dois pareciam se completar muito bem enquanto amigos. Estava nascendo ali uma grande amizade...

Naquele dia, quando Cláudio voltou para casa, sua mãe ainda não tinha saído para trabalhar. Encontrou-a sentada no sofá, vendo televisão. Chamava-se Josefa, era uma mulher ainda bonita, embora tivesse o olhar triste e sinais de uma mágoa eterna. Tinha os cabelos castanhos e com alguns fios brancos ainda discretos. Lábios finos, sobrancelhas finas e arqueadas. Baixa estatura e silhueta magra, olhar firme, aparência sisuda.

Mesmo tendo-a notado, ele nada disse quando entrou. Foi direto para o seu quarto. A relação com sua mãe não estava na melhor fase. Sua mãe parecia acusá-lo da sua infelicidade, pelo menos era o que ele achava. As desavenças entre eles eram muito comuns e ele vinha se saturando de tanta briga, e aumentando a saudade de seu pai. Diversas vezes, o garoto pedira para ir morar com ele, mas ela não deixava. Esse era seu jeito de torturar os dois. Ela nunca admitira o fim do casamento e por isso não entregou a guarda do menino ao pai. Por perceber que os dois se davam bem, ela fez questão de separá-los. Havia deixado que ele fosse morar com o pai um curto período, nunca definitivamente. E não escondia que não queria os dois juntos, quando ainda estavam em processo de separação, ela lhe dissera secamente que ele nunca levaria Cláudio. O menino nunca a perdoou quando ouviu aquilo de sua mãe. Foi desse momento em diante que se iniciaram as brigas constantes. O que amenizou a situação foi a promessa de ele voltar a estudar para poder morar com o pai.

Contudo, dali até o dia em que terminasse os estudos, teria mais três anos com ela, e temia, sinceramente, que os pais mudassem de opinião.

Quando ele falava com o pai por telefone, implorava que ele fosse buscá-lo, e seu pai se esforçava para tentar explicar que não era tão fácil assim, mas que queria muito levar o filho com ele. Nessa saudade intensa, Cláudio vivia solitariamente. Os amigos tornavam-se menos, porque de repente ele começou a se fechar. Vivia no seu quarto jogando videogame ou vendo televisão ou lendo alguma coisa. Morava com a mãe, no entanto, quase nunca se viam. Ela era enfermeira no hospital central da cidade e seus plantões o deixavam sozinho algumas noites. Quando isso acontecia, ele dormia muito tarde ou nem dormia. Quando ela estava em casa, obrigava-o a dormir, e ele acatava suas ordens, para evitar mais discussões com ela.

Naquele dia, em que ele chegou da aula, ela gritou por ele quando este passou por ela e foi direto para o seu quarto. De lá, ele ouviu os gritos e sentiu raiva por isso. Esperava que ela não tivesse um daqueles ataques que costumava ter. Não queria mais discutir com sua mãe, queria viver em paz com ela até o dia em que iria morar com seu pai. A vontade que tinha era fugir, mas tinha medo do que ela fosse capaz de fazer para prejudicar seu pai. Ele não queria isso.

Saiu do quarto e foi ver o que ela queria.

– Seu pai ligou. Você vai ganhar um irmão, sabia?

Ele ficou olhando o jeito como ela falou aquilo. Sentiu qualquer coisa de uma mágoa envolvendo a notícia. Percebeu isso pelo modo sarcástico e o sorrisinho maldoso que ela fazia quando queria ser má. Ela sabia que o sonho dele era ter um irmão, sempre pedira isso. Porém, ela dizia-se arrependida de ter dado a Mauro, o pai de Cláudio, um filho. Se pudesse, teria feito aborto ou nunca teria engravido. Toda vez que Cláudio ouvia aquele discurso perverso, sentia mais raiva da mãe. Não gostava de ter sentimentos desse tipo por uma mãe, mas era isso que ela lhe incitava a sentir.

– Por que você está me dizendo isso?

– Você sempre quis um irmão? Taí, seu pai está lhe dando.

– Estou muito feliz por isso. E mais feliz por saber que esse irmão não é filho seu.

Aquilo seria o suficiente para o início de uma discussão daquelas. Ele, inclusive, esperou a reação dela. Estava preparado.

No entanto, ela não disse nada. E não disse para não aceitar a provocação dele. Sabia que ele dissera aquilo para iniciar mais uma discussão e não estava a fim. Ao contrário do que ele esperava, levantou-se, pegou sua bolsa e deixou a casa.

O ódio consumiu Cláudio naquele momento. Como ela fazia aquilo? Não tinha sangue? Ofendera a mãe e ela não disse nada. Era o jeito superior de ela se vingar dos comentários dele, ignorando-o. Até quando teria de aguentar aquilo? Não via a hora de ir embora para junto do pai. Enquanto isso não acontecesse, não teria paz. Ele desabou no sofá e mudou de canal, nem se deu conta de que as lágrimas rolavam pelo seu rosto adolescente.

A jovem Elizabeth, enquanto via o irmão fazendo amizades e se sentindo menos solitário, ficava a pensar no namorado que lhe prometera uma visita, e que tivera de adiar porque tinha de ajudar o pai nos trabalhos da fazenda. Não via ela a hora de revê-lo, de beijá-lo... Não suportava ficar ali na cidade cercada de amigos, e distante do homem que amava. Será que o amava mesmo ou era só impressão causada pelo primeiro contato com um rapaz? Ela já se perguntara isso várias vezes e analisara o seu comportamento, o que sentia, o que achava que ele sentia, e chegou à conclusão de que o amava. Poderia até ser um amor adolescente, uma paixão, mas ela queria viver e curtir isso da melhor forma possível: perto dele. Entretanto, isso estava cada vez mais difícil. Já estava com quase um mês que não o via e estava morrendo de saudade. Recebera apenas recados e cartas. Tudo bem que eram cartas maravilhosas, cheias de declaração de amor e, como era natural em Pedro, manifestação de ciúmes. Estava sempre lhe perguntando se por lá não estava ela a paquerar outros rapazes. Isso era a única coisa em Pedro que a irritava: o ciúme. Não suportava o ciúme desmedido e inexplicável do namorado, que lhe sufocava. Isso era tão marcante que ela andava até selecionando os garotos da escola com quem conversava. Evitava os mais enxeridos, para não permitir nenhuma brincadeira que lhe viesse prejudicar futuramente.

E vivia sozinha, esperando que um dia ele resolvesse fazer-lhe uma surpresa. A companhia do irmão a mantinha mais desligada de Pedro, entretanto, não era suficiente. Ele sim era necessário. Era dele que ela precisava. Os discos, os livros, a televisão, nada disso lhe chamava mais a atenção. Andava pelos cantos triste e sozinha, e não fazia questão de ter companhias.

Capítulo Três

– arta, hoje vem almoçar aqui o rapaz que tive que contratar pra me ajudar na fazenda. – Osvaldo entrou na cozinha, onde Teresa, na beira do
fogão, assoprava as brasas, e Marta, na mesa, catava o feijão. – Sem Caetano aqui fica
muito difícil pra você e Teresa e eu mesmo. Ele vai me ajudar na lida e em qualquer
coisa que nós precisar.

– Eu também acho, querido. Quem é o rapaz, eu conheço?

– Não, é um rapaz novo que apareceu por aqui e procurava emprego. É conhecido de seu Tibério. Foi só por isso que eu contratei. Seu Tibério disse que o rapaz é
de confiança e muito trabalhador. – Osvaldo pegou a garrafa de café e se serviu.

Sorveu o líquido quente e fumegante rapidamente e fez menção de sair, virando-
se para a mulher:

– Tenho que ir ver com o Seu Sebastião como é que vai ficar o negócio do café.
Volto pro almoço. Acho que trago o rapaz.

Marta assentiu e ele deixou o ambiente. Que bom que Osvaldo tinha pensado
em colocar alguém para ajudá-los. Caetano fazia muita falta porque fazia os serviços
mais pesados, que ela e Teresa não conseguiam. Além da ajuda dele, como estava
com saudades dos filhos. Agora não podia contar com nenhum deles. Pelo menos se
confortava em saber que daquela forma os dois estavam garantindo um futuro que
realmente lhes interessava, principalmente Caetano, que parecia não gostar nada do
serviço da fazenda. Já Elizabeth, iludida pela paixão que nutria por Pedro, pensava
mesmo era em se casar e ser dona de casa. Parecia que nem a vida das colegas a
quem tanto admirava não tinha sido suficiente para fazê-la escolher outro modelo
de vida. Sua mãe ficava feliz com isso porque sabia que a filha estava num caminho
também certo e namorava um rapaz que era digno de confiança. Elizabeth faria um
bom casamento e constituiria uma família maravilhosa, como o seu pai desejava,
pois já falava em netos.

Na sua solidão de esposa e mãe, Marta detinha-se apenas em catar o seu feijão,
cujos grãos pareciam lhe olhar profundamente, tentando analisar o que se passava
naquela cabeça. E passava... Ela ainda não conseguira entender o motivo que levara
Osvaldo a deixar o filho estudar na cidade. Havia insistido tanto e ele sempre se
negava. Porém, de um dia para o outro, havia lhe tido que o deixar ir. Ela tinha uma
suspeita, e precisava verificar. Era isso que iria fazer assim que tivesse uma folgui-
nha: iria visitar o irmão. Ele deveria ter a resposta que ela queria. Osvaldo não era
homem de mudar de ideia assim de uma hora para a outra, sem que algum interesse
seu estivesse por trás de tal gentileza.

Levantou-se e foi em direção ao jirau, pondo-se a lavar o feijão.

– Teresa, você já matou a galinha?

– Sim, senhora. Tá lá esperando o sangue descer pro pescoço. Já botei até a água
no fogo pra pelar.

Teresa era o que se podia dizer de uma pessoa discreta. Era ainda muito jovem –
não deveria passar de vinte e dois anos. Pouco falava e não fazia questão de notar-se

presente, embora não fosse feia; até possuía certa beleza, que se ocultava por trás das roupas que vestia. Não tinha namorado porque não queria, já que alguns rapazes a paquerassem. Ela, tímida e ainda ingênua, recusara os pedidos. Por enquanto, não tinha as pretensões de casar ou algo parecido. Contentava-se com trabalhar e fazer seus bordados, para os quais tinha um talento generoso – fazia verdadeiras obras. Era também boa cozinheira e muito educada. Morava a poucos quilômetros dali com os pais e os irmãos e, às vezes, dormia na casa da patroa quando era necessário.

Marta bateu na porta, mas não ouviu nenhuma resposta. Viu então que a porta estava apenas encostada e a empurrou, abrindo-a lentamente. Chamou ainda pelo irmão, e ainda sim não obteve nenhuma reposta. Foi entrando lentamente na casa, com certo receio. Eram irmãos, todavia o grau de intimidade não lhe permitia adentrar a morada dele sem lhe pedir ou anunciar-se. Ainda chamando-o, entrou em todos os quartos, até encontrar o irmão, que dormia profundamente na rede que balouçava um pouco e emitia um fino som cortante e irritante também. Pensou em deixá-lo dormir, mas tinha andando bastante para isso. Delicadamente, aproximou-se da rede e a sacudiu levemente, chamando pelo irmão.

Ele abriu lentamente os olhos e a fitou. Que bom ver a irmã, que mesmo morando perto, pouco lhe visitava. Raras eram as vezes que ali ela ia, porque o marido não lhe deixava. Não se davam bem os dois cunhados e por isso os sobrinhos e a irmã, de quem tanto ele gostava, eram prejudicados com a sua ausência. Todavia, Manoel era meio indiferente àquilo tudo e tinha suas razões. O que tinha acontecido entre ele e o cunhado estava nas profundezas de seus medos. Aquilo jamais poderia vir à tona, aliás, aquilo não deveria sequer ser lembrado. Muitas vezes tivera ele vontade de sumir e buscar outros rumos, porém, tinha certo receio em começar tudo de novo, uma vez que precisava, antes de tudo, de um incentivo para largar tudo o que possuía, o que não era pouco. Dentre os fazendeiros daquelas bandas, era um dos mais importantes. Sua criação bovina era uma das mais cobiçadas, porquanto constava de peças de raça superior. Ganhava o que precisava para viver com a sua solidão. Se desistisse, teria de começar de novo, e não se sentia mais com idade de recomeçar, embora lhe fosse muito tentadora essa possibilidade.

Viu a figura alta e bonita de sua irmã à sua frente e sentiu-se tão confortável, de um jeito, que a menção de lágrima a lhe brotar dos olhos foi notória. Ergueu-se e, aproximando-se dela, deixou-se cobrir por seus braços de mãe.

– Mas que milagre ver a senhora por aqui, dona Marta. – seu riso fraternal era tão confortável quanto o abraço dela.

– É... mas eu estou aqui. Como é que você está, meu irmão? – um sorriso iluminou-lhe a face sofrida.

– Estou como Deus manda e como vivem os solitários.

– Deixa de ser dramático, Manoel. Você sabe que não dá pra eu te visitar sempre que sinto saudade. Oswaldo é do jeito que você bem conhece.

– Eu conheço muito bem o seu marido, Marta, e não quero nem te questionar por me visitar tão pouco. Afinal, nem na sua casa eu vou. Faz quanto tempo que eu não piso lá? Faz muito tempo... ah, mas não vamos ficar pensando nisso agora. O que te trouxe aqui?

Marta ficou séria tão repentinamente, que a perspicácia de Manoel fê-lo descobrir: Caetano. Aquilo novamente?! Era muito chato discutir aquilo e ele não estava disposto a voltar atrás no que já tinha lhe dito antes.

— Acho que você já sabe do que eu vim falar.

— Acho que sei, Marta, e não sei o que você quer saber agora.

— Quero saber o que você tem a ver com ida de Caetano para a cidade. Eu sabia que Oswaldo não deixaria o menino ir assim pra cidade, sem mais nem menos. Alguma coisa tua tem aí por trás. O que você fez?

Ele respirou fundo e tentou começar, porém aquilo era demasiadamente constrangedor para ela que era mãe. Mas...

— Eu tive uma conversa com Oswaldo. Aliás, tivemos uma discussão. A discussão resultou na ida do menino.

— E o que vocês discutiram? É isso que eu quero saber.

— Ah, Marta, a mesma coisa de sempre. A arrogância do seu marido e a minha vida particular que ele não aceita e que eu também não faço questão que ele aceite. Ele me ameaçou dizendo que se eu não expulsasse o Caetano quando ele viesse aqui, ele não responderia pelos seus atos. Então eu também não fiquei calado e disse que ele poderia fazer o que quisesse, mas eu não iria expulsar o menino, que não tinha culpa de ter um tio gay e um pai ignorante como ele. E que se ele quisesse realmente proteger o filho dele, tinha que afastar ele de mim porque eu não iria expulsar o pobre menino assim, sem mais nem menos. A criança não tinha culpa de nada. Absolutamente nada. Ora, você nunca proibiu os meninos de me visitarem, por que ele tinha de proibir?

— Você conhece Oswaldo, Manoel. Ele... ele é muito teimoso e você sabe como ele é com esses assuntos. Mas foi só isso?

— Não... — fez ele uma pequena pausa — eu também disse que se ele tinha medo do menino virar gay, que se despreocupasse, porque isso não pega e que se o menino já tivesse nascido assim também não tinha cura. Era tarde.

— Meu Deus! Eu não queria ter visto isso. O que Oswaldo disse?

— Me ameaçou dizendo que se eu não calasse a minha boca, que iria calar à força. Foi então que eu disse que ele me fizesse calar se pudesse, se ele era tão homem assim como ele dizia, porque era para devolver tudo o que ele me fizesse.

— Meu Deus do céu! E o que ele fez?

— Nada. Ficou calado. Ele pensa que é quem? Meu pai? Paciência, Marta, eu já passei da idade de ficar calado ouvindo as ordens dos outros só porque eu sou gay. E olha que isso nem é evidente. Aqui só quem sabe mesmo é você e o seu marido e... — tentou calar-se antes que ela...

— Quem mais, Manoel? — com medo, arriscou: — Caetano? Você conversou isso com o Caetano?

Virando-se para não fitá-la nos olhos, ele confirmou:

— Conversei. Ele sempre soube de tudo, Marta. É um menino muito inteligente, sente as coisas no ar. Até parece eu quando era pequeno.

Aquilo foi muito pungentemente fundo nela. O que ele queria dizer com aquilo tudo? Nem ousou lhe perguntar por que não queria ouvir a resposta. Talvez fosse demais pesada para ela suportar o peso, embora já pressentisse que o filho era diferente. Apenas fingiu estar bem, porém, o irmão tinha a perspicácia da sensibilidade para percebê-la conforme cada mudança de gesto. Fitou-a nos olhos e lhe disse o que sempre quis lhe dizer:

– Marta, não adianta fechar os olhos para a obra da natureza, você sabe que não.

Ela baixou a cabeça e procurou um lugar para se sentar e achou uma cadeira que estava encostada na parede. Sentando-se, permaneceu de cabeça baixa apenas a ouvir o irmão, que lhe dava golpes com suas palavras, sem querer feri-la.

– Há muito tempo eu venho prestando atenção no comportamento de Caetano e tudo me leva a crer que ele é um garoto diferente dos outros. Isso não é o fim do mundo, Marta, mas é algo preocupante porque o lugar em que nós vivemos não permite ao garoto ser feliz. Por isso mesmo, eu cheguei a falar aquilo para o seu marido, para ver se ele mandava o menino pra longe daqui. Vai ser muito difícil pra ele viver aqui, sendo do jeito que ele é. A escola é o melhor lugar pra ele.

Lágrimas finas e lentas começavam a correr pelos olhos da mãe, que ouvia tudo muito calma e tristemente. Ela também já tinha percebido algo, mas não deu a mínima importância, porque não queria pensar naquela possibilidade. O filho não merecia aquilo, meu Deus! Era duro demais nascer daquele jeito. Ela não sabia como lidar com aquilo. O que o seu irmão tinha dito ao garoto a despeito daquilo? Teriam suas palavras ajudado o pobre menino? E seu pai quando soubesse, se um dia soubesse? Meu Deus, como sofria aquela mulher, que em desespero materno, correu e abraçou o irmão, que a aceitou confortavelmente.

Ficaram ali por algum tempo abraçados, enquanto lá fora um vento leve iniciava sua dança sutil, buscando mais tarde um levíssimo chuvisco, cobrindo o céu de um finíssimo branquejado, que lembrava uma manhã orvalhada.

Quando voltou para casa, Marta avistou, em seu quintal, sentado num toco velho que há muito jazia ali inerte, um rapaz de feições muito rudes, porém, de visível beleza, mesmo que meio oculta, como se não quisesse se mostrar, por medo, ela aproximou-se timidamente. Ele se sentava muito erguidamente e dava uma leve impressão aristocrática. De longe, somente percebeu mesmo o porte de alguém que muito trabalhava, pois se notavam, de longe, os braços fortes e torneados, que fugiam da manga rota da blusa já com sinais de encardimento. Tinha os cabelos muito negros e lisos e também muito fartos, embora curtos como conviessem a um rapaz simples e, pelo visto, sério. Ela o via mesmo de meio perfil e pouca impressão podia tirar do estranho, de quem não tinha a menor ideia de quem fosse.

Aproximou-se a senhora na intenção de melhor ver o rapaz e questionar-lhe a visita. Quando ela se viu muito próxima, a ponto de fazer o jovem se virar, Marta sorriu gentilmente para não encabulá-lo e deixá-lo à vontade. O homem virou-se rapidamente e fitou Marta, com curiosidade e timidez, denunciada pelos olhos que se estreitaram e o corpo que se encurvara sutilmente. Tentou ela não deixá-lo assim, mas foi inútil; o rapaz parecia ser muito tímido.

Dirigiu-se a ele:

– Bom dia, você...

– Eu sou o rapaz que seu Oswaldo mandou...

– Ah, sim, o rapaz que ele disse que viria trabalhar aqui... – interrompeu ela, sorrindo amigavelmente, deixando-o mais solto.

Marta fez de início a sua análise a respeito do rapaz, que parecia ser muito trabalhador, e era também muito bonito, o que mais chamou a sua atenção. Os olhos eram miúdos e claros – algo entre o verde, o azul e o mel – e eram cercados por fartos cílios negros como negras também eram as sobrancelhas grossas, porém bem desenhadas. Os lábios do jovem, então, eram o que mais chamavam a atenção; eram grossos e de um traço vivo, marcante, e uma cor suave, um leve vermelho rosado. Eram como desenhos pintados numa tela que formava um rosto também pintado e esculpido em generoso formato muito másculo, interessante, que jazia sobre um corpo que fê-la também refletir como em determinados momentos o ser humano se perdia ao deleitar-se na contemplação de coisas tão simples e tão belas como era a figura humana. Aquela era uma figura humana maravilhosa de se olhar, ela reconheceu, e ficou feliz em saber que o tal jovem trabalharia ali. A beleza lembrava um pouco a sua juventude, quando conhecera rapazes quase tão belos quanto o estranho que estava à sua frente. Isso lhe trouxe lembranças felizes – era maravilhosa a sensação do passado feliz, embora também se sentisse muito feliz com a vida que levava ao lado do marido e dos dois filhos, a quem tanto amava.

Como convinha a uma senhora casada e séria, tentou disfarçar o espanto com a beleza do rapaz, sorrindo-lhe agora mais seriamente, como se buscasse se impor. Com voz mais firme e concentrada, perguntou o nome dele, obtendo como resposta:

– Paulo, senhora. Eu me chamo Paulo.

– Paulo. – repetiu ela quase sussurrando. – É... o meu marido saiu, mas daqui a pouco chega. Ele disse que quando voltasse, traria você. Acho que você acabou chegando primeiro. Não quer entrar para esperar? Enquanto isso você toma um café. – Convidou ela, arrependendo-se em seguida, como receio de ter se achado deveras ousada, visto que era uma mulher casada e estava diante de um homem cuja beleza causaria em qualquer marido o ciúme e nos vizinhos um mexerico.

– Obrigado, senhora. Eu prefiro esperar ele aqui fora. Agradecido. – O rapaz, ao agradecer muito timidamente, pareceu-lhe ainda mais encantador.

– Ao menos aceita o café? Vou pedir para Teresa lhe trazer. – Sem que ele dissesse que sim nem que não, ela sorriu-lhe mais uma vez e entrou, deixando-o à sombra da mangueira, sob a qual ficava o toco, no qual o jovem logo se sentou e pôs-se a ajeitar na cabeça o chapéu que trazia nas mãos. "Mas que dona bonita é essa mulher do seu Oswaldo", ainda falou em pensamento, a rir intimamente, o jovem, antes mesmo que Marta desaparecesse pelo canto da casa.

Assim que entrou na cozinha, encontrou Teresa a cortar umas cebolinhas com toda a lentidão que lhe era peculiar e que, às vezes, chegava a causar irritação na patroa. Mal pôs os pés dentro de casa, interrogou a empregada:

– Faz tempo que o rapaz tá aí?

– Não, – respondeu Teresa, aligeirando-se mais na atividade que desenvolvia e soltando um sorrisinho, que Marta, de início, não compreendeu. – Ele chegou faz uns quarenta minutos.

Fez-se um pequeno silêncio, enquanto Teresa completou o seu pensamento:

– É ele que vai ajudar o seu Oswaldo, é?

– É.

– Oh, moço bonito, né, dona Marta?

Aquilo não a agradou muito, embora tivesse de admitir que a empregada tinha razão.

– É... é muito bonito o moço, Teresa. Mas vê se não vai arrastar asa muito cedo pro lado dele não, viu? – Completou ela, tentando dar um tom de brincadeira às palavras, ao passo que recebeu a resposta:

– Eu, hein! Só disse que ele é bonito.

E as duas riram internamente, para não transparecerem nada mais do que era para ser percebido.

– Vá deixar um copo de café para o rapaz. Mas tome jeito! – Disse ela sorrindo para a empregada.

Teresa também sorriu e foi em direção à garrafa de café.

De todas as novidades, a mais importante, mais marcante, mais gostosa, era ter conhecido Cláudio, com seus problemas, suas ilusões, seus delírios, seu riso, sua alegria triste, seu encanto. O mundo do jovem Caetano foi, pouco a pouco, sendo preenchido pela presença do novo amigo, que se manifestava único em tudo, na conversa, no modo de agir, nas ideias... Ele parecia muito especial e não era apenas porque era uma boa companhia. Algo muito superior a tudo aquilo era também a explicação para aquela amizade tão forte e rápida. Não sabia ainda o jovem explicar, mas nutria, pelo amigo, um carinho especial que nunca sentira por alguém. Não sabia o que realmente era, também sabia que não tivera amigos suficientes para poder comparar os sentimentos. Aquilo seria a manifestação de uma forte amizade? Se fosse, que maravilha seria isso. Gostava de acompanhar-se de Cláudio, de modo que todos os dias fazia questão de acompanhá-lo até o pedaço em que se despediam e, às vezes, por insistências de ambos, ficavam sentados na beira da calçada esperando que o assunto se esgotasse, o que nunca acontecia. Depois se levantavam e não diziam mais nada; despediam-se apenas. Voltavam a se ver no dia seguinte, quando novamente conversavam com total eternidade.

E o que o jovem Cláudio achava de tudo aquilo? Estaria ele também a sentir a mesmas coisas em relação a Caetano? Achava este que sim, porque o amigo era muito solitário, como ele mesmo lhe confessara.

Agora, por exemplo, estavam os dois trepados na mangueira que ficava nos fundos da casa de Caetano. Já estavam ali há horas, conversando coisas que só faziam sentido para os dois – tudo fazia parte do mundinho que estavam criando aos poucos. Assim iam passando os dias, como dois eternos cúmplices...

Capítulo Quatro

Naquela noite, Elizabeth se sentiu mais feliz. Não soube, a princípio, explicar por que sentia aquilo, mas ficou sabendo quando sua tia lhe disse que Pedro estava chegando e no dia seguinte viria visitá-la. A alegria tomou conta da jovem apaixonada. Seu humor melhorou assustadoramente, de modo que a tia, em comentário irônico, disse-lhe:

— Já não era sem tempo ele vim. Você estava ficando insuportável.

Ela sabia que estava chata, mas...

— Eu tava tão chata assim, tia? — Perguntou ela, segurando com as pontas dos dedos o pingente preso ao cordão fino de ouro, presente de sua mãe.

— Pergunte pro seu irmão.

Caetano, antes que lhe pedissem a opinião, assentiu com a cabeça.

— Ai! — lamentou a moça, soltado largo sorriso. — Agora o meu humor vai voltar, viu tia? Que horas ele chega, amanhã?

— Me disseram que ele chega à tardinha. Isso quer dizer que a senhora não vai perder aula, viu mocinha.

— Tá, tia.

A tia olhou-a meigamente e se lembrou da época em que suspirava quando ouvia o nome do namoradinho. Como eram bons aqueles tempos e como era ainda melhor saber que tudo aquilo ainda acontecia com as jovens de hoje. Gostava de ver a paixão nos olhos dos jovens. Sentia pelos meninos o amor que sentiria por seus filhos se os tivesse tido. Não pudera ser mãe, mas ensaiava e vivia essa sensação como os sobrinhos, que eram tão amáveis. Sentia pelos dois um amor infinito, principalmente pelo jovem Caetano, que sempre lhe encantara por tudo, pelo carisma, pela educação, pelo jeitinho tímido.

A felicidade dos dois era tudo para ela. Devia isso a sua irmã e aos dois jovens. Por isso vinha se preocupando com o jovem Caetano, porque sentia que algo vinha lhe acontecendo. Via-o inquieto e não conseguia entender. Seria a puberdade que vinha lhe tirando um pouco a paz? Afinal, ela notava que ele passava por transformações e isso deveria refletir em seu comportamento. O que mais notava eram os momentos em que o jovem se dedicava aos devaneios. No que deveria pensar quando passava horas, calado, sem nem olhar para o mundo externo?

Esse era o motivo de sua preocupação. Amava o sobrinho, mas não se sentia ainda com intimidade suficiente para interrogar-lhe. Por enquanto, iria vigiá-lo.

Mas ninguém poderia penetrar nos pensamentos do jovem Caetano. Ele guardava tudo tão secretamente que ninguém conseguiria encontrar a chave para abrir e saber o que ele sentia. Ninguém nunca saberia, nem mesmo... Ele nem queria pensar nessa hipótese; tudo estava tão bem daquela forma e nada precisava mudar. Era possível viver tudo aquilo sozinho, sem ninguém.

Ninguém precisava penetrar seu mundo e encontrar lá os motivos de suas contemplações, de seus devaneios. Tudo deveria permanecer profundamente oculto e distante de todos. Não queria dividir aquilo com ninguém, ninguém. Porém, não conseguia muito disfarçar que algo lhe ocorria. Às vezes, ele sentia que deixava transparecer que algo consigo se passava. Mas imediatamente tentava desviar a atenção dos outros. Assim, ia vivendo seu segredo...

Nem mesmo o seu amigo poderia saber... Aliás, Cláudio era muito desligado de tudo que se passava ao seu redor. Vivia voando quando o próprio Caetano com ele conversava. Quantas vezes não tivera que interromper sua fala porque o amigo já não ouvia nem uma palavra do que estava falando? Já perdera as contas e sempre ficava encabulado quando isso acontecia; queria penetrar profundamente nos pensamentos do amigo. Cláudio parecia querer lhe contar tudo o que se passava em sua vida, mas algo muito forte ficava travado e não saía de seus lábios. Caetano sabia que tinha muito ainda a ser descoberto. O que seria? Perguntava-se sempre que o via divagando, como se não estivesse nesse mundo. Dava tudo para saber daqueles devaneios...

Havia momentos que em ficavam ali os dois, calados por horas... como se o mundo estivesse parado. Nem se olhavam... buscavam ver algo que nem eles compreendiam... algo muito distante e quase inalcançável. Caetano já nem se imaginava mais sem o amigo. Os dois se completavam de tal forma que não mais se separavam. Eram um para o outro o irmão que ambos sempre quiseram e não tiveram. Caetano tinha Elizabeth, mas não era a mesma coisa: queria um irmão para poder conversar sobre coisas de meninos, brincar com coisas de meninos. Cláudio, por sua vez, nem irmã tinha. Tudo indicava que o pai lhe daria um irmão, mas este ainda era muito pequeno; não servia. Enquanto a vida não lhes dava o que desejavam, seriam irmãos. Era ainda melhor, pois não brigavam como fazem os irmãos de verdade. Não que não discordassem, porém, conheciam e respeitavam um ao outro a um ponto que não chegavam a discutir com gravidade: sabiam a hora certa de recuar para não magoar o outro. Caetano era mestre nisso. Cláudio era mais teimoso, mas sem ser chato. Era gostoso discutir com ele e insistir até que ele ficasse trombudo e fizesse silêncio. Como era gostoso o silêncio de Cláudio; ouvia-se apenas a sua respiração suave e ritmada, como uma canção.

Caetano ficava olhando o amigo, que perdia o olhar e não reparava no mundo à sua volta. Ficava horas a contemplá-lo, sem que ele mesmo percebesse. Certa vez...

— O que você está olhando?

A voz do amigo lhe derrubou do penhasco de seus devaneios e fê-lo voltar a si.

— Eu?... olhando o quê?... eu....

— Eu é que te pergunto? O que você estava olhando? Estava olhando para mim sem piscar o olho. Tá me estranhando é, mané?

— Eu não... Eu só olhei e comecei a pensar. Não estava olhando pra você; estava pensando.

— Pensando em quê?

Aquela pergunta fê-lo estremecer.

— Ora... ora... num monte de coisa. Você também não vive pensando? Eu também posso pensar. — fez transparecer que estava meio zangado, para ver se o amigo não mais lhe interrogava.

— Eu, hein! — riu tão meiga e lindamente que fez o amigo também sorrir cumplicentemente.

Quando Elizabeth viu a mãe, não acreditou que ela veria também o seu querido Pedro. Sorriu-lhe tão feliz, que a mãe chegou a sentir um dó rápido ao imaginar como a filha reagiria quando soubesse que seu amado não pudera vir. Estava muito feliz com o amor que os dois jovens sentiam um pelo outro e gostava ainda mais de ver a filha alegrar-se na perspectiva de ver o namorado. Era uma pena que ele não pudera vir para iluminar-lhe ainda mais o sorriso de menina, de mulher. Tudo o que Marta queria era ver os dois filhos muito felizes. Pelo menos Elizabeth parecia já ter encontrado a felicidade. E Caetano, no que estaria pensando? Era ainda muito jovem para pensar na felicidade? No amor?

Ela olhou-o meigamente e viu também que seus olhos brilhavam. Algo de novo preenchia a vida do garoto e se via nitidamente isso em seu semblante de felicidade. Correu ele para também abraçar a mãe. Ela os abarcava com os braços, como a ave que protege sua ninhada.

A mãe, ao abraçar a filha, sorriu tristemente. Ela não compreendeu e seu coração pôs-se a disparar. Queria saber por que a mãe lhe sorrira tão amarelo.

— Cadê o Pedro?

Aquela pergunta não era a que queria ouvir.

— Hein, mãe, cadê o Pedro?

— Minha querida, infelizmente não deu pra ele vim. Só daqui umas duas semanas ele vai poder...

A tristeza cobriu o céu e roubou o semblante da jovem menina.

— Mas por que ele não veio, mãe?

— Ah, minha filha, ele tinha que ajudar o pai. Estavam muito ocupados na lavoura. Mas daqui umas duas semanas ele vem. Parece que vai passar aqui uma semana inteira. Se ele tivesse vindo hoje, amanhã mesmo teria que voltar. — Fazendo uma pequena pausa para mudar de assunto, a senhora continuou: — Mas o seu pai veio comigo. Não veio pra cá porque teve que resolver algumas coisas aí... Vamos entrar, querida.

E se encaminharam rumo a casa. Lá se confraternizaram mais e conversaram sobre como estavam levando suas vidas. Todos, com exceção de Elizabeth, conversavam e riam. Seus pensamentos só tinham Pedro como alvo de desejos e sonhos. Se ele ali não estava, não tinham muito que falar...

Para Caetano tudo aquilo era uma novidade. Nunca tinha estado naquela situação de receber a presença dos pais. Sempre estiveram ao seu lado. Era tudo muito diferente, mas gostava daquilo: tinha certo gosto de liberdade, de maturidade. Aliás, ele se sentia mais maduro depois que seus pais lhe deixaram estudar na cidade. Parecia-lhe que tinham confiança nele, que acreditava em seus sonhos. Era maravilhoso receber a confiança dos pais, principalmente de seu pai. Curtia tudo aquilo como algo que sempre se perpetuaria. Sentia a estranha sensação que jamais voltaria a morar com os pais. Sentia que suas asas cresciam como as das borboletas que crescem e vagam sozinhas pelo mundo. Sentia-se liberto de um casulo...

— Você vai descer pra comprar alguma coisa, meu bem? — Perguntou Osvaldo à Marta, sentado à mesa do café.

Estavam todos reunidos naquele momento. Era um tilintar de pratos, xícaras, colheres, que parecia ter ali um verdadeiro batalhão de gente.

– Agora, não. Vou quando os meninos forem pra escola. Vou ficar a manhã aqui com eles.

– Eu vou descer agora. Preciso resolver ainda alguma coisa antes da gente ir, e quero fazer isso logo.

– Então, tá – concordou Marta.

Osvaldo terminou o café e se levantou. Sempre era assim: comia pouco e rápido. Embora fosse um homem carinhoso, não demonstrava muito afeto na frente dos outros. Por isso, não beijara a esposa. Não havia desenvolvido esse hábito. Depois de pegar as chaves do carro, saiu dando apenas um "tchau" aos que ainda tomavam o café da manhã.

Elizabeth parecia bem mais animada que no dia anterior, quando estava triste porque seu amado não fora até a cidade. Agora, comia bem e conversava com a mãe, o irmão e a tia. Caetano era que parecia mais introvertido naquela manhã bonita.

Um pouco depois da saída de Osvaldo, Elizabeth se lembrou de que queria comprar uma roupa que havia visto numa loja, no Centro. Já havia falado com a mãe a respeito, e ela lhe dissera que iria comprar, mas não naquela manhã. A menina, porém, voltou ao assunto:

– Mãe, vamos comprar aquele vestido, hoje? E se não tiver mais amanhã?

Sua mãe, mirando a filha, nada disse. Havia lhe dito que não queria sair de manhã, pois preferia ficar com os dois filhos.

– Vamos, é rapidinho. – Disse, abocanhando um pedaço de pão.

Marta olhou para a filha e sorriu. Aquilo era um sim, sabia Elizabeth.

– Ai, mãezinha linda! – E correu para abraçá-la por trás da cadeira, passando-lhe o braço pelo pescoço, beijando-lhe a face.

Caetano apenas assistia à cena dos dengos de Elizabeth. Dona Margarida, por sua vez, olhava com sinal de desaprovação, mas com farto sorriso no rosto.

– Ô, menina dengosa. Dá uma coça nela, Marta. Ela precisa é de peia, não de vestido.

E todos riam, inclusive Elizabeth.

– A senhora bem quer um vestido também, né, tia? Eu empresto o meu. A senhora vai ficar bem gatinha.

Todos riam de novo, dessa vez, com mais veemência.

– Eu lá quero esses seus vestidos curtos! Quero ver o que o Pedro vai falar quando ver você vestida nesses vestidos que te deixam mostrar as pernas!

Elizabeth levou a mão à boca, como se estivesse espantada.

– Mãe, olha o que a tia tá falando! Um absurdo! Eu só uso vestido comprido. – Disse ela sabendo que ninguém acreditava no que acabara de dizer.

E todos riram novamente.

– Você quer ir, Caetano? – Perguntou Marta.

– Eu não. Vou ficar aqui mesmo.

– Então, meu filho, tá gostando da escola? Já fez amigos?

– Já, sim! – Elizabeth tomou a frente. – Ele tem um amigo supergato. Né, tia?

– Sei de nada de gato, não.

Caetano não conseguiu disfarçar o nervosismo. Sorte sua que ninguém ali havia percebido seu desconforto diante daquela conversa sobre a beleza de Cláudio.

– Olha o Pedro nos seus coros, não! – Voltou dizer dona Margarida.

– Não vou mentir, ele é gato mesmo! – Retrucou Elizabeth, voltando a se sentar à mesa.

– Quem é esse rapaz tão belo, Caetano?

Por mais que Marta não tivesse nenhuma intenção de enfatizar a beleza do rapaz e com isso insinuasse algo, Caetano se sentiu constrangido. Contudo, respondeu à mãe:

– É o Cláudio. Ele mora aqui perto.

E foi só o que ele disse. Não quis entrar em detalhe, pois talvez assim esquecessem aquele assunto. O que ele poderia dizer? Não queria dizer na frente de todos que havia percebido na beleza do amigo. Não era coisa de menino ver isso em outros meninos. As meninas, sim, podiam fazer isso sem que nada soasse estranho.

– Ei, tia, vamos também?

– Eu, não. Vou é cuidar do almoço.

– Mas tia, a gente acabou de tomar café. Tá cedo pra pensar em almoço.

– Tá nada. Se bem conheço você e sua mãe, vão demorar um monte lá no Centro. Quando vocês voltarem, já vai tá na hora do almoço. Seu pai deve vim pra comer. – Dona Margarida se levantou e começou a pegar a louça suja.

Caetano continuou tomando seu café lentamente, como sempre fazia. Marta levava à boca o último gole de café com leite. Elizabeth ainda mergulhava o pão no café.

Mais tarde, caminhavam pelo Centro, visitando as lojas, mãe e filha. Elizabeth ia mostrando à mãe as coisas de que gostava e que achava bonitas. Sua mãe, sem nada dizer, apenas olhava para os locais para onde a menina apontava. Entravam e saíam de lojas, olhando as novidades e comprando o que lhes agradavam. Estavam as duas tão distraídas quando entraram numa loja de roupas, que mal perceberam que, no balcão, um senhor, acompanhado de uma jovem moça de feições muito bonitas, pagava as compras que acabara de fazer. O homem, muito sorridente e aparentemente feliz por estar com aquela jovem de beleza visível, deu um beijo de leve nos lábios dela, a qual o recepcionara com farto sorrio.

Essa cena ia passando despercebida aos olhos de Marta, quando ela se virou repentinamente o pescoço para o lado no qual o marido, segurando as compras da jovem, beijava-a.

Aquilo foi um choque como nunca sentira antes em sua vida. Primeiro, ela não pôde acreditar no que via, e por isso mesmo, olhou mais de uma vez e com os olhos bem abertos. Era verdade: seu marido ali estava com outra mulher, da forma mais displicente possível, como se fosse ela a sua verdadeira esposa. A dor da traição atingiu tão fortemente o peito de Marta, que ela quase caiu. Desesperada, tentou evitar que ele a visse, mas foi inútil: Osvaldo, num movimento sutil e certeiro, olhou na direção em que sua esposa, estática, encarava tudo o que se passara há pouquíssimos instantes. Elizabeth, por sua vez, nada vira, pois saiu em direção a um vestido que lhe chamou a atenção.

Foi também muito grande o choque que ele sentiu, embora fosse uma situação completamente diferente. Mais desesperado ainda, tentou manter-se em equilíbrio, o que lhe exigiu muito esforço. Em mais de 15 anos de casamento, Osvaldo nunca dera à mulher motivo algum para desconfiar de sua fidelidade. Agora, entregava-lhe de bandeja cheia todos os motivos, o ato. Urgente, imaginou em tudo que sua esposa pudesse fazer ali naquele estabelecimento, mas em nada conseguiu pensar. O melhor era sair dali o mais rápido possível e levar uma conversa séria mais tarde e distante dos dois filhos. Eles não precisavam ser envolvidos naquilo.

Os olhos de Marta encararam os de Osvaldo com tal intensidade que ninguém conseguiria decifrá-los, tampouco imaginar o que eles queriam expressar além do ódio – ou decepção. Ele, por sua vez, nunca imaginara que os olhos pudessem atingir tanto a alma de um ser humano. Eram como flechas em cujas pontas ardiam chamas de fogo e atravessavam o peito lentamente para que o inimigo sentisse o ódio que por ele era nutrido. Preferiu ele não ter nascido a estar naquela situação, mas não preferiu estar no lugar da mulher... Como havia sido um crápula, fazendo aquilo com a santa que tinha em casa, que lhe cuidava tão bem e dava ao filho a boa educação que recebera e lhe fizera a mulher que era...

O remorso que sentira naquele instante e o ódio que a mulher lhe dedicou fizeram-no sentir-se o pior dos homens, o mais inútil, o mais traidor. Sem que a esposa pudesse fazer ou falar algo, retirou-se dali antes mesmo que sua filha o visse. O olhar dela seria ainda pior.

Marta nada fez senão disfarçar para que Elizabeth não percebesse o que havia se passado naqueles poucos segundos...

Naquele resto do dia, nada mais foi como antes. Um clima misterioso de ódio e remorso cobria como nuvens o ambiente daquela família. Marta não dizia nada, ao passo que Oswaldo também nada expressava; os meninos os olhavam e também não conseguiam dizer nada que os fizessem mudar aquele clima; apenas se olhavam. Assim foi todo o jantar: silencioso como a bruma. Ao se deitar, Oswaldo ainda tentou conversar com Marta, explicar-lhe o que tinha se passado, mas ela preferiu ter aquela conversa quando já estivessem distante dos meninos, em casa. Por enquanto, deixariam que tudo permanecesse como estava. Deitou-se sem que ele lhe falasse mais nada.

No dia seguinte, já estavam preparados para voltarem para a fazenda e os meninos já tinham ido para a escola. Apenas os dois se encontravam na sala, esperando que dona Margarida chegasse e pegasse a chave da casa. Marta nem olhava para o marido, porque sentia certo medo de dizer-lhe algo que talvez ainda não estivesse pronta para dizer. Por isso seus olhos fugiam dos deles como fogem os animais acuados. Os deles também não queriam enfrentá-la – o sentiam-se despreparados para todas as cobranças que decerto viriam. O pior era que as cobranças eram justificáveis, e isso deixava Oswaldo ainda mais amedrontado com tudo aquilo, afinal, o vilão da história era ele, mais ninguém. Sentia-se como se tivesse não traído apenas a esposa, mas os filhos e a ele próprio porque não se achou merecedor de tudo o que tinha em casa. Queria se punir pela burrice que cometera. O pior seria quando dissesse à esposa que aquilo já perdurava há três anos. Ela não aguentaria aquela traição, mas ele também não conseguiria negar toda a história. Tinha de ser extremamente sincero; devia isso à mulher que sempre o acompanhara e nunca lhe decepcionara.

O silêncio era o senhor daquele ambiente e só deixou de reiná-lo quando a irmã de Marta adentrou a sala e pôs-se a perguntar coisas e mais coisas. A tensão também se ameninou e tudo pareceu, por alguns instantes, estar normal.

O bom de ser adolescente é que parte do mundo parece girar em torno de nós, pelo menos era isso que se via em Elizabeth e Caetano, que mal perceberam que os pais não estavam muito bem. Evidentemente, tinham concluído que passavam por alguma briguinha que logo seria resolvida, por isso não tinham dado muita importância para o clima desagradável na noite anterior. Elizabeth apenas pensava no namorado, enquanto Caetano pensava em toda a sua vida e no amigo Cláudio.

Há muito tempo ele vinha pensando em tudo o que estava se passando consigo e a conclusão a que chegou lhe deixou espantado. Não podia ser verdade, porque não fazia sentido. Ou fazia? Não sabia direito por que seus pensamentos se atropelavam como se acusassem um ao outro e ao mesmo tempo se desculpavam. A verdade era que tudo estava uma grande confusão, e ver o amigo era ao mesmo tempo aliviador e torturante. Queria não mais encará-lo depois do que havia constatado, também clamava por vê-lo para poder olhar nos olhos dele e ler os seus sonhos perdidos e ainda não conquistados.

Aquilo lhe vinha consumindo o pensamento e também um pouco do ânimo, embora, às vezes, desse-lhe repentinamente uma profunda vontade de viver intensamente como se o mundo fosse naquele mesmo instante esvair-se em cinzas. Por que aquele sentimento era tão contraditório e tão confuso? Por que tudo era tão difícil de administrar? Por que não conseguia dizer o que queria e por que o que não se queria dizer, às vezes, acabava agindo com força e vontade de ser dito? Por que tudo aquilo? Por quê?...

Tudo se passava como num filme louco e desconexo, cujas imagens se misturavam sem a mínima ideia lógica, sem lhe definir com precisão cada detalhe, embora parte daquilo tudo ele compreendesse. O que realmente o desnorteava era a recusa de aceitar o que já era tão visível e certeiro: amava o amigo. Amava-o da forma que não era para amar; sentia por ele algo que não cabia sentir; dedicava a ele a atenção que era não para ser dedicada, que não era certa. O que era certo? O que era o errado? Era sofrer porque seu mundo não era igual ao mundo dos outros ou por quê? Ou era desviar do mundo dos outros? Algo naquilo tinha de ter uma explicação mais compreensível, mas fácil. Não era possível viver naquele eterno dilema a despeito de seus sentimentos. Tudo já era tão confuso, tão complicado de se compreender. Por que tudo aquilo lhe caía sobre a cabeça ainda tão jovem e despreparada? Também não tinha precisão do que realmente sentia pelo amigo, de maneira que não conseguia ainda medir as consequências de tudo o que estava acontecendo... Mas os dias se passavam desde o começo e tudo pareceu tomar dimensões tão vastas, que lhe preocupavam os sinais de evidência.

O amigo nunca saberia nada; tudo era um segredo seu e seu seria para sempre. Ninguém nunca saberia o que se passava por trás daqueles olhos de criança que estava descobrindo o mundo e não consegue dizer se gostou ou não do que viu. Aquele era um segredo que morreria com ele, como morreria também o sentimento que nutria pelo amigo. Não podia ser... ninguém iria compreender.

Enquanto o mundo passava pela janela como se nada o pudesse deter, a menina, com lágrimas nos olhos, lamentava a ausência do amado. Parecia, ao deitar-se na cama, languidamente, uma daquelas figuras românticas, frágeis e dóceis, como porcelanas finas e raras. Por que às jovens o amor tanto fragiliza? Por que as vulnerabiliza este sentimento tão humano? É ele o culpado ou é o próprio ser humano que não consegue manter-se racional diante dele? Elizabeth não conseguia nem pensar em tais hipóteses. O que lhe interessava era que o seu amor longe dela estava. Encurtar a distância era tudo o que queria fazer, mas, infelizmente, não podia romper nem tempo nem o espaço. Droga de vida!

Aquela noite se fechou antes mesmo que o sol se despedisse ou partisse sorrateiramente. Os olhos de Marta eram a própria noite: sombria e pesada. O ambiente do lar não era dos mais leves e o clima parecia carregado de energias fantasmagóricas. As palavras se fizeram escassas desde que os dois ali adentraram. Nada parecia romper o silêncio, que se expandia, senhor dono da razão, exceto os poucos e parcimoniosos cantos de grilos e sapos, que também pareciam sentir que o canto era dispensável naquela noite.

Porém, a ebulição dos sentimentos que se misturavam na cabeça de Marta ainda era muita. Atropelavam-se todas as ideias que tinha e se confundiam todos os pensamentos que lhe vinham de vez em quando. Nada podia fazer para livrar-se deles; ainda não se sentia preparada para isso; ainda não tinha organizado as palavras que cumpririam a função de dizer o que sentia diante daquela situação pungente que vinha enfrentando desde o dia em que o vira com outra mulher, na loja da cidade.

Mal caíra a noite, o desejo de expor o que sentia foi tão mais forte que ela não mais resistiu e dirigiu-se a ele com secura, sem agressividade; ela não era assim.

– Acho que está na hora de conversarmos, Oswaldo. – Disse ela quando Osvaldo adentrou o quarto silenciosamente, como se não a quisesse perturbá-la.

Aquela era a segunda noite depois do ocorrido. Na noite do dia em que Marta o vira com sua amante, ele chegou tarde propositadamente, para que a encontrasse dormindo. Ela, por sua vez, soube de sua chegada, quando ele abriu a porta do quarto. Não quis conversar naquela noite. Ficou quieta no seu canto, fingindo estar dormindo. Ele, que temia acordá-la, não fez barulho e, ao se deitar, não tocou nela.

No dia seguinte, havia ele acordado cedo e partido antes de Marta acordar. Voltariam para casa no dia seguinte e conversar em casa, longe dos meninos, talvez fosse o melhor a fazer, embora ele sentisse um afã em ouvir logo o que ela tinha a lhe dizer. O medo, porém, fazia-o recuar. Puxar a conversa ele nunca faria.

Agora, ele não poderia mais fugir. Marta estava sentada na cama, esperando-o. O convite para a conversa lhe causara um pavor repentino, mas aquilo era o que ele queria ouvir. Esperava por aquele momento, mas não sabia se estava preparado. Já discursara para si diversas vezes, mas sabia que o que havia pensando não conseguiria ser exposto; seria diferente do que tinha planejado. Respirou fundo e a encarou timidamente.

– Marta, eu... – foi o pouco que conseguiu pronunciar.

Ela tomou-lhe a frente:

– Não fale nada. Deixe que eu fale.

Aquilo foi ainda pior. A segurança dela fê-lo sentir-se mais frágil e desprotegido.

– Eu acho que você não tem muita coisa pra dizer. Na verdade, eu também não tenho muito. A única coisa que eu quero saber de você é o porquê daquilo, o que te faltou, o que eu fiz pra merecer. Eu não acho que seja merecedora do que você me fez, mas não quero te julgar em momento algum, também não quero muitas explicações, porque algumas explicações não existem. O que eu quero te dizer é que tudo acabou, que não dá mais pra nós vivermos juntos, que o que você me fez foi demais pro que eu sentia por você e achava que você sentia por mim. E te digo logo que nada vai me fazer mudar de opinião. Eu posso até viver nesta casa com você, mas nunca mais na mesma cama. Você não me merece mais; você não merece mais nem a minha consideração... – uma pequena pausa encheu de silêncio a casa.

Os dois nem se olhavam e o silêncio parecia crescer, até que ele conseguiu dizer algo:

– Marta, me desculpe... eu... – faltaram-lhe as palavras.

– Eu posso te desculpar, Oswaldo, mas não te perdoo. Infelizmente, eu não posso. Quem sabe um dia, mas ainda não. É demais pra mim. – Ela falava com tanta firmeza, que ele nem conseguia compreender como ela conseguia. Sabia que ela era forte, mas não que chegasse a tal ponto. Isso o deixava ainda pior.

– Eu sei que eu errei muito, que não deveria ter feito isso, que...

– Ainda bem que isso você sabe. Pensei que tivesse que te explicar isso também.

– Marta, eu...

– Eu, eu, eu, eu... Eu acho que o seu problema foi ter agido sempre pensando no seu "eu". Você não pensou em mim, Oswaldo. Pelo menos quando desfilava com aquela vagabunda, você não pensou. Talvez fosse o único momento em que quisesse que você pensasse em mim, mas... – menções de lágrimas lhe vinham nos olhos, mas ela resistia e as secava antes mesmo de se formarem.

– Eu sei que nada justifica o que eu fiz, mas... mas...

– Mas você, como todos os homens, não resistiu quando ela chegou... etc. etc... Chega, Oswaldo, não me venha com esse tipo barato de explicação. Me poupe, sim? Acho melhor você não falar mais nada. O que nós tínhamos pra conversar era isso: tudo chegou ao fim no momento em que você colocou outra pessoa no meu lugar. Agora nada mais me importa... – fez ela uma pausa para respirar – Só a separação.

Ele nada pôde dizer, nem fazer, a não ser olhar humildemente para a mulher decidida que o olhava com total desprezo. Sentiu-se o pior dos homens e sentiu-se ainda pior porque não tinha armas para lutar contra aquilo. Ele realmente tinha agido mal e nada podia lhe ajudar. Talvez o tempo amenizasse a dor da traição e Marta repensasse o que tinha decidido. Era isso o que tinha de fazer: entregar ao tempo e mais nada. Nada.

- Minha intenção era ficar logo por aqui com os meninos e pedir que enviasse minhas coisas. – Ela fez uma pausa e respirou. – Mas não vou fazer isso agora. Vou voltar para a fazenda e depois planejo vir morar aqui com meus filhos, sem você.

Ele não disse nada, pois nada faria diferença naquele instante. Uma dor terrível tomou-lhe o peito e ele pensou que fosse morrer ali mesmo. Não era o coração, era o remorso, a culpa, o temor de perder a mulher a quem amava, por mais que não a tivesse respeitado ou mesmo pensado no que sentia por ela. Agora, teria de amargar o desejo de separação e o desprezo de Marta. Voltaria atrás ela algum dia? Cabia ao tempo a resposta, mas cabia a ele reconquistá-la.

A jovem Elizabeth não conseguia conter o sorriso. A felicidade estampada em seu rosto era tão notória, que se o mundo chegasse ao fim naquele instante, qualquer pessoa que a visse, teria a certeza de que ela o estava esperando e por isso mesmo não se abalaria. O afã de ver o namorado dominava seu corpo e lhe tirava o equilíbrio. O corpo tremia e os olhos, inquietos, buscavam o horizonte da inexistência, de onde ela achava que surgiria o namorado. Queria vê-lo qual mãe a reencontrar o filho após a guerra.

Sentada na calçada em frente à casa onde morava, rabiscava com pedacinho de pau umas flores no chão arenoso. Os riscos iam aos poucos preenchendo o vazio e se constituindo num desenho incompreensível. Ela passava os sapatos, limpando-o e iniciava novo desenho. Era um ritual lento se se considerasse o estado de euforia em que ela se encontrava. Aquilo era uma forma de sossegar seu conturbado e ansioso coração. Se desenhasse tal qual o pulsar de seu coração, não se conseguiriam acompanhar os riscos.

Os desenhos nasciam e morriam e nasciam e morriam novamente, cumprindo, em curtíssimo tempo, seu ciclo vital. Aquela repetição cessou apenas quando ela ouviu o barulho do carro que se aproximava. Aquilo a fez despertar da realidade e entrar nos sonhos. Largou o pauzinho lá mesmo no chão, sobre os últimos riscos que fizera, e levantou-se de um sobressalto. Os olhos eram tais quais diamantes de tanto brilho, capazes de iluminar uma sala escura. Que esse brilho permanecesse para sempre em seus olhos, porque a beleza que emanava dela tornava-a uma daquelas deusas que se veem nas pinturas e que dão a estranha sensação de que são reais, mas que não existem. Que Deus preservasse aquele instante de beleza para todo o sempre, para que mais tarde muitos pudessem apreciar a beleza de seus olhos.

Ela foi ao encontro dele e o abraçou com sofreguidão, queria-o consumi-lo, degluti-lo e fazê-lo tornar-se parte dela. Enquanto os braços o prendiam ao corpo dela, seus lábios encontraram os dele e os cobriram com a mesma ânsia dos braços. Sentia o corpo quente dele, seu hálito morno e gostoso, seus dentes alvos batendo nos seus, sua língua tentando invadir sua boca. Os dois estavam em frente à casa dela, e já dentro estavam Caetano e sua tia. Sua mãe, infelizmente, já havia voltado para a fazenda. Ficar ali não dava a eles nenhuma privacidade, de modo que urgiam sair dali.

Foram se encontrar os dois num lugar que ela nem percebeu qual era. Durante todo o caminho, detivera-se apenas na missão de olhá-lo e de admirar a beleza que via. Os olhos miúdos, a pele marcada pelo sol, o sorriso escondido pela timidez e a felicidade de vê-la. Os cabelos claros, caindo-lhe suavemente na testa. Ela sorria sozinha enquanto ele dirigia rumo sabia Deus para onde. Nem queria ela saber, queria estar com ele, somente. Queria vivê-lo um pouquinho, curti-lo, abraçá-lo. Queria logo que ele deixasse de trabalhar na fazenda para ficar com ela, na cidade. Isso era tudo o que ela queria. Sabia, porém, que era quase impossível. Pedro era o principal ajudante de seu pai, de maneira que o velho não permitiria que o filho fosse morar na cidade, apenas por causa de um rabo-de-saia. O mais provável era ela voltar para morar na fazenda ou se casar logo com ele.

Pararam em frente a uma casa que parecia ser abandonada e numa rua que não parecia ser muito habitada. Nem se deu de conta ela do lugar em que estavam; havia reparado apenas que estavam perto do rio, pois do longe poderia ver suas águas turvas dobrando à direita, descendo caudalosa. Não saber onde estava não causou nela medo algum. A vontade de beijá-lo e estar nos braços dele era mais forte que qualquer perigo que pudesse vir rondá-los. Deixou-se guiar por ele e se sentiu uma princesa daqueles contos ou filmes que ela via à tardinha, e, às vezes, à noite.

Assim que adentraram na casa e ele a beijou, ela se deu conta do lugar onde estavam. Nada disse, deixou que ele falasse... Ele, porém, não falou nada. Suas mãos e seus lábios agiam mais rapidamente que qualquer tentativa de comunicação. Ela, nervosa e também ansiosa por aquilo tudo, deixou-se levar pelo prazer que vinha sentindo a cada novo toque. As mãos firmes de Pedro lhe davam um segurança e a faziam sentir-se uma presa, uma espécie de fêmea dominada pelo macho. Deveria ser essa a sensação de ser uma mulher amada, desejada. Sentiu-se maior, madura, grande. Seu corpo respondia a tudo o que ele sugeria. A pele se arrepiava conforme a mão dele subia e descia no movimento da carícia. A respiração forte, ansiosa, fazia-lhe os pelos se eriçarem ainda mais. O desejo aumentava e seus pensamentos começavam a preocupa-la. Chegaria um momento em que não mais conseguiria parar... e parar precisava logo, antes que... mas as mãos dele continuavam na louca investida, enquanto o corpo dela aceitava e pedia mais.

De repente, ela sentiu o volume que se formara na calça dele. Nunca tinha sentido aquilo daquele jeito, tão intenso, e quando percebeu, viu que era hora de parar. Seu corpo paralisou, porque ela sabia que não deveria mais. Uma dúvida atroz tomou-lhe os pensamentos e a torturou por alguns segundos, enquanto Pedro se extasiava por tê-la naquele instante. Estática, ela deixou-se tocar ainda mais. Tentou se desvencilhar um pouco, mas um desejo de prosseguir também a impediu. Esperou então que ele parasse, mas isso não aconteceu. A vontade dele transcendia qualquer desejo que ela viesse a ter contrário ao que ele queria. Como se tomada por uma força maior que ela mesma, ela afastou-se rapidamente e disse:

– Não!

Ele se assustou de tal forma, que lhe lançou um olhar estranho, o qual ela não conseguiu entender. Por alguns instantes, um medo lhe percorreu o corpo e a fez tremer, fazendo-a afastar-se ainda mais dele, cuja resposta foi a tomada do corpo trêmulo da menina para si. O medo dela aumentou mais.

– Calma, meu amor... – Disse ele, puxando-o para si, beijando-a com volúpia e um desejo animal.

– Calma... você... – Disse ela, perdida entre o desejo quase incontrolável e o medo de não conseguir controlar a si mesma nem a ele.

A doçura pretendida por ele ao proferir aquele discurso não foi suficiente para que ela se sentisse segura. Acalmou-se, porém, um pouco, e até respirou.

– Não vou fazer nada de mais. Só quero te curtir um pouco. Sei que você também quer.

E aquilo era verdade. Ela também queria, e muito. Mas tinha um pequeno medo que crescia e diminua com uma rapidez incalculável. Queria-o, mas não daquele jeito. Ou queria daquele jeito mesmo? Uma série de dúvidas a fragilizava aos poucos e seu medo era entregar-se sem defesa. Não queria isso. Seus olhos mantinham-se firmes, alerta, esperando que algo ocorresse e eles investissem em sua defesa.

– Vem cá, vem – disse ele, trazendo-a para si.

Dessa vez, contudo, o olhar dele foi mais possessivo, mas intimidador. Ela não gostou daquilo, embora nada tivesse feito para que não acontecesse. Deixou-se levar simplesmente. Então ele a beijou de tal forma que ela se sentiu a mulher mais desejada, mais mulher... Era normal sentir aquilo? Esperava que sim, pois se o contrário fosse o certo, estava indo por um caminho que talvez não tivesse volta. O beijo dele era intenso, controlador, eloquente que ela estava sufocando. Desesperada, empurrou-o de tal modo, que o levou ao chão. Olhou-o e não o viu: no seu lugar havia outro homem, cujos olhos pareciam enfurecidos. Temeu.

Em pouquíssimos segundos ou milésimos de segundos, ela viu os olhos dele metamorfosearem do amor ao ódio.

– Não tá querendo, é? Me assanha todo e quer fugir, é? Vou te mostrar como é que se faz, sua gaiata!

Fitando-a com desejo, ele avançou sobre ela e a imobilizou. Sentia uma vontade tão grande de possuí-la, de se tornar dono daquele corpo virgem, daquela menina frágil. Como ela se atrevia a assanhá-lo e deixá-lo daquele jeito? Se ela queria antes, teria de querer agora. Beijando-a com força, prendeu-a sobre o seu corpo inquieto. Enquanto a detinha com a mão esquerda, abriu a braguilha com a direita, exibindo sua masculinidade física. Ao deixar as calças caírem, em movimento rápido, levantou a saia do vestido dela e puxou-lhe a calcinha. Nesse ínterim, ela dotou-se de força e conseguiu jogá-lo contra uma parede, que estava bem atrás deles, fazendo-o cair novamente. Ele soerguendo-se ainda mais irado, puxou-a por um dos braços, levando-a ao chão. Em seguida, jogou seu corpo contra o dela, detendo-a mais seguramente. Desta vez, a posição lhe ajudava, pois ela se via sem condições de mover-se, embora tivesse livres os braços, os quais se debatiam, infelizmente, em vão. Tentou gritar, mas ele, mais rápido, ao perceber o ato iminente, deteve-a antes, tapando-lhe a boca com bastante força, de modo que lhe causou algum ferimento, pois ela sentiu gosto de sangue na boca. Quem era aquele homem em cima dela, tentando possuí-la à força? Não poderia ser Pedro. Queria tanto que ele voltasse e se tornasse o homem carinhoso e respeitoso que sempre fora. Mas ele não voltava. Sobre seu corpo ainda estava aquele estranho de olhos assustadores, mãos fortes e um membro a lhe pressionar as partes.

A pobre, sem ter mais condições de ver-se livre daquele homem estranho – Pedro não era mais o jovem bonito por quem sem apaixonara –, relaxou os músculos como se desistisse de lutar. Foi nesse momento que ele, direcionando seu membro intumescido, penetrou-a de uma vez, causando-lhe terrível dor. Ela, quando se sentiu invadida, ferida, aniquilada, pensou que fosse desmaiar de tanta dor. E mais que dor, era o ódio que a consumia. Todo o seu romantismo havia sido imolado. O sonho de se entregar a ele com todo amor e paixão e ser por ele amada, havia se dissipado, na forma de uma dor insuportável, que lhe havia roubado as forças. Quando ele iniciou o movimento de vaivém, querendo usufruir ainda mais seu corpo, ela tentou encontrar força e evita-lo, embora não acreditasse que fosse capaz de tirá-lo de cima de seu corpo ferido. Se houve a cogitação do ato de desistência, esse durou muito pouco tempo: armando-se de uma banda de tijolo que jazia ao seu lado, ela o desferiu, com força, fazendo-o soltá-la imediatamente, para conferir seu ferimento. Com as mãos embebidas em sangue, ele jogou-se contra ela, esbofeteando-a com força. E obteve como resposta, mais uma tijolada, desta vez mais forte. Ele perdeu o equilíbrio e caiu. Com isso, ela se levantou e, tomada de ódio, golpeou-o novamente repedidas vezes, fazendo jorrar sangue de sua cabeça, enquanto o corpo dele apenas pendia inerte.

Confusa, assustada, temerosa, louca, calada, ela jogou o pedaço de tijolo no chão e saiu correndo sem rumo, sem saber o que fazer, procurando ao mesmo tempo fugir daquilo, ver-se longe daquele pesadelo.

Capítulo Cinco

A frieza rondou aqueles dois por muito tempo. Por muito tempo, os olhos de Marta fugiram ou fuzilaram Oswaldo. A dor da traição, pela primeira vez experimentada, era algo que Marta não conseguia ainda concatenar. Uma angústia lhe consumia os pensamentos e um ódio profundo tirava-lhe o sossego. Por ele ainda sentia amor, e era isso que mais lhe doía. Entretanto, não poderia se esquecer da raiva que passara a nutrir por ele. Não esperava isso do homem a quem tanto se dedicara e a quem nunca deu motivos para que dela suspeitasse. Embora ele fosse um homem de certa rusticidade, considerava-o um bom marido, bom pai, bom homem. Quanto ao papel de bom marido, ele havia pecado pela primeira vez. E, embora fosse a primeira vez, havia pecado da pior forma. Havia causado a ela uma dor tão terrível, uma decepção tão grande, que ela não sabia o que pensar dele e da relação dos dois. Havia-lhe dito que queria a separação, e desde então estavam dormindo em quartos separados, mas não tinha mais certeza se era isso que queria de fato. Por isso precisava pensar muito, analisar tudo, e o fato de ele ter sido um bom pai e até então um bom marido, não era motivo para perdoá-lo simplesmente. Não poderia também sopesar as coisas e compensá-lo pelo deslize em função de seu lado bom. Ele lhe fizera o pior, e ela não perdoaria, pelo por enquanto, quando ainda doía no fundo de seu imo a dor da traição.

Queria vingança, queria feri-lo tal qual foi ferida. Mas não o trairia. Não era mulher disso e não iria se sujar por uma vingançazinha. As pessoas eram por demais maldosas e ele se feriria nisso tudo. O que faria então? Esqueceria tudo e colocaria uma pedra em cima da humilhação que sofrera? Passaria alguns dias tristes, desprezando-o e depois voltaria a tratá-lo com todo o carinho que uma esposa deve dispensar ao marido? Não, isso não! Tinha sangue nas veias, tinha sentimentos. Uma ferida foi feita em seu peito, e a cicatrização não seria tão simples. Mesmo que fosse, sobrar-lhe-iam as cicatrizes, e não há nada pior que as marcas. Elas são as mais visíveis lembranças da dor. Elas carregam em si a precisão, a sensação perfeita da dor sofrida. Isso carregaria para sempre. Precisava fazer com que ele soubesse a dor que a cicatriz representava. Ele precisava sentir também, porque somente sabe a dor quem a sente. A dor não se imagina, não se calcula; vive-se.

Os filhos, contudo, como se cada um enfrentasse os próprios problemas, nem se deram conta do que se passava, e se perceberam, não transpareceram nada. Ela também não quis dizer nada. Preferiu guardar para si e para ele, pelo menos até saber o que iria fazer para resolver aquele impasse perturbador. Envolver os filhos em algo que depois se revolvesse não seria o melhor a fazer. Talvez sua irmã devesse saber, mas não sabia se era hora de contar. Por enquanto, guardar aquilo seria melhor, ainda que uma angústia lhe torturasse. Não sabia como lidar com a situação. Era demais para ela. Sorte ter os filhos, que serviam de escape. Precisava de escape.

Vinha notando que os meninos estavam diferentes. Elizabeth estava apaixonada demais e tudo que acontecia ao seu redor estava centrado nela e seu mundo. Caetano andava calado, distante, mas parecia feliz. Poderiam ser efeitos do entusiasmo de morar ali, a escola, os amigos... Pelo menos, Marta tinha a sensação de que seus filhos estavam bem. Isso era muito importante. Seu coração de mãe sossegava quando pressentia a paz dos filhos. Esperava apenas que a felicidade deles durasse muito, ou não se acabasse nunca. Era gostoso olhar e ver Elizabeth sempre sorrindo, contente com o namoro. Era bom também saber que Caetano estava fazendo o que queria, que não precisava ficar na colônia e trabalhar no pesado. Não fazia parte de seus planos permitir que seus filhos levassem aquela vida, principalmente se não era o gosto deles.

Certa vez, sentada na sala fazendo crochê, ouviu o barulho do carro. Deveria ser Osvaldo. A ideia de sua presença lhe causou certo desequilíbrio. Ainda se sentia desconfortável diante dele. A traição é como uma árvore de muitas raízes, por mais que a derrubem e a matem, sempre haverá pedaços de raízes, além da terra ferida. Continuou entre pontos altos e baixos, correntinhas e pontos-fantasia. Quando ele entrou, apenas soergueu o rosto e lhe lançou um olhar indescritível. Não sabia dizer se era ódio, rancor, mágoa, amor. Era talvez um olhar que buscasse inclusive se autodefinir.

Ele, porém, acanhado ainda, baixou a cabeça. Uma vontade íntima de lhe dirigir a palavra lhe tomava o corpo, mas ele recuava porque sabia que ela resguardava ainda a raiva da traição. Ela tinha razão; ele não poderia pensar o contrário. Aquele homem rude, grosseiro, machista sabia que não agira certo com ela. Ele a amava sim e era por ela muito amado. Essa era a sua dor: ferir o amor que ela sentia. Agora temia perder esse amor. Não podia perder ela nem o amor que ela tinha por ele – se ainda o tivesse. Marta era uma mulher como poucas, intensa. Era forte, bonita, compreensiva, teimosa, protetora. Era uma série de coisas que valiam muito numa mulher. Era também raivosa, vingativa, orgulhosa. Isso a fazia ainda mais especial, mas dificultava a reconciliação. Será que ele queria mesmo a reconciliação?

Ele estava indeciso. Não poderia desfazer o seu casamento. Não apenas porque ainda gostava da mulher, mas porque não era certo desfazer um casamento por causa de outra mulher. Por outro lado, ele tinha a pressão constante de Letícia, a amante, a qual queria que ele deixasse a mulher e fosse morar com ela ou levá-la para a fazenda, dizendo ela que havia entrado naquela para perder. Sempre soube que ele era casado e não fez restrições a isso, desde que nada faltasse a ela ou que viesse ficar desamparada. Quando os dois brigaram, por causa da descoberta do romance, ela dissera-lhe que não iria deixar com Marta a melhor parte, ameaçando-o dizendo que outros homens a queriam e que ela o tinha escolhido, mesmo sendo casado. Não era justo que ele agora a deixasse para não perder seu casamento. Com isso, ele se dividia. No fundo também gostava de Letícia. Ela era alegre, bonita, fogosa, quente, talvez imatura e até infantil, mas era o jeitinho dela.

Ele tinha com Letícia um amor diferente – talvez uma sensação de amor, uma ilusão que se encaixava perfeitamente na vida dede, depois de tantos anos casado. Poderia ser uma simples atração sexual, porque ela era muito boa nisso, e talvez ele tivesse se aproximado dela por esse motivo. Buscou nela o que não tinha com a esposa do jeito que ele queria ou quiçá quisesse. Na verdade, foi seduzido pelo novo, o diferente, a ousadia do proibido, da vida dupla, do segredo. Não podia negar que era excitante viver aquela situação com Letícia. Ele não havia pensado na família ao embarcar naquela relação, infelizmente. Isso não qualificava nem desqualificava Letícia, apenas a punha na sua definição necessária. Ele precisava definir as coisas muito bem para que tudo ficasse mais claro na sua mente. A confusão era a sua inimiga, e estava com medo de perder a guerra. Uma sensação de fragilidade estava dominando-o, diminuindo-o. Essa fragilidade – ele sabia – eram os seus erros, seus enganos, sua imoralidade. Punia-se pela culpa, mas queria se redimir. Nisso repousava mais uma fragilidade, um medo. Só de pensar em encarar o olhar inquisidor de Marta, seu coração fugia da regularidade, do compasso. Marta tinha uma estranha capacidade de dizer tudo com o silêncio e o olhar. De uma coisa, porém, tinha certeza: entre Marta e Letícia, não estava em seus planos trocar a esposa por uma aventura. Por mais que Letícia achasse que não – ou só lhe dissesse para prendê-lo mais a ela –, os dois viviam apenas uma aventura. Estava com ela há menos de um. Lamentavelmente, Marta havia descoberto antes de ele terminar com ela.

O amor de sua vida, ele sabia disso, era Marta, a misteriosa Marta, que o assustava, e por isso os dois quase nunca brigavam. Ele se resguardava no dever de calar-se diante da força expressiva que ela demonstrava. Era melhor para ambos, melhor para ele, sobretudo. O sorriso talvez fosse uma forma eficiente de iniciar a longa conversa que precisavam ter. Ele quase não saiu – e quando o fez, veio meio sem graça, inseguro.

– Marta, precisamos conversar – a voz foi rude e direta.

Ela lançou-lhe um olhar até mais tranquilo. "Finalmente teve coragem..." pensara consigo, imaginando o que ele lhe diria. Esperou.

– Acho que você precisa de uma explicação. E eu tenho que lhe dar.

Pelo menos ele parecia estar mais ciente do que fizera.

– Diga – a voz grave o assustou. Sentiu medo.

Um nervosismo fê-lo refém por alguns instantes, enquanto ela o olhava fixamente. Como era magnífico o olhar fixo daquela mulher. A íris dilatava um pouco e uma escuridão parecia tonalizar seus olhos claros, enquanto o globo, estático, dava a impressão de ter achado um lugar que lhe valesse o estanque. Os lábios dela também reagiam àquela cena, e se contraíam levemente de modo a parecer que tinham vida própria. Toda aquela reação de Marta intimidava-o ainda mais. No entanto, precisava acabar logo com aquilo.

– Eu... eu...

Diante do gaguejar do marido, ela tomou as rédeas do diálogo:

– Vou te ajudar nessa conversa, Osvaldo. E pra início de conversa, não me adianta nenhuma palavra sua pra justificar o que você fez. Na sua casa, nunca faltou nada que te fizesse correr atrás de uma vagabunda daquela. Eu sempre fiz tudo o que você pediu. Eu deixei tudo o que eu tinha na minha terra, minha mãe, meu pai, meus irmãos, tudo, pra poder te seguir. Cuidei dos nossos filhos da melhor forma. Fui boa dona de casa, esposa, mulher, o diabo! E o que você me dá em troco? Um chifre! Um belo par de chifres! Ah, Osvaldo, tenha a santa paciência! – E, bradando, deixou que algumas lágrimas caíssem.

Ele contorcia-se de vergonha, medo, culpa, remorso. Seus músculos se contraíam numa velocidade tal que ele sentia que iria cair a qualquer instante. Precisava se segurar em algo. Ela, contudo, prosseguiu, desta vez mais ponderada.

– Por isso, o que você disser não vai mudar em nada o que eu decidi: – enxugou as lágrimas – eu quero a separação.

Era o que ele temia, mas não era o que queria ouvir. Não tinha essa intenção. Se dividido estava entre as duas, sabia que tinha de escolher a mulher. Precisava dela. Agora não adiantava mais fazer nenhuma escolha. Ela já tinha definido o placar daquele jogo em que ele muito apostou, mas perdeu. Quem sabe Letícia fosse seu prêmio de consolação. O que faria agora? Correr atrás da determinação dela era mais difícil do que ter iniciado aquele diálogo – e isso não foi fácil. Precisava de argumentos, precisava derrubar os argumentos dela, mas não tinha nada a seu favor.

O melhor, pensou, era deixar como estava. Baixou a cabeça e permitiu-se sair da sala sem dizer mais nada.

Ela apenas o olhou pelo canto dos olhos e respirou fundo: "Vai ser difícil, mas eu consigo"...

A metamorfose cromática do céu era admirável naquele início de final de tarde. O azul suave aos poucos se delineava em fios róseos e roxos. No segundo seguinte, já não era mais o roxo, era o violeta que cobria o céu, e um amarelado púrpuro impunha-se depois. O conjunto de cores e mudanças era qual uma nuvem de pássaros coloridos em revoada numa dança suave e rápida, ao mesmo tempo. Um vento suave varria algumas folhas que haviam fugido de suas casas em busca, talvez, de liberdade. O balanço dos galhos das árvores parecia atender ao desejo das folhas, e eram muitas as que iam se caindo pelo chão. De lá, rolavam aos saltos, como se brincassem qual crianças. Todavia, algumas folhas menos consistentes pendiam meio murchas, em decorrência do forte sol que brilhara naquele dia. Algumas borboletas ainda dançavam seu balé rotineiro e curto.

Os olhos do menino procuravam algo que ele não sabia ao certo, embora atinasse em vasculhar fixamente o horizonte. Se buscava algo, não era no céu que estava o que queria. Era em si mesmo, era dentro de si, ali, naquele lugar que, às vezes, a gente prefere não ir, não descobrir, não mostrar. Era uma dúvida certa ou uma certeza duvidosa? Era uma dúvida! Quiçá uma dúvida que se convertia em certeza. Porém, uma certeza não muito clara, meio obscura, meio distante dele. Seus olhinhos espremidos, para evitar a invasão do sol, fugiam enquanto buscavam respostas. Muito provavelmente, por isso mesmo, não encontrava nenhuma réplica. Todavia, para a resposta, não se precisava de olhos. Não poderia ser vista com os olhos, pelo menos não esses olhos que "a terra há de comer", como se diz.

O vazio do menino, o vazio de sua busca, perturbava-o. Seu pensamento percorria um longo corredor a bater em portas cujos compartimentos estavam ora vazios, ora habitando seres que fugiam ao menor movimento. Ele continuava a buscar a resposta. Só uma figura lhe vinha à mente: Cláudio.

Por que esse seu amigo lhe vinha galgando os pensamentos? Isso Caetano não sabia, como também não sabia por que não queria saber. Imaginava que a figura de Cláudio significasse uma espécie de desejo seu. Talvez ele quisesse ser parecido com o amigo, afinal Cláudio era um garoto muito bonito. Era isso: a beleza de Cláudio o impressionava – sua masculinidade, sua força, sua presença. No fundo, todo garoto se espelha em alguém quando está na fase das mudanças. E, provavelmente era isso, pensou. Ele seria em breve um homem e o arquétipo que lhe vinha à mente era Cláudio, o bonitão da escola, o mais olhado, mais paquerado, mas visado, mais tudo. Era isso, só podia ser. Ele parecia precisar acreditar que era só isso.

Se era apenas isso que buscava saber, não precisava ficar mais a pensar nisso! Entretanto, surgiam mais vontades de pensar em Cláudio, que lhe invadia novamente os pensamentos, com os quais ele lidar. Estava até receoso de encarar o amigo no dia seguinte, porque, embora pensasse nele desde o primeiro dia em que o vira, nunca havia pensado tanto. Temia ser flagrado com seu olhar sem explicação, sua admiração além que se esperava de um garoto.

Tentou pensar em outra coisa. Em quê? Pensou, pensou, pensou. Na sua nova vida! Ah, como estava feliz por tudo aquilo: pela escola, pelos colegas, pela cidade, por estar longe do trabalho braçal da fazenda, por ter conhecido Cláudio. Ah, novamente! Que coisa impertinente! Pronto, melhor seria ir para casa! Assim, não pensaria mais nele.

Desceu um pequeno morrinho de barro branco e pôs-se a andar lentamente, em direção a casa. Ia a passos curtos e vagarosos, porque ia pensando ainda, juntando ideias, das quais ele nem se dava conta; ia fazendo colchas de retalhos nos pensamentos. Seus olhos, mais decididos, percorriam o céu e o chão alternadamente, buscando equilibrá-lo e guiá-lo. Seguiu pela rua vazia e comprida, cujo término era uma ladeira, daquelas que tiram suspiros quando são contempladas, pois imprimem medo. E ele lá se foi...

O relógio de plástico em formato de casa, com colunas em forma de cordas, já marcava dez horas. Todos andavam de um lado para o outro, em desespero, como se andando pudessem obter o que queriam: a menina Elizabeth. Embora a preocupação fosse dos dois – Marta e Osvaldo – era neste que repousava a certeza de que ela deveria estar de agarramentos com o namorado. Ah, ela iria ouvir! E não só ouvir, precisava de mais orientações, além de ouvir! Iria experimentar o peso de sua mão.

Marta e Osvaldo tinham chegado naquela manhã e Pedro também tinha vindo resolver uns negócios para o pai. Depois que chegaram, mal viram o rapaz, que saiu para cuidar de seus afazeres, para que lhe sobrasse tempo para ver e namorar Elizabeth. Ele havia sumido, mas apareceu no final da tarde, quando pegou Elizabeth e com ela saiu. Todos acreditavam que tinham ido até a praça tomar um sorvete ou coisas desse tipo. A demora da menina, porém, estava preocupando a todos, que não tinham uma explicação para aquela irresponsabilidade.

O barulho do assoalho aumentava a cada passo dado. Pareciam pisar com mais força, como se se vingassem do pobre coitado. Só Caetano é que não se precipitou tanto. Preferiu acreditar que ela estava se divertindo com o namorado, pois via a ansiedade da irmã em ver o rapaz, e isso não era motivo de preocupação. Marta, ao contrário, pegava-se já a rezar o tanto quanto possível. Como poderia saber onde Elizabeth estava? Tinha certeza de que sua filha não era dessas de ficar até uma hora daquela com o namorado. Era muito correta e seguia os conselhos da mãe. Tinha responsabilidade. Marta pressentia algo ruim, algo perigoso. Algo dentro dela lhe apontava isso, dizia-lhe intimamente. Poderia ser o sexto sentido das mães ou o puro medo dos mortais. Sentada, tinha as mãos juntas e os pensamentos em Deus. Levantou-se abruptamente e foi até a cozinha tomar um pouco de café. Sua irmã tinha saído e ainda não voltara com nenhuma notícia, meu Deus do céu! Sua aflição aumentava. Por onde andava aquela desnaturada? Quando ela chegasse, iria ouvir tanta coisa!

Tomando o café num único gole, deixou o copo de vidro sobre a pia de inox, junto com outras louças que esperavam por asseio. Vendo-as, achou que seria melhor lavá-las enquanto a filha chegava. Começou a lavá-las, iniciando pelos copos de vidro, seguindo dos pratos e, por último, as colheres e as duas panelas. A água fria lavava-lhe as mãos, mas não limpava seus pensamentos. Continuava a imaginar coisas ruins com sua filha. O medo lhe atiçava a imaginação. Imaginava e tinha medo do que imaginara.

Os ponteiros andavam descompromissados, enquanto os moradores daquele lar se desesperavam, conforme eles trabalhavam displicentemente. Deixando a cozinha, Marta se aproximou de Osvaldo, com lágrimas já nos olhos:

– Osvaldo, é melhor procurar a polícia ou coisa parecida, hospital, sei lá... – e as lágrimas já não se aguentaram nos olhos.

– Calma, querida, vamos dar mais uns dez minutos. Se ela não chegar nesse tempo, a gente vai na polícia, no hospital. – A voz dele foi firme como se a protegesse de uma tragédia. E disso ele queria protegê-la.

Olhou a mulher e se recordou da última conversa que tiveram, em que ela lhe dissera que o casamento tinha acabado. Doera aquilo nele e ele temeu pelos filhos, por ele, por todos. Não queria que aquilo viesse a acontecer. Talvez esse sumiço de Elizabeth o fizesse se aproximar novamente da mulher. Sentiu que sim e guardou consigo esse pensamento.

Mas os dez minutos se seguiram e a porta não foi aberta, senão pelo menino Caetano, que fora esperar a irmã lá fora, no portão. Sua cabecinha pensava na mãe, na irmã e no amigo, num misto confuso e torturante. Temia que algo tivesse acontecido à Elizabeth, por mais que pensasse que ela deveria estar bem ao lado de seu namorado. Ele ria consigo quando pensava nisso. Ultimamente, vinha sentindo umas vontades. Vinha também se tocando mais e mais. Gostava de ficar no banheiro se acariciando e sentindo o prazer que aquilo lhe proporcionava. Fazia movimentos assim como aprendera com os meninos com os quais brincava quando morava na fazenda. Faziam em grupo aquelas coisas e todos riam uns dos outros, contando suas vontades de pegar fulana, beltrana. Eram meninos começando a conhecer a sexualidade. Caetano, diferente dos outros meninos, tinha o tio que lhe ajudava. O tio mostrava-lhe revistas e contava umas histórias – experiências próprias. Caetano ficava ouvindo, e, às vezes, muito preocupado, pois sabia que as histórias que seu tio contava não eram as que ele deveria ouvir. Nas histórias de seu tio, havia apenas homens e ele sabia que aquilo era errado, mesmo seu tio negando. Se seu pai soubesse que seu tio lhe contava aquilo, nem tinha ideia do que poderia fazer. Temia ao pensar na briga feia que iria acontecer. Porém, ele gostava de ouvir o velho tio. De alguma forma, aquelas histórias lhe excitavam. Ele ficava até com vergonha do tio, quando não conseguia esconder. O tio apenas ria e dizia para ele não ficar acanhado. Às vezes, até chegava a tocar, para conferir, brincando com o menino. Então, ele perdia a vergonha e os dois riam. Era apenas isso. Nada mais que isso acontecia. Contudo, aquilo ficou nas memórias de Caetano. Muitas vezes se encontrava pensando em como seria fazer aquilo que o tio contava. Deveria ser estranho, tocar outro homem. Não que nunca tivesse tocado outro garoto. Uma vez tocara o Plínio, o filho de seu Raimundo, que morava alguns poucos quilômetros de distância de sua casa, na fazenda. Os dois se banhavam no açude do velho, que era distante de todos e lhes dava privacidade. Quando começaram a falar naquilo, os dois ficaram excitados. Plínio, mais velho e mais atiradinho, perguntou a Caetano se ele não podia tocar nele, com a condição de que ele também o tocaria. Caetano achou estranho e temeu até, mas aceitou. Tocou o pênis rígido do amigo. Ambos pareceram gostar muito, e os risinhos se fizeram. Após o acontecido, um ficou seguindo o outro com os olhos e uma vontade de repetir o feito. Daquele dia em diante, sempre que os dois se encontram a sós, tocavam-se e riam de si mesmos. Às vezes, eles se abraçavam e um ficava de costas para o outro...

– Caetano!

O grito de Marta o despertou das lembranças recentes. Virou-se, levantou-se e entrou para casa. Ela já o havia chamado umas três vezes.

– Caetano, nós vamos até o hospital, à delegacia. Você fica aqui e atende o telefone, se tocar, tá, meu filho? Sua tia deve chegar daqui a pouco.

As feições de Marta denotavam toda a preocupação materna. Seu íntimo materno-feminino denunciava o perigo iminente. Algo acontecera e ela já sabia, só precisava dos detalhes, da certeza. Angustiada e com os olhos cheios d'água, rumou com Osvaldo, à procura da filha. Caetano ficou olhando até o carro sumir na esquina. Voltou-se e entrou.

No hospital, Marta e Osvaldo nada encontraram. Ninguém, com as características que os dois descreveram, dera entrada lá. Aliás, não havia entrado nenhuma moça àquela tarde. A jovem morena de cabelos crespos e batom forte lhes disse que nada de mais poderia ter acontecido. Talvez Elizabeth estivesse na casa de uma amiga e se esquecera de ligar ou não conseguira. Só isso. Deus lhe ouça! Pensava Marta, aflitíssima. Seus olhos percorriam o ambiente hospitalar, como se de repente, pudesse ver sua filha ali. Queria-a de qualquer forma; não aguentava mais aquela incerteza, aquele vazio de informação, aquele abandono.

Do hospital rumaram à delegacia, para fazer um boletim de ocorrência. Tinham de pedir ajuda a alguém, e a polícia parecia ser o ideal. Foram. Desciam e subiam ladeiras, viravam esquinas, passavam quebra-molas, e só Elizabeth era o pensamento. Queriam encontrá-la e a queriam encontrar viva, bem. O coração dos dois se apertava e o medo dominava a ambos. Naquele instante, eram cúmplices da mesma causa, lutavam pela mesma esperança, sofriam da mesma dor. Um sorriso de conforto, de vez em quando, era lançado de um para o outro.

Chegaram à delegacia e falaram com um policial de pele clara e algumas sardas, que estava por lá. O homem lhes perguntou detalhes do caso, a que horas a menina havia saído de casa, em que transporte estava, se com alguém... Marta e o marido iam respondendo a tudo, enquanto a lágrima da mulher molhava seu rosto marcado pela preocupação. O homem ia acompanhando e anotando para poder ajudá-los. Começou a se comover com a dor daquela senhora. Coitada! Criam-se os filhos e eles lhe dão dores de cabeça! Ainda bem que não tenho filhos! Pensou consigo.

A delegacia era um espaço pequeno, mal cuidado, com visíveis finais de desgaste. Há muito não passava por ela uma reforma, da qual precisava urgentemente. Havia um balcão, um banco do lado direito da entrada, uma mesa do lado esquerdo. Do outro lado do balcão, havia outra mesa, uma máquina de escrever e um mundaréu de papéis. Ah, ao lado do balcão havia uma porta. Era a sala do delegado. O homem de sardas continuou a ouvir à senhora, enquanto o marido dela ficava olhando de um lado para o outro. Via-se aflição no homem, embora na mulher se visse além de aflição, via-se desespero.

– Olha, – disse o policial sardento – o delegado foi atender a um chamado. Parece que encontraram um rapaz morto num terreno baldio ou coisa assim. Deve chegar daqui a pouco. Enquanto isso seria melhor a senhora voltar para casa e ver se ela voltou. Só podemos fazer um boletim de ocorrência com 24 horas de sumiço. Sei que a senhora já deve ter ouvido, mas adolescente, às vezes, apronta isso. E se ela nunca fez isso, tem sempre uma primeira vez. Às vezes esquece-se de casa, ficam com os amigos...

– Eu sei de tudo isso, mas Elizabeth não é disso. É uma menina muito tranquila e nunca nos aprontou isso. Morou aqui um bom tempo com a tia e nunca fez algo parecido.

– Como eu falei: tem sempre uma primeira vez. – Ele entendeu aquela senhora e tentou sorrir-lhe para tranquilizá-la, mas sabia que, diante daquele comportamento anormal da menina, algo de sério poderia realmente ter acontecido. Já havia visto muitos casos em que tudo não passava de uma brincadeirazinha de crianças.

Dentro da delegaria, dominava apenas o som das teclas da máquina de escrever. Lá fora, o som da noite e a lua eram mais visíveis. A lua estava linda! Cheia, clara, enorme. Ah, como bom seria se todos pudessem contemplá-la, senti-la. Infelizmente, tinham de cuidar de si ou dos outros. Nem sempre a se podem contemplar as belezas da noite. Às vezes, ou quase sempre, é-se obrigado a enfrentar os problemas, as soluções, as vidas, e por isso, não se pode ver as belezas que cercam a vida, como a lua. Ela estava lá, olhando por todos, clareando, guiando. Cá embaixo os medos cercavam Marta e o marido. Ali ficaram por um bom tempo, esperando que alguém chegasse com alguma notícia. Se demorasse muito alguém a chegar, voltariam para casa.

O delegado chegou à meia-noite e pouco. Tinham ido ver o tal cadáver. Um monte de procedimentos o tinha feito demorar a retornar. Quando chegou, encontrou aquela mulher que procurava pela filha. Não fosse por isso, a noite seria tranquila. O policial sardento entrou na sala do delegado e o deixou por dentro de tudo. Coitada da mulher. Se imaginasse o que tinha acontecido ao caso que fora verificar, temeria ainda mais por sua filha. Se havia acontecido aquilo com um rapaz, imagine com uma menina frágil. Nem quis cogitar. Recomendou ao policial que mandasse a senhora para casa, visto que não havia nada que a polícia pudesse fazer por agora. Assim que fosse necessário, agiriam. Também, nada de grave poderia ter ocorrido com a menina.

Marta parecia não muito satisfeita. Queria conversar com o delegado pessoalmente. Precisava de alguma resposta. O delegado, solícito, deixou que ela entrasse em sua sala. Ela contou-lhe entre lágrimas o que tinha ocorrido e implorou que ele a ajudasse. O delegado era um homem forte, e não se curvava a choros e rogos, mas era uma mãe pedindo ajuda. Veria o que poderia fazer.

— Minha senhora, — iniciou com sua voz rouca — nós, por enquanto, não podemos fazer muita coisa. Veja bem, precisamos esperar mais um pouco. Por enquanto, não temos nem como fazer nada. Vamos fazer o seguinte: a senhora vai pra casa, aguarda mais um pouco. Vou lhe dizer, mesmo a sua filha sendo uma boa moça, é muito comum casos de adolescentes que um dia ou outro esquecem de voltar para casa. Só peço que a senhora tenha calma. Vá pra casa, aguarde um pouco mais. Qualquer informação, nos ligue, que faremos a mesma coisa. Se ela não aparecer até amanhã, a senhora vem aqui que nós vamos fazer alguma coisa.

Ela o ouvia atentamente, mas aquilo não era suficiente. Queria algo mais certo, queria sua filha.

— Me diga uma coisa: ela saiu sozinha ou estava com alguém?

— Eu acho que ela saiu com o namorado.

O delegado já tinha imaginado tudo, mas não se sentia à vontade para dizer umas coisas àquela senhora. Coitada!

— Acho que ele pegou ela de carro, lá em casa. Eu não estava quando ele foi. Ele é um rapaz lá do ramal onde nós moramos. Os dois namoram. Ela mora aqui e ele lá. Ele veio visitar. Sei que o senhor está pensando que os dois podem estar... mas minha filha é muito direita, eu lhe garanto. Estou com medo de algo sério ter acontecido, entende?

Ela tinha razão. A menina poderia ser uma boa moça, também poderia não ter acontecido nada grave. Continuou ouvindo a mulher.

— Eu vou fazer o que o senhor disse. Espero que ela apareça bem.

— Me diga uma coisa: como é o namorado dela? – perguntou o delegado.

— Como assim? Fisicamente?

— Sim, também. É um rapaz de confiança?

— Até hoje tem sido, seu delegado. Nunca nos queixamos dele.

— E fisicamente como ele é?

— Ah, ele é meio branco, um pouco alto, meio forte, olhos claros. É um rapaz bonito.

De repente, o delegado começou a nutrir interesse pela descrição. Seus olhos se arregalaram um pouco e ele continuou:

— E que carro ele dirigia?

— Uma caminhonete. Uma Toyota. Que cor é a Toyota dele, Osvaldo?

— É creme, como a maioria. Deve de tá um pouco enlameada porque ele chegou do ramal hoje mesmo e lá tá com lama.

O delegado engoliu um seco. Não quis acreditar ou nem quis que o que eles estavam dizendo fosse...

– A senhora sabe que roupa ele tava usando hoje quando foi pegar sua filha? – Esperava que sua resposta não fosse...

– Não me lembro. Não vi ele hoje, seu delegado. Mas devia tá de calça *jeans*. Ele sempre tá assim. Ah, e bota. Ele gosta de usar bota.

– E qual é o nome dele, mesmo?

– Pedro.

Aquilo não poderia ser verdade. Era muita coincidência. Ele temia por aquela senhora. Preferiu...

– Pedro Barros de Almeida? – Perguntou o delegado.

– Sim, exatamente. O que o... senhor...

– Acho que temos um problema, senhora. Só peço que fique um pouco calma. Tomás! – gritou dirigindo-se ao policial sardento. – Faça um café pra nós, sim?

O delegado voltou a olhar para Marta. Osvaldo também foi convidado a sentar-se. A voz do delegado começou a ficar pesada. Os pais não estavam entendendo nada.

Capítulo Seis

O delegado era um homem forte, embora um pouco baixo, meio calvo, cabelos meio grisalhos, dentes amarelados e tortos, jeito calmo. Usava uma camisa azul-escura, uma calça social preta e cintos da mesma cor; trazia consigo uma barriguinha já saliente; usava um bigode meio farto, tinha boca larga e lábios finos. Seus olhos eram miúdos e escuros, dir-se-iam negros ou castanhos bem escuros.

Quando ele lhes contou tudo o que tinha acontecido, eles não acreditaram. Como poderia ter?...

Os olhos de Marta pareciam querer saltar da órbita. Seu coração disparou e ela não aguentava mais aquela situação. Queria urgentemente ter notícias de sua filha. Deveria ser 1h da madrugada.

O delegado, ora se recostando na cadeira, ora se jogando para frente, à procura de conforto, nada mais disse, deixando um silêncio perturbador invadir a sala, causando em todos uma aflição ainda maior naquele momento tão difícil. Osvaldo, embora abalado com o que ouvira, mantinha-se mais calmo que Marta.

– Olha, – continuou o delegado – as possibilidades são muitas: Elizabeth pode estar bem, salva em algum lugar. Não sabemos o que aconteceu naquele lugar. Pelo que eu vi e o que se pode concluir também não é apenas uma coisa. Alguém pode ter feito aquilo com o garoto e ter levado Elizabeth. Ela pode ter feito aquilo com ele se ele tentou fazer algo a ela – isso nos parece mais provável. O rapaz fez sexo antes de ser morto e pelo que tudo indica, houve sangramento durante o sexo. A gente cogita o fato de ele ter estuprado alguém. De repente, Elizabeth poderia não estar com ele. Alguém poderia ter feito aquilo com o rapaz e ela ter fugido enquanto isso. Talvez daqui a pouco apareça.

Os pensamentos do delegado eram rápidos. Ele tinha de pensar no que dizia àquela senhora. Tinha de ser prudente, ter tato com as palavras. Também não podia ocultar as coisas, pelo menos o que fosse pertinente àquela situação complicada.

- Nós vamos fazer uma investigação e chegar às conclusões finais. Por enquanto, é tudo o que tenho para dizer aos senhores. Amanhã, iniciaremos cedo. Com certeza, vamos procurá-los. Esperamos sinceramente que nada tenha acontecido com a filha de vocês. Precisamos agora avisar à família do rapaz. Os senhores conhecem, certo? – Ele era simpático, cordial para um delegado.

– Sim, são nossos vizinhos. – Respondeu Osvaldo. – Eles moram no mesmo ramal. Mas o rapaz veio sozinho para cá. O pai já é meio idoso e o menino era quem cuidava de muitas coisas para o velho.

– Sei... entendo. Nesse caso, acho melhor colocar um anúncio no rádio. Eles ouvem rádio?

– Sim. Mas se não estiverem ouvindo, alguém sempre ouve lá, e vai avisar.

– Certo. Qual o nome deles?

O delegado fez mais algumas perguntas, as quais foram respondidas por Osvaldo. Marta estava abalada demais para responder a qualquer coisa. Depois disso, eles se levantaram e foram embora. Não podiam mais ficar ali esperando o que não poderia acontecer. Voltariam em breve e, esperavam, com boas notícias. Era tudo o que queriam.

Quando o casal saiu, o delegado olhou para Tomás, o policial sardento, com olhar de quem pressente o perigo. Eles dois sabiam que as coisas não estavam nada bem. Levantou-se da cadeira, deu meia-volta e encarou o policial.

– Tudo indica que foi a menina quem fez aquilo com o rapaz. Por onde ela anda? Pode ter saído ferida também. Vamos ver o que a perícia nos diz. Caso estranho, rapaz! – disse com as mãos no bolso e um sorriso de estranheza. – Pobre daquela mãe! Pelo que parece, a menina era direita mesmo.

O policial apenas olhava. Esperava o delegado tirar suas conclusões.

– Como estava o corpo do rapaz, delegado? – ousou perguntar.

– Rapaz, você precisava ver. A cabeça do homem tava só o bagaço. O rosto não foi muito afetado não, mas a cabeça. Do lado direito. Tava com as calças arriadas. – vislumbrou um risinho.

Os dois riram. O policial se sentou.

– É isso o que me diz que ele tentou alguma coisa com a moça e ela reagiu. Só que fez o pior, né? O safado partiu duma dessa pra outra melhor. E acho que ele nem chegou a curtir muito a moça não. A perícia vai nos dizer melhor o que houve. Pode apostar: a menina tá viva e fugindo do que fez. Só pode ser. A gente acha, Tomás, a gente acha. – Disse sentando-se novamente na cadeira. – Fora isso não tem mais nada hoje, tem?

– Não, senhor. Só isso mesmo.

– Então eu vou tirar um cochilinho. Qualquer coisa, você me acorda.

– Sim, senhor – disse, retirando-se da sala e fechando a porta atrás de si.

Era muito difícil acreditar no que estava acontecendo. Mesmo que parecesse possível, era tudo muito complicado para se aceitar. O que iria acontecer com suas vidas? Teria sido mesmo aquele crime cometido por Elizabeth? Não era possível, mas fazia sentido. E ela por onde andava? Estaria bem? Estaria viva?

A cabeça de Marta era um turbilhão de dúvidas e medos. Queria sua filha a qualquer custo. Não estava acreditando no que tinha acontecido. O delegado não poderia estar falando de Pedro. Como aquilo foi acontecer, meu Deus? Caetano estava já dormindo e Osvaldo estava de pé olhando pela janela. Deveria ser umas duas horas da manhã. Não, três horas, pelo menos era o que dizia o relógio que pendia na parede. Estava um pouco frio e Marta se encolhia um pouco no sofá. De vez em quando, ela lançava alguns olhares para o marido e tentava verter seus pensamentos, mas a figura da filha era mais forte. Enquanto não soubesse o que tinha acontecido com ela, não sossegaria. Não descansaria enquanto tudo aquilo não fosse bem esclarecido. Era preciso dormir um pouco, mas o sonho não vinha, e ela ficava ali parada, esperando que alguém batesse à sua porta e lhe trouxesse um pouco de paz. Sua irmã já dormia, embora tivesse se oferecido para ficar na sala com eles. No entanto, a pedidos de Marta, acabou indo se deitar.

Um silêncio cortava a sala e a noite. Os corpos dos dois pareciam estátuas, cada um num formato distinto: ela sentada e encolhida, ele de pé contemplando pela janela. Para ambos ia ser difícil lidar com qualquer que fosse a notícia do dia seguinte. Estavam com medo. Marta, no seu medo particular de mãe, e no seu frio, nem percebeu que a noite se findava e que seu corpo adormecia silenciosamente.

Osvaldo contemplou a esposa adormecida no sofá e sentiu pena dela. A dor de perder a filha seria dos dois, mas a de Marta seria mais, como sofrem mais as mães. Isso cortava seu coração. Não queria sentir aquela dor de perder a filha e de ver sua mulher sofrendo pela perda. Que Deus os ajudasse! Só Deus nessa hora!

O dia chegou mais calmo e silencioso, triste. Não fosse pela agitação, ninguém teria acordado naquele dia. Era um dia bom para se dormir, para ficar deitado até a hora da exaustão da preguiça. Mas todos já estavam de pé. Marta mal cochilara um pouco no sofá, e Osvaldo nem isso. Ficou ali na sala calado, esperando a noite terminar sua jornada. Caetano, mesmo tendo ido dormir tarde, já se punha de pé também. Margarida já preparava o café. Todos atônitos com os acontecimentos, desesperados por notícias, e por notícias boas. A vida daquela família não apenas estava marcada, como guardaria as marcas por todo o sempre.

Na mesa do café, todos apreensivos e silenciosos. Ninguém ousava falar nada, era preferível cada um enfrentar sua dor, sua angústia, sozinho. Os olhos eram os únicos que se comunicavam de alguma forma, quando percorria as mãos, a faca, as xícaras e os rostos marcados pela ansiedade. Nem se reparava o tempo bom que fazia, fresquinho, suave, diferente dos outros dias, que tinham sido quentes e perturbadores. O silêncio reinava senhor naquele café.

— Assim que terminarmos aqui, vamos até a delegacia, Osvaldo — Marta cortou o silêncio.

— Sim, Marta.

Neste momento, com o som da voz de Marta, todos despertaram daquele silêncio torturante. O diálogo, por sua vez, não se fez muito. Pouco se falava. O que se queria mesmo eram notícias de Elizabeth. Só quando se soubesse alguma coisa, ter-se-ia paz naquela casa.

Porém, a paz não rondou a casa naquele dia. Os olhos do delegado já diziam algumas coisas que seus lábios não seriam capazes de dizer, ou pelo menos não pareciam querer dizer. Marta e Osvaldo olhavam para o delegado procurando arrancar dele mais do que ele tinha para dizer depois do telefonema. Ficaram olhando para ele enquanto este, ao telefone, ouvia o perito. Era um suspense a sala. Uma nuvem negra de terror cobria todo o ambiente. O olhar sério do delegado era como navalhas que cortavam lentamente o coração de Marta, era um sinal de que nada de bom tinha acontecido. A notícia era a pior.

O suspense chegou ao fim quando o delegado desligou o telefone e encarou os dois.

— Era o perito... — iniciou — me relatando o que aconteceu ou o que parece ter acontecido.

Todos respiraram profundamente e afundaram nas cadeiras à frente do delegado, que também procurou sentar-se.

— E o que ele disse, seu delegado? — Era a voz aflita de Marta.

– Bem, o corpo do rapaz, o tal Pedro, realmente foi morto devido às pancadas com o tijolo. Ele foi brutalmente atacado. Foram encontrados na mão do rapaz, alguns fios de cabelos longos, o que nos conclui dizer ser de uma mulher. Acreditamos que seja de sua filha. Tudo indica que houve briga. No exame, constatou-se que o rapaz, antes de morrer, chegou a fazer... – nesse momento ele titubeou – ... a fazer sexo com a jovem que estava com ela. – E para tranquilizar. – Tudo indica que foi sexo forçado.

– E a nossa filha, seu delegado? – Dessa vez, fora Osvaldo quem interpelara.

– Não se tem notícia. Parece que fugiu depois do que aconteceu. Iniciaremos uma busca, afinal...

O titubeio segundo do delegado era mais pesado, mas assustador.

– Afinal, ela é a principal suspeita do crime.

Aquilo era algo difícil para os pais ouvirem. Uma filha assassina e desaparecida. O que faltava acontecer agora? A pobre coitada ainda fora estuprada, e por isso agira daquela forma, para se defender. Agira corajosamente, assim como muitas agiriam numa situação daquela. Marta não podia acreditar no que estava acontecendo, porque não se sentia merecedora de nada daquilo. Sempre fora uma mulher temente a Deus, e sempre tentara fazer tudo direito. No entanto, a vida lhe pregava uma peça daquelas! Que destino aquele dela e de sua filha, de quem nem se tinha notícia. Por onde andaria Elizabeth?

Essa foi a pergunta que não apenas a família, mas toda a polícia cruzeirense se fez, durante muito tempo. Os dias se passavam e ninguém conseguia uma resposta sequer. O caso ficou famoso e as ligações dizendo onde se encontrava a fugitiva se intensificavam, mas nenhuma delas levava a polícia até a jovem Elizabeth. Várias versões da fuga da menina apareceram na delegacia. Alguém disse que viu uma menina igual descendo o rio de canoa vestindo a roupa descrita nas histórias que corriam a cidade. Nada mais que isso. Era tudo engano. Elizabeth sumira do mapa. Ninguém conseguia encontrar a menina fugitiva e assassina.

As buscas não cessaram; a polícia fazia questão de continuar a procurá-la, afinal, uma garota como ela, não conseguiria ir muito longe. Muito provavelmente, ela estava ainda se escondendo por medo do crime que praticara. Com certeza, não tinha a intenção de sumir para sempre, não era uma assassina profissional, não era uma bandida. Era apenas uma jovem que sofrera uma violência sem tamanho, aliás, duas violências: a de ser estuprada e a de matar o seu algoz. Só Deus poderia saber o que se passava na mente daquela menina, que fugia desesperadamente com medo, que deixara tudo para trás, sem ao menos saber o que estava fazendo e o que tinha feito.

A tragédia se abateu contra a família de Osvaldo desde o dia em que Elizabeth sumira. O caso estranho do estupro, da violenta morte de Pedro, foi suficiente para que tudo desmoronasse o mundo de cada membro da família. A dor da perda de uma filha e a sua transformação em uma assassina fugitiva não foi o suficiente para massacrar Marta. Tinha ainda de conviver com os comentários, as insinuações, as fofocas, a intrigas. Assim que o caso ganhou rumo, o primeiro problema que a família enfrentou foi a cobrança da família de Pedro. As desavenças beiraram à morte. De um lado, o pai do rapaz buscando fazer justiça contra a assassinazinha sem-vergonha; do outro lado, Osvaldo tentando, ao mesmo tempo, manter a calma e limpar a honra da filha. Cada lado julgava ter a razão. Para a família do rapaz, a culpa era da menina, que nunca fora fácil, sempre oferecida, e por isso a provocadora da grande desgraça. Segundo eles, ela tinha planejado tudo e não havia estupro coisa nenhuma, pois o rapaz sempre fora de respeito, um homem honesto...

O pobre do Caetano apenas ouvia o que era dito e limitava-se a ficar quieto. Por várias vezes, Marta o pegara chorando e lamentando tudo, sem, no entanto, reagir a qualquer coisa que fosse, mesmo às piadinhas na escola ou a brincadeiras na rua. Ele ficava cabisbaixo e nada dizia, e, quando chegava a casa, corria para o quarto, e lá, chorava copiosamente. Marta já não aguentava mais tanto choro, tanto desespe-ro, e sua vontade era de gritar, de sumir, de acabar com aquilo antes que aquilo acabasse com ela, que já dava sinais de fraqueza. Não fosse sua irmã ao seu lado, apoiando-a, ajudando-a, ela não teria resistido por tanto tempo. Como se não bas-tasse, não conseguia uma informação sequer sobre a filha. Daria tudo para saber o que teria acontecido com ela, e já perdia a esperança de encontrá-la viva.

Ela não sabia mais nem o que pedir a Deus, porque sabia que a volta da filha também seria dolorosa, embora a quisesse demais. Uma profusão de sentimentos embaraçava os pensamentos de Marta e ela estava para enlouquecer. Dormir era algo que ela não mais fazia muito bem. Passava o dia inteiro calada e chorando, esperando que algo viesse de algum lugar e a tirasse daquele sofrimento. Não con-seguia nem conversar com o filho, estava desestruturada emocionalmente. Estava para desistir de tudo, da vida, inclusive. Se não o fizera, foi porque Margarida estava ao seu lado o tempo todo. Osvaldo, por mais que também estivesse sofrendo, dava-lhe também muita força.

Durante algum tempo a polícia procurou; parou quando encontraram o corpo da jovem. Infelizmente, em estado de decomposição, de tal forma, que o reconhe-cimento se deu pelas roupas e por um cordão de ouro que ela carregava, desde que o ganhara da mãe, a quem coube a terrível missão de reconhecer o corpo de Eliza-beth. O corpo mesmo era quase impossível de se reconhecer, mas o vestido era dela e a corrente de ouro com pingente, que pertenciam a Elizabeth pareceu suficiente para declarar encerradas as buscas.

O corpo foi encontrado no rio Juruá, um pouco abaixo da cidade. Tudo indicava que a menina fugira num barco e se afogara. Não tendo ninguém que a ajudasse, não resistira. Não tendo quem soubesse de sua morte, o corpo ficou à mercê do tempo e das águas. Um dia, contudo, fora encontrado às margens do Juruá, por um ribeirinho, que mandou chamar a polícia. O estado de putrefação do corpo estava em estágio avançadíssimo. Na verdade, o tecido da roupa era o que de certa forma unia ainda o resto do tecido humano. Ao mais simples toque, todo o tecido se des-mancharia. A correntinha de ouro que ajudou no reconhecimento estava presa na carne podre. Dos cabelos a água já tinha dado conta e os peixes tinham ajudado o corpo a desaparecer aos poucos. Na verdade, se não fosse achado logo, nada mais restaria, pois a putrefação era o que mantinha os ossos boiando. Assim que o tecido mais frágil fosse consumido pelo tempo e pelos animais, os ossos mergulhariam para sempre nas águas do Juruá, e ninguém nunca saberia o que tinha acontecido com a menina.

O delegado providenciou os trâmites legais para o enterro e tudo o que era necessário e burocrático. Sentiu-se na obrigação, para evitar que a família lidasse com o corpo naquele estado. Sua qualidade de pai não aceitava aquela imagem e seu coração impedia que ele deixasse para a família fazer aquilo. O caso parecia ter sido encerrado e da pior forma possível. Não quisera que isso acontecesse. Tinha intenção de que a menina fosse encontrada, mas com vida. Ela não merecia aquele fim, principalmente porque passara por uma situação dolorosa, o estupro, a violência de um homem lhe forçando a fazer o que ela não queria. Quando pensava nisso, a imagem de sua filha vinha-lhe à mente. Não sabia do que seria capaz de fazer se alguém um dia praticasse algo semelhante com a sua menininha indefesa.

Pelo menos, o caso estava encerrado.

Um dia, o pai de Pedro, seu Agildo, invadiu a fazenda, na intenção de matar Osvaldo. O homem tinha bebido e não respondia por si. A morte do seu único filho fora um choque para ele. Era compreensível a dor da perda, mas os fatos complicavam tudo. O filho não foi a única vítima, e o pai não via isso. Essa atitude cega, norteada pela dor da perda, revoltava Marta. Ela não queria que nada aquilo tivesse acontecido, e preferiu chamar a tudo de fatalidade.

Mas era fatalidade apenas em sua concepção de mãe desesperada, que tenta a todo custo conciliar as dores. Na concepção de seu Agildo, foi um crime bárbaro que a filha deles praticara contra seu filho. Não era ele o único a pensar dessa forma. Muitos amigos da família e vizinhos passaram a partilhar da mesma opinião e isso maltratava Marta ainda mais. Se pudesse, ela teria ido junto com a filha, sabe Deus para onde, para não ter de ver e ouvir tudo o que se estava dizendo sobre sua família. Ela temia pelo marido, cujo comportamento estava cada vez pior, mais agressivo nas palavras, quando saía do silêncio que se me metera. Andara bebendo nos últimos dias e andava violento, sempre ríspido com todos e revoltado. Era a sua forma calada de enfrentar aquela dor lancinante, mas era uma forma que complicava ainda mais a situação.

Na ausência do marido, ela não pensou duas vezes em como deveria agir. O que teria a perder se a filha já havia sido estuprada e estava morta e enterrada? Pegou a espingarda de Osvaldo e apareceu na porta, de onde bradou para o homem de cabelos brancos e chapéu de palha:

- Meu marido não está aqui, e se o senhor quiser resolver algum problema relacionado à Elizabeth e ao seu filho, pode ser comigo. Se veio armado, saiba que eu também estou. E lhe garanto que sou capaz de puxar esse gatilho sem pensar duas vezes, seu Antônio. Já perdi minha filha e agora não vou aturar desaforo de ninguém, nem mesmo do senhor. Se ela está morta é porque seu filho lhe fez mal. Ela não fez mais que o que era merecido. Se ele tivesse relado as mãos em mim, eu teria feito a mesma coisa. Infelizmente, Deu levou minha filha. O que o senhor quer? Quer matar o meu marido se vingar? Se vingar de quê? Não há nada que se vingar, homem! Elizabeth está morta e nada pode mudar isso! Agora o senhor dê meia-volta e suma daqui! – Ela ergueu a espingarda, como se se preparasse para atirar.

O homem à sua frente parou. Nunca tinha visto Marta daquele jeito, firme nas palavras, decidida a qualquer coisa. Temeu, recuou. Acreditou que ela fosse capaz de puxar o gatilho. Refletiu talvez com suas palavras e deu a meia-volta e não disse nada. Ao seu lado, um rapaz jovem, provavelmente seu empregado, ajudou-o, levando até o carro. O homem estava visivelmente bêbedo e não falava mesmo por si, mas tinha retrocedido diante das palavras de Marta.

Marta não sabia se seu sofrimento aumentou ou diminuiu quando encontraram o corpo de sua filha. Assim que recebera a visita do delegado, seu coração saltou. Esperava, contudo, que a notícia não fosse aquela: sua filha estava morta há semanas e era difícil até reconhecê-la. O delegado havia lhe explicado como estava o corpo de Elizabeth, tentando prepará-la para o pior, caso ela insistisse em ver o corpo, ou o que sobrara dele. O reconhecimento seria mais da roupa e de uma correntinha do que as feições ou o corpo como um todo. Ele estava desfigurado, sem os cabelos. O odor só não era pior porque a água parece ter lavado a parte putrefata, deixando apenas o tecido mais firme, ainda em decomposição. Era uma figura medonha, sobretudo para mostrar a uma mãe.

Sentou-se diante de Marta e lhe perguntou se ela queria mesmo ver. Ela o fitou tão assustada e desoladamente, que não teve palavras para responder. Sequer o aceno de cabeça foi capaz de dar ao delegado a resposta. Depois de uns instantes de silêncio ela disse que sim. Temia ver algo que lhe atormentasse o resto da vida, mas precisa se certificar de que era sua filha. Porque, no imo de sua dor, tinha esperança de que não fosse.

Sentiu-se uma mulher desafortunada e castigada por um pecado que ela procurava encontrar incessantemente. Sua fé se viu abalada, quando questionou a Deus tudo o que estava acontecendo; muito Lhe pedira para que terminasse bem aquela história, e a notícia que ela recebia era de que sua filha estava morta e num estado deplorável. Contudo, ela era a única que ainda tinha condições de fazer o reconhecimento. Que reconhecimento? Reconhecer roupas e objetos pessoais? Porque sua filha estava irreconhecível. Era a cena mais horrível que já tinha visto. Um dia podia contemplar a filha com toda a sua beleza e juventude, e depois; noutro dia, via... aquilo! Tinha tanta vontade de abraçar a filha quando a encontrasse, mas daquele jeito... era impossível. Viu a roupa dela e a correntezinha de ouro e o pingente em forma de uma margarida com as pétalas em pedrinhas e isso bastou para que ela tivesse a certeza. Deixou a sala antes que aquela imagem aterradora lhe tomasse os pensamentos e lá habitasse para sempre. Sabia que era aquela forma o destino de todos, mas também sabia que por isso se velava o corpo antes de ele chegar àquele estado. Ninguém ficava imaginando como deveria estar o corpo de seus entes depois de enterrados. Com ela, no entanto, não só podia imaginar, como o vira.

Preferia nunca ter sabido da filha. Talvez a lembrança de uma menina bonita, saudável e desaparecida fosse melhor do que ver aquela realidade sobre uma mesa de necrotério e naquele estado. Pediu a Deus que tirasse de sua mente aquela imagem que foi obrigada a ver. Não poderia guardar da filha aquela visão. Preferia a

Elizabeth sorridente, cabelos longos, olhos vivos e tímidos. Por isso, correu ao álbum de retratos, quando voltou para casa, na intenção de recuperar a imagem bela da filha. Todavia, aquela imagem horrível estaria para sempre na sua mente, por mais que vivesse por cem, duzentos anos. Teria de conviver com a saudade da filha e sua última imagem, e aquilo era um motivo para suicídio. Se não o cometera, foi pelo filho, que também precisava dela, mas confessara à irmã que tivera vontade de fazê-lo. Foi preciso muita força para não cometer – chegara a um estado de sofrimento em que nada mais fazia sentido, estava anestesiada, como se tivesse tomado uma injeção e esperasse a hora de ser cirurgiada.

O pior foi ouvir "bem feito" de algumas pessoas que consideravam sua filha uma assassina fria. Durante certo tempo, foi obrigada a ouvir calada alguns comentários daquele tipo. Aquilo a pungia muito e a enfraquecia; e não poder fazer ou falar nada era ainda pior. A vontade que tinha era de ir embora dali. Aquele lugar lhe traria para sempre essas lembranças. Pensou seriamente em voltar para Minas. Sua vida naquele lugar não era o que tanto almejara, então precisava sair dele. Conversara com Osvaldo, e ele também era da mesma opinião. Não queria ir imediatamente – teria de vender tudo, desfazer um monte de negócios, resolver uma série de questões, que não tornava possível sair agora. Também não queria morar ali mais por mais tempo. Em breve, deixaria tudo para trás, em breve.

Caetano, coitado, passou a odiar a escola. Todo o amor que sentia em ir para aquele ambiente de gente jovem e vivaz cedeu lugar a uma ojeriza daquilo tudo. Não fosse por Cláudio, que se manifestou ainda mais amigo, teria deixado tudo. Faltou alguns dias às aulas e não se arrependeu disso. Contudo, nos dias em que não ia, sentia falta do amigo, que parecia ser o único a aceitá-lo, a compreendê-lo. No final da tarde, lá estava ele vindo falar-lhe sobre a escola, o que aconteceu nas aulas, trazer as tarefas, fazer em companhia os trabalhos. Os dois ficavam certo tempo no quarto, conversando, rindo até, embora o semblante de Caetano fosse sempre triste. O amigo, no entanto, era o único ser que parecia lhe trazer um pouco de alento. Os pais não tinham condições para isso, ele entendia. Sabia que a mãe muito sofria com aquilo tudo, até mais que ele. Tinha Cláudio e isso era muito importante para ele. Admirava demais o amigo e tê-lo ao seu lado era bom demais. Gostava do seu sorriso tímido, do seu jeito másculo e infantil, do seu charme, das suas palavras, do seu abraço.

Nossa, que abraço ele tinha! Se era a solidão, a carência, a tristeza, a dor que davam àquele abraço aquele valor, não sabia. Sabia apenas que fora o momento mais feliz que desfrutara desde que conheceu o amigo. Por alguns instantes, ele esqueceu todos os problemas do mundo e se entregou a um mundo de prazer, o prazer de receber um abraço, de saber que alguém estava do seu lado, de que ainda era possível a felicidade. Se antes, Cláudio já significava muito para Caetano, agora era tudo, era o único amigo da escola, era o único amigo que tinha, era o sujeito pelo qual nutria um sentimento de carinho que ainda não conseguia entender. Não o sabia por que não queria entender, pois muito tempo perdia ele em busca de uma resposta.

O importante era que tinha um amigo como esteio, do qual muito precisava naquele momento. Ele era também seu único incentivo para ir à escola, da qual ele estava saturado. Não pela escola, mas pelos olhares e comentários com os quais era obrigado a lidar.

Quando Caetano soube da morte da irmã e do estado dela, foi como um último grande golpe que sofre o herói dos filmes de ação. Sabe-se que ele vai resistir porque é herói, mas chega-se a duvidar disso pela realidade do golpe. Uma sensação horrível fê-lo sentir-se só, abandonado. Ele teve a impressão de que sua mãe não resistiria àquele golpe; ela já estava fraca demais, com a espera incessante por uma notícia e por tudo que se seguira ao que tinha acontecido com Pedro. Encontrar sua filha daquele jeito lhe deixaria marcas se não a levasse para sempre. Viu isso nos olhos de sua mãe. Nunca a tinha visto aquele jeito, com aqueles olhos distantes, como se fugissem de uma realidade dura demais. E aqueles olhos eram sempre tão presentes, tão expressivos, tão vivos. Ver a mãe naquele estado era a pior de todas as dores.

Entretanto, ele tinha de prosseguir; as coisas não poderiam parar nunca. Ainda bem que o amigo estava ali para lhe dizer essas palavras e dizer-lhe também que poderia com ele contar sempre que precisasse. Ele precisava muito.

Assim como tudo vem, tudo vai. O impulso vital acaba as lágrimas pouco a pouco, dissera Álvaro de Campos, certa vez. Ainda bem que existe o impulso vital, a vida. Difícil era aceitar isso e continuar, mas a vida incrivelmente faz-nos acreditar em tudo, principalmente nela, pois ela se faz presente, ela incita, ela sustenta, ela vive. Caetano sentia isso. A cada vez que abria a janela e via que o horizonte ainda estava ali, sentia que um pouco de vida penetrava na sua alma e a tornava mais resistente. Assim também ocorreria com seus pais. Aos poucos, a vida voltava e trazia sorrisos, brilhos, viços. A vida não perece nunca. Aos poucos, tudo ia se ajustando, as lembranças, embora ainda pungentes, minguavam a cada instante, como a lua cheia de fases, que míngua, mas se renova, enche-se. A vida é como a lua, que míngua, renova e se enche de novo. Enche-se de quê? De esperança, talvez. De esperança, com certeza! Isso Caetano sentia. Seu mundo ia, aos poucos, se enchendo de esperança, de vontade de viver, de sorrir novamente.

E como dissera Vinícius de Morais, nada como o tempo para passar. E nada é mais certo, mas justo ou injusto, mais inexorável que o tempo. Discreto, lesto, o tempo passava sem que se percebesse. No entanto, isso não significava que o mesmo não deixava suas marcas, nem que ele as cicatriza muito, e, às vezes, chega a curá-las, sim, curá-las. O tempo tem o poder de amenizar as cicatrizes, de lavar as feridas, mas de reabri-las também quando necessário. Tudo se devia ao tempo, ao implacável tempo.

Foi o tempo o responsável pela volta da vida àquela família. Agora, descansavam um pouco e até sorriam, dormiam bem.

Marta já tinha voltado para a fazenda e retomou sua vida, como dantes. Osvaldo também retomara o serviço e evitava lembrar o que tinha se passado. Não queria viver de reminiscências. Queria seguir o caminho ao qual tinha direito, ao qual todos tinham direito.

Capítulo Sete

arta soergueu o corpo e apanhou a roupa com cuidado. Enquanto terminava de esfregar aquelas, Tereza estendia as que já haviam enxaguado. O sol estava bom para estender roupa naquele dia, e elas tinham de aproveitar. Ainda bem que havia pouca roupa. Algumas camisas de Osvaldo e umas poucas peças suas. As de Tereza ela própria já lavara e elas pendiam no varal. Esfregando o colarinho com a escova, Marta olhou para Tereza e percebeu algo de diferente.

Seu instinto feminino lhe indicava uma resposta ao que lhe pareceu um mistério. Paulo, o peão que Osvaldo contratara. Sabia que Teresa e o rapaz deveriam andar de agarros pela fazenda. Não há muito tempo, pegara os dois em situação suspeita. Tereza negou tudo, mas Marta não era boba. Porém, tinha algo a mais que uns esfregões. Tereza trazia nos olhos a preocupação e no corpo a satisfação.

— Tereza, vem cá – chamou-a em tom natural.

— Sim, senhora – disse, se se aproximando de Marta.

— Vou te fazer uma pergunta e não adianta me esconder, viu menina?

Os olhos de Tereza tentaram fugir dos de Marta, mas era tarde. Agora tinha de enfrentar.

— Sim, senhora.

— O que está acontecendo com você e o Paulo?

A jovem ficou sem graça e tentou negar tudo, mas viu que não podia mais.

— Não tenho nada com isso e nem sou contra, mas preciso saber o que anda acontecendo com os meus empregados.

— Tá, senhora. A gente tá namorando.

Marta não pôde conter um sorrisinho. As duas riram em seguida.

— Está se cuidando, menina?

— Claro, dona Marta, ele não é nem doido de mexer comigo. Não deixo de jeito nenhum.

— Tem certeza, Tereza? Tenho minhas dúvidas. A senhora anda muito alegrezinha, viu.

Tereza riu timidamente, mas não desmentiu a patroa. Isso era verdade. Paulo a fazia viver em estado de graça. Ele tinha um fogo! Riu novamente quando pensou em Paulo.

— Eu disse a ele que quero compromisso e que se num quiser nada disso, eu não quero nada.

Marta olhou para Tereza e admirou a atitude da menina, mas sabia que aquilo era discurso. Tereza com certeza já tinha caído na lábia de Paulo. Ele fazia o tipo sedutor de meninas inocentes e bobinhas como Tereza. Ele já tinha conseguido o que queria, afinal ele tinha aqueles olhos. Que olhos ele tinha! Eles simplesmente penetravam a nossa e nos levavam para onde quisessem. Marta nunca tinha visto um homem com um olhar tão hipnotizador. Uma vez, sentira-se olhada por ele e sentiu-se também raptada, presa por um simples olhar. Ainda tinha aqueles braços, aquela cor bronzeada, aquela altura. Ele era um homem perigoso. Tereza que se cuidasse!

Aquele homem iria levá-la à perdição. Até Marta tinha medo dele. Embora fosse uma mulher casada, tinha medo de se aproximar de Paulo. Ele tinha um enigma nos olhos que a desafiava para a descoberta. Sabia que ele exercia esse fascínio em todas as mulheres para as quais olhava. Já ouvira comentário da mulherada da vizinhança. Lembrou-se do dia em que o vira tomar banho no igarapé, nos fundos da fazenda.

Dando umas voltas para procurar o ninho de uma galinha, que estava chocando escondida, Marta começou a andar pelo caminho do igarapé, uma pequena trilha feita pelo rastro da caminhada diária. Quando se aproximou do igarapé, ouviu barulho na água, como alguém que se banhasse naquele momento. Aproximou-se mais devagar para não fazer barulho, e, espiando por detrás dos matos, pôde vê-lo nu, tomando banho. Viu inicialmente só o dorso forte e bronzeado, resultado de sua constante exposição ao sol quando trabalhava sem camisa, em dias de muito calor. O sol dourava-lhe a pele nesse momento. Ficou então olhando aquele homem que mergulhava e voltava levantando o dorso. Enxugava a água do rosto afastando os cabelos com as duas mãos. O cabelo ficava ora caído no rosto, ora levantado sobre a cabeça bem delineada.

Ela ficou ali por algum momento, vendo-o e até achando engraçado o seu papel de espiã, de mulher curiosa. De repente, ele mergulhou e quando voltou, foi saindo aos poucos da água, mostrando o corpo completamente nu. Marta enrubesceu diante daquela ousadia. Que ousadia? Dele ou dela? Ele não fora ousado, ela é que de atrevida estava espiando-o! Não quis recuar, e continuou a fitá-lo, de longe. Ele, por sua vez, não tinha a menor noção de que estava sendo observado de longe. Seu corpo nu estava ali a poucos metros dela. Fazia tempos que ela não via um corpo de um homem daquele jeito, e, com certeza, um corpo daquele ela nunca viu. Ele era forte, moreno, braços e pernas fortes, e um sexo viçoso, bonito. Ela achou. Seus olhos seguiram da ponta do membro até o caminho em pelo que se formava dos pubianos até o peito. Era um peito forte, delineado. A pele estava molhada, e as gotas de água iam se juntando e formando pequenos filetes de rio sobre o corpo dele e ia pingando. De repente, ele começou a se sacudir para secar o corpo, e ela visou seus músculos firmes. Sentiu-se envergonhada quando viu seu sexo balançar de um lado para o outro. Já era demais! Não tinha de ficar ali olhando aquilo! Lentamente, sem que ele percebesse que era observado, ela deixou o lugar e foi correndo para casa. Depois daquele dia, sempre que olhava para Paulo, não conseguia deixar de se lembrar de ele tomando banho no igarapé.

Agora via Tereza caída por aquele homem. Não foi muito difícil ele conseguir conquistá-la. Juntando a beleza e sedução que emanava dele e a ingenuidade de Tereza, nada ficava difícil. Esperava que Tereza não se precipitasse mais do que ela já achava que ela se precipitara. Continuou a esfregar suas roupas. Tereza continuou estendendo as roupas que a patroa enxugava.

— Dona Marta, seu Osvaldo vem quando da cidade? — Perguntou Tereza, aproximando-se de Marta e pegando mais algumas roupas dentro do balde vermelho.

— Amanhã ou depois de amanhã. Por quê?

— Porque o Paulo disse que o seu Joaquim Pereira teve procurando por ele.

— Sei. E disse o que queria?

— Não. Disse que era só com o seu Osvaldo.

– Tá certo.

Marta pouca importância deu àquilo. Deveriam ser negócios que os dois tinham para tratar. Osvaldo estava na cidade. Tinha ido fechar umas vendas e comprar uns suprimentos para a fazenda. Aproveitaria para ver como Caetano estava. O velho tinha mudado desde os últimos acontecimentos, estava mais tranquilo, menos casmurro. Marta não duvidava de que ele ainda estivesse se encontrando com a outra. Ela também não dera mais importância para isso, havia coisas mais importantes com as quais ela se debatia. Ainda era tudo muito recente o que havia acontecido e ela não tivera tempo de se dedicar à sua vida amorosa. Deixou aquilo de lado e nunca mais tocara no assunto, e também não mais se deitara com o marido. Ele estava dormindo no quarto de Caetano, desde que voltaram para a fazenda. Por enquanto, era o melhor. Quando ela achasse que devia conversar ou voltar ao que era antes, faria sem cerimônia.

Estava ela um pouco preocupada com o filho, que não ficara sozinho, na cidade, graças à companhia da tia Margarida. Sabia que ele se sentia só e deveria estar triste. Pensou em ficar com ele mais um tempo, mas julgou que não fosse o certo. Deixaria o menino ter um pouco mais de liberdade, e estar ao seu lado o tempo todo poderia intimidá-lo. Iria visitá-lo sempre que possível. Que Deus o olhasse por ela!

Era um dia quente, embora tivesse soprado um leve ventinho no final da tarde. De um lado, Caetano caminhando sempre com os olhos para baixo, olhando para os pés; do outro, Cláudio, olhando para o horizonte. Os dois iam em sua caminhada rotineira depois da escola até suas casas. Conversam muito, mas havia momentos de silêncio. Agora era um deles. Há uns cinco minutos não falavam nada. Deveriam estar pensando em algo que os impedia de interromper-se e iniciar uma conversa. Em que estava pensando Cláudio? Era o pensamento de Caetano. O amigo anda meio pensativo, ele notara. Aquilo começou desde que ele recebera aquela cartinha da Luciana. Luciana era a menina da oitava série. Era uma moça já, tinha lindos cabelos loiros e ondulados, olhos claros, seios fartos, e um sorriso encantador. Viera procurar Caetano porque sabia que ele era amigo de Cláudio, pedindo-lhe que entregasse um bilhetinho a ele. Caetano não resistiu em lê-lo antes de entregá-lo. Ela dizia que o achava muito gatinho e que estava a fim de ficar com ele. Aquele não era o primeiro bilhetinho que ele recebia, mas os outros não vieram por sua mão.

Pensou seriamente em não entregá-lo, mas não entendeu por que desejava aquilo. O amigo era muito bonito e as meninas viviam atrás dele. Ele, contudo, era um pouco tímido e por isso não agarrava todas as meninas. Caetano achava aquela timidez muito bonitinha. O rosto dele ficava vermelho e ele perdia aquele ar de homem, virava um menino assustado. Muitas vezes, Caetano era quem o incitava a ir atrás da garota tal e tal. Quando recebera o bilhete de Luciana, não entendeu o motivo e não gostara. Não queria que Cláudio o lesse e se interessasse por ela. Sabia que ele já andava fazendo alguns comentários sobre a garota. Talvez tivesse medo de perder um pouco o amigo, que teria de dividir com a menina. Já era tão sozinho, que não se imaginava sem Cláudio ao seu lado. Era um pouco de egoísmo sim, mas e daí? Ele não tinha o direito de querer o amigo só para ele? Só um pouquinho? Ria daquilo, enquanto caminhava.

Cláudio, notando o risinho de Caetano:

– Rindo de quê?

– Nada.

– Nada? Rindo de nada?

Caetano ficou calado. Não sabia o que dizer. Não podia dizer.

– Besteira.

– Que besteira?

– Ah, nada sério. Um dia eu te conto. – Depois que dissera isso, não soube como foi capaz. O que aquilo significava? Que um dia teria de dizer algo para Cláudio. Dizer o quê? Não havia nada para dizer. Ficou calado novamente.

– Você tem cada uma!

– E você tava pensando em quê? Tava tão concentrado.

– Tava pensando na Luciana. Acho que vou ficar com ela. Ela é muito gata. E tá me dando bola. – Deu um sorrisinho.

Caetano não compartilhou daquele sorrisinho, manteve-se calado.

E calado ficou até a hora em que os dois se despediram, numa despedida seca:

– Tchau.

– Tchau.

Aquilo estava incomodando Caetano muito. A frieza no trato ao amigo era uma espécie de punição por ele dar importância também a tal de Luciana. Tudo o incomodava ainda mais porque não compreendia por que agiu daquela forma. Era legal ter pelo amigo um pouco de ciúme, assim como todas as pessoas têm, entretanto, algo a mais o fazia agir mais egoisticamente em relação a Cláudio. Não entendia o que se passava consigo e a incerteza de seus sentimentos o deixava perturbado. Ficava horas a fio a perguntar a si mesmo o porquê daquele comportamento possessivo e agora hostil. Fora hostil com o amigo? Sim, era isso que achava. Ele não merecia sequer a ausência de um sorriso, quanto mais a ausência de palavras e explicações. Também fora ele o culpado, inserindo mais alguém naquele ciclo duo. Ele não tinha o direito? Tinha, ora! Ele é que não podia impedir Cláudio de fazer novas amizades e até iniciar um romance. Era o direito dele, assim como seria o de Caetano. Caetano não se interessava em trazer mais ninguém para o grupo. Mantinha-se distante de todos na medida do possível, para que ninguém atingisse um grau de amizade mais que o necessário entre os dois. Vinha mantendo Cláudio preso numa redoma e inconscientemente tinha ciência disso.

Seu mundo era restrito a Cláudio. Respirava o amigo, vivia-o. Tudo em sua vida, de repente, passou a ser o amigo. Não fazia nada se não pensasse nele ou fizesse por ele. Talvez até já o sufocasse, e talvez fosse por isso também que ele estava interessado em fazer amizade com outra pessoa, uma garota. Era isso! Como ele não percebera? Aquela amizade única não era normal para alguém como Cláudio. Ele precisava de asas, precisava voar, e Caetano estava aprisionando-o em seu mundo. Que horror! Cláudio não merecia aquilo, precisava se afastar dele aos poucos e permitir que o amigo fosse além dos dois. Seria bom então que ele iniciasse o namoro com a Luciana. Iria ajudar.

Por enquanto, não queria mais pensar em Cláudio e na relação dos dois. As horas que perdia sendo consumido por aqueles pensamentos lhe exigiam muita energia e ele ficava fraco. Não podia mais fazer nada do que vinha fazendo, e pronto!

No dia seguinte, na escola, Caetano estava ainda mais calado, mais distante. Cláudio, no seu mundo, nem percebeu muito. Conversara com alguns colegas sobre as meninas enquanto Caetano ficara na sala terminando uma atividade que, segundo ele, tinha de ser terminada naquele instante. Então o deixara lá e foi para o recreio com os outros meninos, embora não tivesse com eles a mesma intimidade que tinha com Caetano. Eles riram das piadinhas que uns faziam uns com os outros e davam tapinhas e cotoveladas uns nos outros como cumprimentos.

De longe, Caetano olhava os meninos. Tanto melhor que Cláudio se juntasse com outros colegas e não vivesse naquele isolamento. Aquilo não faria bem a ele, além de ficar mais perto do amigo, de quem tanto gostava. Se por alguns instantes pensou em ir, desistiu logo e preferiu ficar no seu lugar, quieto. Aliás, gostava muito de ficar só, consigo mesmo, pensando em coisas que talvez apenas ele pensasse. Será que somente ele pensava daquele jeito? Ou estaria ficando louco? Se tivesse, a loucura era legal. Ou então tudo aquilo era uma timidez sem tamanho. Era possível, visto que não gostava muito de compartilhar com os outros. Desde pequeno, sempre preferia brincar sozinho e curtia muito ficar horas consigo mesmo, pensando consigo. Gostava, quando morava na fazenda, de subir em grandes árvores e ficar trepado nos galhos mais altos por horas. Uma vez, quase caiu, porque quase dormira nos grandes e grossos galhos de uma mangueira. Desde esse dia, passou a fazer isso menos regularmente. Era legal ficar sozinho, olhando por cima da copa das árvores e sentindo o ventinho que sopra melhor naquela altura. Era muito feliz daquela forma, não havia nada de mal.

Quando o recreio acabou, durante o qual Caetano não arredou o pé da sala, Cláudio voltou com um sorriso diferente. Qualquer pessoa que olhasse não perceberia que algo diferente tinha acontecido com ele, mas Caetano sabia. Tinha um palpite que preferia nem pensar. Vira que o amigo estava diferente no sorriso, no olhar, nos trejeitos, em uma série de coisas. A que se devia aquilo? Tinha medo do palpite e tinha ainda mais medo de pensar aquilo. Ficou quieto em sua cadeira sem nada comentar. Na hora da saída, em que ambos pegavam o mesmo caminho até certo ponto, saberia o que tinha acontecido. Iria esperar ouvir da boca do amigo o que tinha se passado. Faltavam apenas dois tempos de aula para que fossem para casa. A professora, na frente da mesa, explicava o porquê da formação das rochas magmáticas e sedimentares, mas Caetano nem sabia do que ela estava falando. Se seus olhos fitavam a professora e sua encenação, eram unicamente os olhos, uma vez que os pensamentos estavam fora de seu controle, distantes.

Por um bom tempo, ele ficou ali a olhar a professora e sua aula, mas com os pensamentos longínquos, esperando que as horas se passassem, não com aquela lentidão como era naquele dia. Olhava o relógio e os ponteirinhos não pareciam mover-se. Tinham parado ou se moviam tão lentamente que sua ansiedade não via. Era torturante olhá-los e não os ver se mover. Sentiu vontade de atirar longe o relógio, mas preferiu ficar olhando para a professora e não olhar mais o relógio, o que era impossível, pois seus olhos o miravam de segundo a segundo, sem que ele próprio percebesse aquela tortura. Os segundos, os minutos, as horas não passavam, embora, por ele, já deveriam ter se acabado há tempos.

Na sua perturbação íntima, de que o tempo passasse mais rápido que o normal ou pelo menos passasse, ele ouviu o sinal da escola, avisando que a aula tinha chegado ao fim. A professora liberou os alunos, guardou seu material e deixou a sala. Todos se levantaram e foram saindo. Caetano então fez o mesmo, embora com uma desenvoltura anormal, deixando, inclusive, o caderno cair no chão. Quem o apanhou foi Cláudio, que estava ao seu lado. Os dois se olharam por uns instantes e riram silenciosamente. Nenhum dos dois entendeu bem aquele pequeno instante, mas não deram importância. Deixaram a sala em silêncio e foram para casa. No caminho, aquele silêncio persistiu. Cláudio, porque não estava pensando muito nisso, tinha os pensamentos voltado para outra emoção; Caetano, porque ele não conseguia iniciar nenhum diálogo que não fosse perguntar a Cláudio se ele beijara Luciana, mas não queria começar daquele jeito, tinha medo de que o amigo achasse estranho. Não se dava de conta que seria uma pergunta normal, natural. O seu medo era ainda maior que a normalidade daquela pergunta. Tentava começar de alguma forma, mas tinha medo de não saber começar ou deixar escapar algo. Escapar o quê? Do que ele tinha medo? Ele também não sabia, porém tinha um medo, um medo de si, de Cláudio, de suas perguntas, das respostas. Ele tinha um medo. Não, ele tinha dois medos: um desconhecido e um de saber que medo era aquele. Como não suportasse ficar naquela incerteza, iniciou o diálogo:

— Você fez o que no recreio?

Dessa vez foi Cláudio que se viu em situação embaraçosa. Não sabia por que, mas se sentia estranho em contar ao amigo. O que ele pensaria? Ah, com certeza ele se orgulharia do amigo. Confessou.

— Eu... eu... dei um beijo na Luciana.

A frase foi inicialmente envergonhada, depois orgulhosa. Para Cláudio.

Para Caetano, aquela frase estranha, traidora, dolorosa. A estranheza, a traição e a dor ele não entendeu, mas sentiu. Sabia que aquilo tinha acontecido; era tudo muito previsível, pelo menos pela forma como se comportaram os olhos de Cláudio, todavia, sentia uma estranha sensação de incômodo diante daquela revelação. Teve mais medo ainda. Não era apenas um medo, era uma recusa àquele ato. Não gostara de saber daquilo por que queria o amigo só para si, mesmo sem saber por quê.

Talvez tenha sido por isso que nada falou durante o trajeto, até que deram "tchau" um para o outro. Depois daquilo, Caetano andou contando os passos e vendo os pés se moverem cada vez mais rápidos, enquanto as lágrimas molhavam seu rosto e depois caíam em dança pelo asfalto.

No dia seguinte, não quis ir à aula, sentia-se envergonhado pelo que tinha acontecido. Chegou a um estado em que um fio tênue evidenciava o que estava acontecendo, e não queria prejudicar Cláudio. Ele era seu melhor e único amigo e não queria perdê-lo. Aquelas coisas estranhas que vinha sentindo, aquele ciúme, aquela possessividade estava interferindo na relação dos dois. Se Cláudio ainda não percebera, estava prestes a ver. Caetano preferiu se afastar um pouco – não iria à aula.

Entretanto, o fato de não ter ido à aula, piorou tudo: ao final da tarde, Cláudio estava na frente de sua casa, chamando por ele. Quando ouviu a sua voz chamando, uma alegria infinda percorreu-lhe o corpo e ele ficou tão feliz que teve medo de mostrar aquela felicidade. Tentou disfarçar sua alegria e abriu a porta, convidando o amigo para entrar.

Cláudio entrou e logo perguntou o porquê da falta.

– Eu não estava muito bem. Acho que era início de gripe. Achei melhor não ir.

Ele deu de ombros.

– Mas está melhor? – Perguntou, sentando-se no sofá da sala.

– Estou.

– Você perdeu um trabalho que a professora de português passou para fazer na sala.

– Poxa!

– É... mas ela deixou a gente terminar em casa e disse que você poderia terminar comigo e entregarmos juntos.

Ele sorriu. Sabia que a professora só dissera aquilo porque ele foi lá pedir. Ele sempre fazia essas coisas, era um amigo maravilhoso. Era isso que ele tinha medo de perder se um dia Cláudio descobrisse aquele sentimento estranho que ele sentia. Sorriu para o amigo.

– E você veio para fazermos?

– Também, mas vim pra saber por que você não foi à aula. Fiquei preocupado.

"Fiquei preocupado", aquilo não tinha preço.

– Obrigado. Mas tô bem. É pra entregar quando?

– Na outra semana só. A gente faz depois.

De repente, Caetano percebeu que algo diferente acontecia com Cláudio. Era Luciana.

– Ei, acho que eu tô namorando a Luciana.

"Acho que eu tô namorando a Luciana", aquilo doeu um pouco, mas não deveria doer. Por isso, tentou afastar tudo que fosse estranho e encarou a declaração com naturalidade.

– Legal. E como foi isso?

Queria mesmo saber? Sim, era tudo o que queria, pois sabendo como ela tinha feito, poderia...

– Foi depois que a gente se beijou ontem... e hoje. Foi durante o recreio. Eu não pedi para namorar ela, mas acho que tá rolando.

Dessa vez, ele não soube o que falar, não por si, mas pela situação. Pensou em dizer algo que o elogiasse pela conquista, porém, não acreditou que conseguiria transmitir com sinceridade o que queria. Sorriu então.

– Ela é muito gata, né?

– Com certeza. É a mais bonita da escola. – Até pensou, mas não pôde negar. – E você é o mais bonito.

Cláudio fez um silêncio diante daquilo. Um garoto assumindo aquilo diante do amigo era muito legal, era corajoso, era honesto. Virou-se para o amigo e sorriu em agradecimento. Houve um momento de cumplicidade importante naquela amizade. Caetano sentiu-se feliz por ele ter aceitado aquilo naturalmente. Todavia, não ousaria dizer mais algo daquela natureza. Ele sentiu naquele instante que o seu segredo estava mais próximo de ser descoberto do que ele imaginava. Cláudio não era o menino mais bonito da escola, e ambos sabiam disso. Caetano havia deixado escapar algo que lhe custaria caro. Será?

Capítulo Oito

A visão daquele homem percorreu o pensamento de Marta por muito tempo. Como se não bastassem os pensamentos, percorreu seus sonhos. Nos sonhos, ele não poderia chegar. Infelizmente, havia chegado neles também: em vários momentos, ela sonhara com aquele homem. Acordava no meio da noite e tinha medo de si mesma. Por que aquilo vinha acontecendo com ela? Não parecia certo. Ela era uma mulher casada e não dera espaço para que a figura de outro homem se interpusesse entre seu casamento e sua fidelidade, sua decência. Se fosse apenas a beleza, havia outros homens bonitos como ele. Será? Não estaria ela enganada? Onde teria visto outros homens tão belos quanto Paulo? Não, ela não vira outros homens tão belos quanto ele. Não era só a beleza, ela sabia; era o jeito sedutor, era o olhar penetrante, era a presença embriagante, era a vontade incontrolável de tocá-lo, de saber como era tocar aquela pele morena.

Meu Deus! Aquilo a estava enlouquecendo. De repente, sentiu uma necessidade de vê-lo longe da sua casa, porém, não tinha motivos para mandá-lo embora. O que diria ao marido? Ele era um excelente empregado, trabalhador, respeitoso, obediente. Ofertas ele não tinha para trabalhar em outros lugares, mas... Mas o quê? Ela não tinha o que fazer. Tinha de suportá-lo ali, tinha de conviver com aquele homem misterioso e de olhar molestador. Sentia-se molestada por aqueles olhos miúdos e expressivos, embora não se sentisse ofendida por aquele homem. Eram somente os seus olhos que a provocavam. Ou tudo não seria impressão dela? Estaria ela vendo mais do que realmente os olhos dele diziam? Claro, tudo aquilo poderia ser fruto de sua imaginação perturbada. Precisava se livrar daquilo.

Estava disposta a controlar o seu medo de encará-lo e se livraria daquela situação incômoda. Se fosse preciso, conversaria com ele. Aliás, tinha isso: ela nunca conversava com ele. Viam-se sempre de longe. Muito provavelmente, aquela distância os aproximava, mantinha uma proximidade estranha. Tinham se tornado um mistério um para o outro, pelo menos era o que ela pensava. Talvez ele nem pensasse nela, nem a visse do jeito que ela se sentia visto. Será?

Ainda havia Tereza. Ela estava apaixonada pelo rapaz e qualquer coisa poderia despertar os olhos de Tereza. Era melhor tomar muito cuidado para que a empregada não percebesse nada. Tinha de ser natural, não poderia deixar nada transparecer. Era, porém, tão difícil fazer isso. Como iria conseguir? Por mais que não percebesse, ela não queria mais ficar sonhando com aquele homem: queria sonhar com o marido. No entanto, nunca mais tinha se deitado com ele. Não seria isso a causa dos seus sonhos? Carência? Estava carente e não queria procurar o marido por causa do orgulho. Precisava de um homem. Precisava de um homem ou precisava de Paulo? Era esse o seu grande medo. Tinha então de afastar todo e qualquer pensamento que envolvesse aquele rapaz. Isso ela já não vinha fazendo? Teve dúvidas se vinha realmente fazendo isso.

Inegavelmente, foi graças àquele homem que ela voltou a se olhar no espelho. Há tempos não olhava para ele buscando algo nela, um sinal de beleza, um sinal de vida. Depois do que acontecera à sua filha, então, não mais olhou para si. Ela não se dava conta de que voltara a olhar para o espelho por causa dele. Não tinha ideia que era por isso. Lá estava ela, na frente dele, levantando os cabelos e olhando o ângulo de seu rosto, levantando o que parecia caído, analisando a textura da pele. Seus olhos estavam recuperando o brilho, aos poucos. Sua pele parecia também recuperar o viço, que foi se perdendo sem que ela notasse.

Ela gostava do que via. Sentia-se mais bonita, mais viçosa, mais jovem, mais mulher. Contudo, não sentia vontade de entregar aquela nova beleza ao marido. O que ele fizera não tinha perdão ou ela ainda não se sentia pronta para perdoá-lo. Sentia falta dele, mas preferia assim: cada um no seu lugar. Ele também não vinha mais investindo em pedidos de perdão. Estava desistindo? Ela não sentiu nada em relação a isso. Não sentia necessidade de ser desejada por ele, nem queria disputar com a outra que ele arranjara. Nem ciúme mais sentia como antes. Não sabia mais se ainda quereria o marido um dia, e também não queria se sentir morta nem arranjar outro homem. Preferia curtir esse momento de se amar sozinha, de se admirar sozinha. Era melhor.

Enquanto ela se olhava no espelho, seus pensamentos começaram a buscar a imagem de Paulo. O que ele acharia dela? Será que a achava bonita? Não! Que ridículo! Perguntas bestas! Prendeu o cabelo e saiu da frente do espelho. Um absurdo aquilo de ficar se perguntando se Paulo...

Voltou para a cozinha e foi terminar o seu serviço. Quando desceu o degrau que dava acesso à cozinha, levou um susto quando viu Paulo sentado à mesa, segurando um copo de café.

Ao vê-la, ele levantou-se rapidamente e, tímido, pediu desculpa por estar ali e pelo susto.

— Não precisa se desculpar, Paulo.

Era uma das raras situações em que tinha conversado com ele. Agora, naquele pequeno diálogo, ela pôde perceber que sua voz era grave, melodiosa, sedutora.

— Vim só tomar um pouco de café.

— Tudo bem, não precisa se preocupar. Continue tomando o seu café. Eu só me assustei porque pensei que não tinha ninguém aqui.

Foi então que ela percebeu que os dois estavam a sós em casa. Osvaldo chegaria somente no dia seguinte e Tereza tinha ido visitar uma tia, e voltaria no dia seguinte também. Meu Deus! Não poderia ficar sozinha com aquele homem naquela casa! O quer iria fazer! Nada, absolutamente nada. Agiria como uma senhora casada e iria considerar tudo muito natural. Ele estava ali para protegê-la, nada mais.

Tentou ficar tranquila e aproximou-se do fogão.

Ele a seguiu com os olhos, timidamente.

Ele a seguiu com "aqueles" olhos. Oh, meu Deus! Como tinha medo daqueles olhos! Sentiu quando ele começou a segui-la, mas não quis que ele parasse. Alguma coisa dentro de si a fazia querer aquilo. Estava ela perdendo o controle de si? Oh, Senhor, não!

Precisava fazer algo logo. Olhou para a cozinha e procurou uma atividade que a ocupasse lá, porém, seus pensamentos não a deixaram encontrar nada. Começou então a arrumar a lenha do fogão. De repente, percebeu que a lenha estava acabando, e precisava de mais.

Contudo, antes mesmo que ela dissesse que precisava de lenha, ele já havia descido e voltado com mais pedaços de madeira lascados, os quais vinham presos aos braços deles. Ele os manipulava com uma presteza incrível. Ela ficou olhando o jeito com que ele punha as lenhas no chão, ao pé do fogão. Ele não pôde deixar de perceber que ela o olhava. Fazia tempo que se sentia olhado por ela. Logo ela, que era tão bonita. Uma senhora, mas ainda muito bonita. Ela tinha aqueles cabelos ondulados e claros, aquela pele rosada, aqueles olhos grandes e medrosos. Ele percebeu, certa vez, as pernas dela, quando ela estava agachada lavando roupas. Claro que ela não percebeu que ele olhava de longe, mas pôde ver a brancura de suas coxas. Eram coxas firmes, suavemente brancas, puras.

Fazia tempo que ele queria tocar naquelas pernas, embora soubesse que não podia, porque ela era a mulher do patrão. Se o patrão desconfiasse disso, matá-lo-ia. Permaneceu sem esboçar quaisquer reações ou tentativas de flertes; restringiu-se apenas em desejá-la e a desejar também que ela sentisse o mesmo. Depois de algum tempo, percebeu que ela parecia corresponder àquele desejo. Certa vez, sentiu que era observado enquanto tomava banho. Pensou inicialmente que fosse Tereza, depois percebeu que não era ela. Só poderia ser a sua patroa. E que patroa!

Não pôde deixar de escapar um sorrisinho no canto esquerdo da boca. Esperou que ela não tivesse visto, mesmo achando que seria melhor se ela o tivesse visto. Levantou-se e deixou as lenhas no chão; olhou-a como que dizendo que estavam ali as lenhas, e fez questão de olhá-la mais profundamente, para ver se conseguia ler alguma coisa nos olhos dela. Viu apenas que ela sentia medo do olhar dele. Não poderia fazer isso com ela, não podia torturá-la. Baixou os olhos e deixou a cozinha. Se sentia desejo pela patroa e sentia também correspondência, não significava que tivesse o direito de tomar nenhuma atitude que a desrespeitasse. Tinha de respeitá-la como queria que alguém respeitasse sua mãe. Se sua mãe fosse tão bonita quanto aquela senhora, duvidava que os homens não a olhassem com desejo.

Ela ficou olhando-o se afastar e lutou muito para manter-se de pé. "Então ele sabe que eu o olho! Oh, meu Deus com fui deixar isso acontecer?!" Ela ficou perturbada com aquilo. E agora? O que ele poderia fazer? Deveria achar que ela era uma mulher indecente? Não poderia deixar que ele tivesse aquela impressão sobre ela! Tinha de consertar aquilo! Como? Meu Deus, não sabia como fazê-lo. Não poderia simplesmente conversar com ele. Era assumir de vez que o olhava com desejo. E agora? Estava desesperada! Ah, e por que Tereza não estava ali para que aquela cena nunca tivesse acontecido? Sentiu-se desesperada. Não iria conseguir dormir naquela noite.

E não conseguiu mesmo. Não porque estava com medo ou preocupada, mas porque fazia um calor sufocante. Ela rolava de um lado para o outro na cama e o sono não vinha. De repente, sentiu vontade de dormir nua, porém, o fato de Paulo estar ali muito próximo, fê-la desistir. Se de repente ele a visse daquele jeito? Como ele a veria daquele jeito? Não tinha nada demais. Ficou vestida apenas com a calcinha! Quando pensou sobre os trajes ou o único traje que vestia, deu um sorrisinho pela ousadia de estar daquele jeito. De repente, sentindo-se ainda mais ousada, tirou também a calcinha, e se viu completamente nua. Contudo, estava escuro; acendeu a luz e ficou contemplando seu corpo no espelho. Gostava do que via. Deu novos risos, sentindo-se corajosa, sedutora, mulher. Por que estava fazendo aquilo? Seria por que...

De repente, cobriu-se com um lençol fino. Sua imagem meio coberta pelo lençol pareceu-lhe sexy, bonita. Lançou o ombro mais pra frente e fez uma pose mais sedutora. Ela ainda era bonita, sentiu-se assim. Daquele jeito, percebeu que não fazia calor, e que estava até agradável a temperatura do quarto. Então por que estava inquieta na hora de dormir? E que calor sentia...? Oh, não! Seria?

Com medo, deitou-se na cama e se cobriu, procurando o sono, que não vinha.

Nesse momento, ela ouviu as batidas. Alguém estava batendo na porta. Quem seria? Teresa teria voltado da tia àquela hora? Osvaldo não era porque não ouvira o barulho do carro. E Paulo... Paulo não poderia, ele não teria aquela ousadia. Vestiu sua camisola longa e foi abrir a porta.

Quando a abriu, mal teve tempo de pensar que fora vestida apenas com a camisola sem nada por baixo, pois Paulo a fitou com aqueles olhos e a segurou pelo braço, beijando-a em seguida. Se ela não desmaiou, nunca soube o que foi aquele momento em que perdeu o controle dos sentidos. Assim que as mãos dele pegaram seus braços com força, ela amoleceu o corpo e deixou-se ficar naqueles braços. Então ele a beijou com volúpia, fazendo-a perder ainda mais as forças. Inutilmente, ela tentou livrar-se dos lábios dele, mas o seu corpo não correspondia aos seus pedidos. Então, ela se deixou levar por aqueles braços, que a carregaram até o quarto e a jogaram na cama. Se houve alguma tentativa de luta, nem ela mesma soube quando – estava se deliciando com cada ação que acontecia no seu quarto de mulher casada. Rapidamente, viu-se completamente nua sobre a cama, enquanto aquele homem misterioso, de joelhos, levantava os braços para tirar a camisa. Depois, ele estava tirando a calça! E tirando as cuecas! Ela estava assistindo àquilo sem saber o que fazer, sem força para fazê-lo voltar atrás, ela estava querendo tudo o que via! Como ele era saudável, limpo, belo! Se Deus a fosse castigar por aquilo? Evitou pensar nisso, para não estragar aquele momento. Como quem aceita o convite da mais perigosa das aventuras, ela esqueceu o mundo por alguns instantes. O seu corpo precisava esquecer tudo e viver aquilo, somente aquilo.

Era um dia de sol. Não muito sol, mas sol. Fazia um calor suportável. Algumas pessoas caminham pelas ruas da cidade, umas às pressas e outras observando os outros transeuntes. Caetano também andava pelas ruas da cidade e estava à procura de um material para fazer um trabalho escolar. Era uma sexta-feira e tinha de entregá-lo na segunda. Carregava uma sacola com cartolinas, pincéis e papéis coloridos. Faltava comprar ainda os isopores. Caminha na rua em frente à Catedral Nossa Senhora da Glória. Parou um pouco e ficou contemplando o prédio. De longe, avistou um padre, que vinha pela calçada e adentrou o portão. Ele ficou olhando aquela figura que lhe pareceu inicialmente engraçada, com aquela vestimenta. Depois, ele sentiu uma tranquilidade naquela figura. O padre tinha passos lentos e cuidadosos. Era um padre ainda jovem, como ele percebeu. Diferente do padre que costumava celebrar a missa na igreja à qual ia com sua mãe, na fazenda. Ficou ali pensando em como seria a vida de um padre. Tranquila, pareceu-lhe. Talvez também fosse monótona. O que eles faziam? E como se divertiam? Deveria ser interessante, no mínimo curiosa. Depois, ele viu o padre surgir mais adiante no alto, perto de uma espécie de varanda ao redor da Catedral, virada para a praça. De lá, pôde ver o homem novamente e ficou admirando seus gestos. Olhando mais atentamente, a figura do homem pareceu ainda mais fascinante. A ideia de um sujeito solitário que abdicou de sua vida particular para seguir numa missão religiosa, pareceu-lhe fascinante. Ficou imaginando se teria coragem de fazer aquilo. Talvez não, embora a ideia do isolamento fosse atraente.

Depois que o homem pareceu cumprir seu objetivo lá fora, virou-se lestamente e entrou, sumindo da visão de Caetano, que baixou a vista e seguiu seu caminho.

Marta ainda não conseguira entender por que fizera aquilo. Por mais que tivesse a consciência de que tinha agido pelo desejo que sentira de estar com Paulo, tinha também a consciência de que era uma mulher casada, de que o que fizera não era certo. Agira tal qual o marido e isso não a deixava bem. Não podia fazer aquilo com ela própria. Pagar na mesma moeda não lhe dava mérito algum, pelo contrário, fazia-a sentir-se suja. Entretanto, havia sido tão bom, tão perfeito, tão único. Há tempos não tinha experimentado uma sensação daquela. Não sabia nem se já experimentara alguma vez. Muito provavelmente não, pois não se recordava. Se tivesse feito, jamais esqueceria.

O que a levara àquele ato foi a forma como ele invadiu sua casa, seu quarto, sua cama. Relutara ainda, mas ele foi mais forte. Era isso ou ela estava tentando se iludir? A última hipótese era muito mais provável do que a primeira. Ela quisera aquilo, por isso não conseguia dormir, por isso foi abrir a porta, por isso deixara-se entregar àquele homem. Ela o desejava há muito e tinha consciência do seu desejo. Se estava arrependida, era uma coisa; negar que o queria, ela não conseguia. Por isso, ela vivia com uma briga íntima entre a razão e a emoção. Fora movida pela emoção e agora sua razão a condenava. A palavra adúltera lhe soava na mente, martirizando-a, punindo-a. Nada podia fazer, uma vez que tudo já tinha sido feito. Agora era só lamentar se tivesse de lamentar e aceitar o erro, se houvesse erro.

Pelo menos uma coisa ela poderia garantir: seria apenas aquela vez e nunca mais. Não iria viver um casinho com Paulo. Assim que o marido chegasse, desceria do seu orgulho e o procuraria. Ela agora não podia mais condená-lo. Deveria entendê-lo. Se para ela que era mulher, foi impossível resistir àquela sedução, imagine para um homem resistir a uma mulher. Poderia ela comparar as duas situações? Sim, podia! Não, não podia! Ora, ela não estava tendo um caso com Paulo, tivera com ele apenas uma noite de sexo! Osvaldo estava tendo um caso com "aquelazinha". Era diferente. Não poderia comparar, porém, não podia mais condenar tanto o marido. O certo era conversar com ele e voltar tudo como antes. Se possível, demitiria Paulo. Ou talvez melhor fosse conviver com ele, aprender a lidar com aquela sensação, que logo acabaria porque seu desejo fora saciado.

Encostada ao fogão de lenha, ela afastou a madeira que ainda não queimara e a arrumou para fazer um novo fogo. Tinha de fazer o café. Logo Teresa chegaria. Não queria que Teresa sequer imaginasse o que tinha acontecido. Tinha certeza de que

Paulo não contaria nada a ela, nem a ninguém. Ele não era louco. Ela trajava naquela manhã o vestido mais longo que tinha. Tinha mangas que iam até os cotovelos e o colarinho cobria muito bem o colo. Não queria que Paulo guardasse a ideia de que ela o queria novamente e de que estava se mostrando para ele. Percebeu que ele tinha uma vaidade evidente e um orgulho do seu poder de sedução. Vestir-se de modo a mostrar um pouco de seu corpo corresponderia à satisfação do ego dele. Ela considerava que tal ato seria errado.

Ao mesmo tempo em que ela arrumava a lenha, a feitura do fogo, olhava para o relógio. Teresa dissera que viria logo cedinho. Queria-a ali a todo custo. Ficar a sozinha, com Paulo por perto, era o que não queria. Ele que não se atrevesse de novo! Ela não iria permitir mais nada. Ao passo que se aproximou do pote de água, que ficava numa mesa do lado esquerdo do fogão, pressentiu a presença de alguém. Oh, meu Deus, quem seria? Antes mesmo que saísse para verificar, Teresa entrou na cozinha, dizendo "bom dia".

Ela respirou profundamente e continuou o seu ritual de encher o bule para fazer o café.

Osvaldo chegou ao finalzinho da tarde. Diferente das outras vezes de sua chegada, ela foi lhe receber com um sorriso. Nunca imaginara que ela fosse sentir aquele prazer todo com a volta do marido, depois do que acontecera. Estaria ela recuperando a paixão pelo marido ou aquela reação era o peso de sua consciência? Talvez fosse um pouco de cada coisa. Ela sentia falta do marido, sim, e não o procurava porque estava ainda com o orgulho ferido. Além disso, sentia-se culpada pelo que tinha feito na noite anterior com o empregado.

Além de um sorriso, ela o recebeu com um abraço e um beijo de leve nos lábios. Ele não entendeu direito, mas achou boa a recepção. Já tinha desistido de conversar com ela, que era muito teimosa e não dava o braço a torcer nunca. Se ela estava daquele jeito é porque tinha refletido sobre os dois e concluíra que não valia a pena punir o marido. A reconciliação seria o melhor para os dois.

— E Caetano, como está?

— Tá bem. Tá muito entusiasmado com os estudos. Aqui e acolá fica um pouco triste quando se lembra da irmã, mas vai levando.

— Já faz três meses. Mas é muito recente — refletiu ela baixando o olhar e enchendo-os de lágrimas. — Quando é que nós vamos esquecer o que passou, Osvaldo?

— Nunca, querida. Não vamos nos martirizar com isso — disse, dando-lhe um abraço.

E por alguns instantes tudo parecera ser como antes. Por que não haveria de ser? Sim, esse era o caminho. Ela precisava fazer aquilo para que os dois vivessem em paz. O mundo já fora por demais cruel com todos, agora era o momento de trégua. Uma pontadinha de remorso fê-la sentir-se na obrigação de fazer aquela família feliz novamente. Esse seria seu objetivo a partir daquele instante. Custasse o que custasse.

Capítulo Nove

Marta ainda viveu por um bom tempo à sombra daquele ato adúltero. Mesmo que tentasse fugir, a presença de Paulo era constante e inevitável. Ele, por sua vez, não a perseguia ou forçava nada, pelo contrário, mantinha distância dela. Todavia, a distância era pequena porque Marta sabia que ele estava por ali e carregava um segredo com ele. Tinha medo, de um dia, alguém perceber o que havia acontecido. Logo agora que estava bem com seu marido, que tinham conversado e que a paz voltara a reinar na casa, ela não poderia colocar nada a perder.

O que poderia ela fazer? Paulo nunca dera ou daria motivo para ser expulso da fazenda, e também não haveria motivo para ele próprio querer ir. Teria de conviver com aquilo. Pelo menos ele nunca mais viera para o seu lado, e o namoro dele com Teresa parecia crescer a cada dia. Ela pensava até em casamento. Marta desconfiava de que ela estivesse grávida. Vinha sentindo uns enjoos, umas tonturas e sua cintura já não era mais a mesma. Que os dois logo se casassem e ele a deixasse em paz.

Ela sentou-se sobre uma grande tora de madeira, que ficava próxima ao igarapé. Ficou olhando as águas correrem lentamente. Era uma imagem bonita. Via-se o brilho do sol refletindo na água e fazendo movimentos lentos. Às vezes, as cores iam mudando, formando uma paisagem cromática interessante. Era gostoso também ouvir o barulho que a água fazia quando corria para o lado mais baixo. Ao redor do igarapé, algumas plantas pendiam flores silvestres e muitas tinham formatos diferentes, estranhos. Havia também muito mato, mais afastado um pouco. O próprio caminho até se chegar ao igarapé era cercado de mato. Fora dali que ela ficara olhando Paulo se banhar nu.

Ficou por alguns minutos e só se levantou quando percebeu que o sol já tinha mudado de posição e tentava se esconder, fazendo refletir-se em raios dourados e púrpuros. Era bonito aquele pôr-do-sol, era bonita a cor que ficava o ambiente. Algo meio nebuloso, incandescente. Quando ela se virou para pegar o caminho e começar a andar, deu de cara com Paulo, que deu a impressão de estar ali há muito tempo. Um susto fê-la recuar um pouco e quase perder o equilíbrio. Antes não tivesse se assustado, posto que ele aproveitou aquele titubeio para agarrá-la e beijá-la.

Ela relutou muito veementemente, mas ele era mais forte e seus braços a cobriam por inteira, fazendo-a refém dele. A relutância dela, contudo, era frágil também, porque perto dele, perdia as forças. Ele exercia sobre ela um poder impressionante. Prometera a si mesma que aquilo nunca mais iria acontecer e não podia trair sua palavra. Com mais um pouco de esforço, conseguiu afastar seus lábios dos dele, e disse com a respiração ofegante:

— Não, Paulo, por favor, não faça isso.

A boca dele cobria a dela novamente e ela já não conseguia mais falar nada. Se alguém chegasse ali naquela hora? E se fosse Osvaldo? Meu Deus! Não queria nem pensar nessa hipótese. Estavam arriscando demais. Ele estava arriscando demais. Que ninguém visse um ato sórdido daquele. Tudo, menos aquilo.

Se o seu pedido foi "tudo, menos aquilo", foi atendido. Sem que os dois percebessem, Teresa os olhava muito de perto, esperando que os dois se soltassem. Ela não acreditava que aquilo estivesse acontecendo. Lágrimas já rolavam no seu rosto, quando Paulo a viu e deixou Marta, que, estranhando a reação repentina do rapaz, virou-se e viu Teresa já se afastando, olhando a patroa com um ódio muito compreensível.

Seu mundo estava arruinado, estava nas mãos de Teresa, e uma mulher com ódio era capaz de tudo, de tudo. Sem perder tempo, saiu correndo atrás de Teresa para ver como poderia reverter aquela situação.

Paulo, apenas ficou olhando e sorrindo consigo mesmo, como se achasse engraçado as duas mulheres em conflito por causa dele. Num gesto que qualquer um julgaria ridículo, ele passou a mão por sobre a calça apalpando sua genitália, como se a exibisse para alguém, depois, soltou outro sorriso, dessa vez mais sarcástico.

Caetano sentou no sofá meio timidamente. Era a primeira vez que ia à casa de Cláudio e estava meio envergonhado. Era uma casa bonita, bem cuidada. Tinha uma sala grande, com móveis modernos em cores claras, tapetes em cores neutras no chão entre os sofás, alguns quadros pela parede e persianas nas janelas altas. A mãe de Cláudio não estava lá, e esse era o motivo de ele ter ido à casa do amigo, pois Cláudio não gostava de expor ninguém à presença de sua mãe, além de temer uma daquelas discussões que sempre tinham. Ela não estava lá, mas sabia da presença de Caetano, que não aceitara ir se Cláudio não pedisse permissão à mãe e ela lha desse.

Os dois tinham um trabalho escolar para fazer e esse era o motivo daquele encontro. Como o trabalho requeria tempo, houveram por bem fazê-lo lá, onde também passariam a noite. Margarida concordou, recomendando que Caetano não aprontasse nenhuma, embora soubesse que o sobrinho não daria trabalho algum. Caetano estava extasiado com tudo aquilo. De certa forma, ele estava conhecendo a intimidade de Cláudio e isso o deixava entusiasmado. Gostava de saber cada detalhe da vida do amigo, embora não soubesse o porquê.

Era muito bom ver a felicidade de Cláudio, que estava mais sorridente do que o normal. Havia algum tempo que não discutia mais com a mãe e soubera que o seu irmãozinho estava bem e em breve nasceria. Cláudio estava ainda mais feliz porque sua mãe não fizera objeção quanto à presença de Caetano, deixando simplesmente o menino ir até lá para fazerem o tal trabalho. Os dois estavam animados com aquela aventura, porque era uma aventura. Caetano estava sentado ainda, e Cláudio estava na sua frente, no outro sofá. Viam televisão naquele momento. Cláudio estava deitado no sofá olhando fixamente para a TV, distraído com o programa que passava, enquanto Caetano, sem que o amigo percebesse, contemplava-o. Ficou por longos minutos olhando o amigo, sem que este notasse, pois estava muito entretido com o programa. Caetano ficava ali olhando, percorrendo cada parte do corpo do amigo com os olhos brilhantes. Era tão bom tê-lo daquele jeito, despojado, alegre, confiante. Fazia tempo que não o via daquele jeito. Como ele ficava mais bonito, com aquele sorriso nos lábios.

De repente, Cláudio fez algo que custou a Caetano o controle de não olhá-lo ainda mais, resolveu tirar a camisa. Ele tinha um corpo lindo, forte, desenhado por delicados pêlos que cobriam o peito e desciam em desenho simétrico pela barriga até o púbis. Ele estava deitado ainda, com todo aquele corpo exposto, como numa vitrine.

Caetano já tinha conseguido entender um pouco do que estava acontecendo consigo, estava apaixonado pelo amigo. Custou a entender e a aceitar aquilo. Horas e horas debatera-se ele com aquela realidade. Nada podia fazer, apenas aceitar e desejar o amigo, como vinha fazendo sem perceber, sem contudo, deixá-lo perceber, porquanto não tinha o direito de constrangê-lo, muito menos de estragar aquela amizade linda. Desde esse dia, ele tinha de conviver com isso. Claro, que no início foi difícil disfarçar o que sentia, aquele ciúme, aquele sentimento sufocante. Nem entendia de paixão ainda. Se é que alguém um dia poderia entender disso.

Agora se encontrava ali a contemplar o amigo e a desejá-lo como nunca desejara nada no mundo. Tinha de se conter, de se contentar em apenas contemplar de longe. Cláudio nem percebia e se percebia disfarçava bem – agia tão naturalmente, que dava a Caetano uma sensação de tranquilidade, de paz. A paz sempre estava com Cláudio. Ele era a paz de Caetano, não tinha dúvida. Desde que ele entrara em sua vida e lhe dera força quando precisara, sabia que ele era a sua paz, e tinha a obrigação de mantê-la.

Em seguida, Cláudio chamou-o para ver seu quarto, do qual ele tanto falava. Afinal, lá era seu reduto, seu templo, sua vida. Caetano entrou como quem entra num castelo, percorrendo cada detalhe com os olhos. Via as paredes azul-claras e os pôsteres de heróis de videogames. Via a cama desgrenhada, a televisão no canto direito do quarto, o videogame, alguns cartuchos de videogame espalhados pela cama, e o porta-retrato com a foto de seu pai, com quem ele tanta se parecia. Viu Cláudio no futuro. Incrível como eram parecidos, os olhos, o formato do rosto, os cabelos, o olhar tímido. Via também uma pequena estante onde ele punha os livros e os gibis que adorava. Então aquele era seu mundo. Eram aquelas paredes as testemunhas de suas ações mais íntimas.

Cláudio entrou na frente e foi tentando arrumar a bagunça, bagunçando ainda mais. Caetano riu daquela tentativa, e percebeu que Cláudio ficara um pouco sem jeito de tê-lo ali. Queria-o ali e queria que ele se sentisse bem. O amigo sentiu essa preocupação. Cláudio ia falando algumas coisas, apresentando a casa e suas coisas, e Caetano o acompanhava sem nada dizer. Estar ali significava tanto, e vê-lo falando sobre as coisas o fazia sentir-se bem recebido. De repente, estavam na cozinha, fazendo um lanche, e também conversavam bastante sobre coisas da escola, coisas de que gostavam, estavam curtindo aquele momento.

Depois da conversa, sentaram-se à mesa de jantar para fazer o trabalho. De repente, a mesa estava cheia de treco, uma verdadeira bagunça. Eles mal se entendiam no meio daquela balbúrdia, mas seguiam na sua missão de fazer os trabalhos. Cláudio era ágil em cortar isopor, em desenhar, e gostava muito de fazer aquilo. Caetano escrevia o que tinha para escrever, sua caligrafia era mais notável que a do amigo. Assim, os dois se entendiam e iam trabalhando. Nisso, passaram horas e horas, entre muitas risadas, trabalhos.

Só deram conta das horas, quando já passava das onze.

– A gente continua amanhã. Vamos tomar um banho. Você vai primeiro, vou pegar a toalha. – Cláudio o deixou tentando arrumar um pouco a bagunça.

Quando voltou, trazia uma toalha azul. Jogou-a para o amigo e lhe indicou o caminho do banheiro. Enquanto Caetano tomava banho, ficou na sala vendo tevê. Quando Caetano voltou, foi para o quarto vestir-se. Entrou, sentou-se na beira da cama e ficou ali pensando uma série de coisas. Da felicidade de estar ali, de sentir-se bem ali, de poder conviver com Cláudio, por mais que doesse querer algo que sabia não poder ter. Ali ficou sem perceber que o tempo passava. Só se deu conta de que passara, quando o amigo entrou novamente no quarto, enrolado numa toalha branca. Como ele ficava lindo naquela toalha, exalando o cheiro do sabonete usado no banho, exibindo aquela frescura do corpo recém-banhado. Riu para si mesmo, pelos seus pensamentos.

Cláudio foi em direção ao guarda-roupa e, fazendo que ia pegar uma roupa para vestir, deixou cair a toalha. Assim que a toalha caiu, ele olhou para Caetano e o encarou. Caetano não entendeu e tremeu de medo. Tinha o amigo à sua frente, completamente nu, com aquela beleza magnífica. Como Caetano não entendesse, Cláudio aproximou-se dele, pegou-o pela mão e a direcionou até seu pênis. Caetano gelou dos pés à cabeça. O que era aquilo? O que ele estava fazendo?

Depois, Cláudio o levantou da cama e puxou delicadamente sua toalha, fazendo-a cair no chão do quarto. Estavam os dois nus e Caetano tocando o corpo de Cláudio. Se pensou que aquilo um dia iria acontecer, não conseguiu nunca imaginar como seria, de fato. Se era daquele jeito, não sabia como agir. De repente, os olhos dos dois se aproximaram e pararam uns nos outros. O que o olhar de Cláudio queria dizer? Meu Deus, o que estava acontecendo? Era verdade tudo aquilo ou era sonho? Pesadelo? Irrealidade? Os olhos de Cláudio estavam ainda mais próximos, como mais próximos estavam também seus lábios, que se aproximavam cada vez mais, e mais e mais... Em questão de segundos, os dois estavam se beijando.

Aquele não fora apenas o primeiro beijo de Caetano em Cláudio, era o seu primeiro beijo. Nunca imaginara qual seria a sensação de ter outros lábios entre os seus. Via na televisão e ficava imaginando como seria, que textura teria, que gosto. Tinha imaginado várias vezes como seria beijar Cláudio. Todavia, sua imaginação não conseguia atingir o grau de acreditar que um dia aquilo aconteceria.

Ele não sabia o que fazer. Então deixou que o amigo fizesse. Deixou-se guiar por ele, que o conduzia para um mundo que ele nunca pensou que existisse, o mundo da concretização dos sonhos, da felicidade, do prazer, do amor.

Quando chegou a casa, Teresa nada disse. Ficou calada no seu lugar, porque teve mais medo que a patroa. Já desconfiava que Paulo era um safado, mas agarrar dona Marta era demais. E ela? Por que deixou que ele fizesse aquilo? Seria ela tão sem-vergonha quanto ele? Logo dona Marta, a quem ela tanto admirava por ser séria, respeitosa, honesta. Via naquela senhora a mãe que perdera muito cedo. Gostava de conversar com ela e ouvir os conselhos que esta lhe dava. Tinha imenso prazer em trabalhar lá e poder ajudar alguém com aquele caráter. Que caráter? Já não acreditava que Marta tivesse esse caráter todo. Ela agira como as mulheres vagabundas agem: traíra o marido e ainda com o namorado da empregada. Que coisa horrorosa!

Sentiu vergonha por ela. Se seu Osvaldo soubesse um dia? Meu Deus, não queria nem pensar naquilo. Seria uma tragédia, teriam mortes, sem dúvida.

Sentada no banco de madeira, à mesa, deixou que as lágrimas rolassem livres. Subindo as escadas que davam para a cozinha, Marta chegou. Seu aspecto era de alguém assustada como se tivesse visto o diabo. Era o medo de ser descoberta pelo marido. Teresa sentiu uma vontadezinha de contar para ele. Se pensou nisso por vingança, logo afastou a ideia; não iria fazer aquilo, por enquanto.

Marta aproximou-se de Teresa e sentou-se ao seu lado, levantando seu rosto com a mão direita, fazendo-a encará-la. Depois, olhou no fundo dos olhos de Teresa. Deles era não poderia fugir, não deveria. Olhou com ternura, como se compreendesse aquela dor. E a compreendia. Teresa apenas olhou nos olhos de Marta e esperou que ela falasse alguma coisa. Ela não tinha nada a dizer, visto que não fizera nada de errado, sim a patroa.

– Teresa, por favor, me perdoe.

Foi o que Teresa não imaginou ouvir logo de início.

– Eu... – continuou com os olhos cheios de lágrimas – eu não quis que aquilo acontecesse, juro para você. Ele me agarrou e... e... – Sua honestidade não poderia lançar a culpa unicamente para ele – e... eu não resisti.

Teresa não soube se aquela declaração era contrária ou favorável à Marta. Ela assumia que não resistira, que absurdo! Estava sendo honesta! Ele, claro, era o sedutor, assim como foi com ela e mais algumas amigas suas, que ela soubera. Com a patroa era diferente, e mesmo ela não resistira! Não soube o que pensar. Preferiu então encarar a Mara, para ver se ela tinha algo a mais para dizer.

– Eu sei o que você está sentindo. Lembra quando eu te falei quando vi Osvaldo com aquela mulher. Eu sei o que você está sentindo, Teresa, mas, por favor, me perdoe, vá. Eu juro que não fui atrás dele, eu apenas não resisti quando ele me agarrou. Eu sei que tive culpa, mas não fiz por mal nem por desrespeito a você.

Até que ponto as declarações de Marta eram verdades? Quem garantia que os dois já não tinham tido algo longe dos olhos dela? E se aquela cena fosse apenas mais uma de uma série? Seus pensamentos começaram a visualizar os dois em várias situações, e pediu a Deus que não fosse verdade, que aquilo tivesse sido apenas um incidente. Um conjunto de dúvidas reinava em sua mente naquele instante. Queria ter certeza de que nada estava acontecendo com aqueles dois, pois, se tivesse, nunca perdoaria a patroa, posto que era dela que sofrera decepção. Dele esperava tudo, porque sabia de seu comportamento devasso. Ele era daquele jeito, agarrava quem passasse pela frente. Ela sofria tanto com isso, gostava tanto dele, queria-o tanto só para ela.

– Teresa, eu entendo que você esteja com raiva, e mais, decepcionada comigo. Mas não fique, menina – as lágrimas rolavam pelo seu rosto.

Teresa ficou estática, sem ação, sem saber o que dizer àquela senhora, àquelas lágrimas. Seriam elas sinceras ou era apenas uma encenação para que aquele fato não chegasse aos ouvidos de Osvaldo? Sentiu medo de Marta se fosse verdade. Não acreditava na maldade da patroa, seria perfídia demais por parte dela. Teresa preferia acreditar na inocência da patroa. Por algum motivo, sentia que ela também era uma vítima naquela história, também não estava preparada para aquele perdão tão imediato.

– Depois a gente conversa melhor. Seu Osvaldo está para chegar e não seria bom se ele nos pegasse conversando assim. – Ela se levantou e foi para fogão, destampou a panela e olhou se o feijão estava pronto.

Ainda não. Fechou a panela novamente e ficou ali do lado, parada, esperando que ficasse pronto logo.

Marta se levantou e deixou a cozinha. Não tinha a menor ideia do que Teresa iria fazer, porém, seu coração fê-la acreditar que a empregada não faria nada que a prejudicasse. Quanto a isso, sentiu-se tranquila.

Melhor que ter os beijos da pessoa amada, que saber que ela também nos nota, que nutre por nós algum sentimento, mesmo que menor que o nosso, somente adormecer entre os braços de quem tanto amamos. Essa era a próxima sensação que Caetano experimentava naquele dia mágico. Seu corpo pareceu encaixar-se direitinho no de Cláudio, como se tivessem sido feitos para isso. Podia, daquele jeito que estava, sentir a respiração dele, seu peito inflando e baixando suavemente. Por horas ficou ali admirando e relembrando cada instante que passaram juntos, do beijo que ele lhe dera, do convite para o amor, da realização de todos os sonhos, e de quando ele dissera olhando em seus olhos:

– Eu só comecei a perceber que você gostava de mim quando a Luciana me mandou aquele bilhete.

Ele, tímido, baixara os olhos, envergonhado. O amigo levantara-lhe o rosto com a mão direita e o fizera olharem-se novamente. Os dois olhos se admiraram e disseram coisas que eles não conseguiam dizer senão pelos olhos. Caetano sentira-se confortável naquele momento. Aquilo fora algo além dos seus desejos, dos seus anseios. Fora um momento mágico.

– No começo eu achei estranho, mas depois comecei a gostar.

Não era preciso dizer mais nada. O mundo já existia e os sonhos eram possíveis, e tudo era perfeito, pelo menos parecia. Uma lágrima rolou pelo rosto ruborizado de Caetano. Cláudio a enxugou e depois lhe deu um beijo muito suave.

Depois do amor, ele pôde dormir nos braços de Cláudio, que os tinha fortes, receptivos, perfeitos. Ali ficara recostado até que o sono lhe dominou e o fez adormecer.

Se dormiram muito ou pouco, não souberam. Acordaram quando a voz estridente de Josefa, a mãe de Cláudio, trouxe-os para realidade novamente, a dura realidade.

Os dois saltaram com tal rapidez que não pareceu humana. Cobriram-se rapidamente e ficaram olhando-a com terror. Como aquilo pôde acontecer? Tudo tinha sido tão perfeito, tão mágico, tão... Agora ela estava ali a olhá-los com aqueles olhos fuzilantes, capazes de derrubar exércitos inteiros, pois pareciam que iam saltar da órbita. Se ela sentia pelo filho alguma indiferença, essa indiferença virou ódio quando o vira daquele jeito.

Naquele instante, Cláudio sentiu que seu mundo desabaria por completo. Se a mãe buscava um motivo para condená-lo e agredi-lo, tinha, ao ver aquela cena, todos os argumentos do mundo.

Ela, contudo, além do grito que deu, pronunciando o nome do filho, não dissera mais nada. Apenas o encarou muito seriamente e saiu do quarto. Os dois ficaram sós no quarto e sem ação. Olharam-se e temeram pelo que viria pela frente. Caetano era, sem dúvida, o mais nervoso, o mais assustado. Por isso, coube a Cláudio a primeira palavra:

– Fique tranquilo. Ela não vai fazer nada com você. – E ao dizer isso, deu-lhe um beijo suave nos lábios.

Pronto, poderia acontecer qualquer coisa que ele já se sentia protegido. O medo se fora naquele beijo, a coragem invadira o peito do jovem Caetano. Vestiram-se e Cláudio deixou o quarto. Os dois teriam de conversar muito seriamente. Se houvesse necessidade de Caetano estar lá, Cláudio o chamaria. Ficou aguardando no quarto. O medo voltou a rondar aquele coraçãozinho assustado e temeroso. Pensou logo em sua mãe, se ela descobrisse também o que os dois tinham feito, se fosse ela a ver a cena. Não queria nem imaginar, mas tinha medo de que dona Josefa contasse à sua mãe. Sentou-se na beira da cama e lá ficaria até Cláudio chamá-lo. Preferia que não fosse nunca, tinha medo do que iria acontecer. Entre medo e a angústia, uma felicidade se escondia no escaninho de seu peito, que batia frêmito.

Capítulo Dez

A chuva começou caindo suavemente, depois se intensificou, e, de repente, caía forte sobre o telhado. O vento também se juntava a ela naquele espetáculo. Era uma chuva fria, clara, que parecia dançar enquanto caía. As janelas foram fechadas porque a chuva insistia em invadir a casa. Escorriam pelas frestas pequenos filetes de água gelada, cristalina. Caetano admirava a chuva da janela do lado esquerdo da cozinha. Lá o vento não fazia a água invadir a casa. Sua mãe estava no quarto verificando algumas goteiras das quais ela já vinha reclamando há tempos. Teresa estava na sala enxugando a água que entrava por baixo da porta. Osvaldo não estava em casa. Lá fora, Paulo tentava colocar o gado dentro do curral. Havia uma vaca prenhe e com ela ele tinha de ter cuidado. Caetano o olhava executando a manobra de guiar o gado para o lugar que ele queria. A chuva estava forte e ele não conseguia ver direito, pois o curral também não era perto da casa. Via apenas vultos, e, às vezes, quando o vento mudava a chuva de direção, conseguia ver com mais nitidez.

Se alguém o olhasse naquele instante, veria tristeza no fundo de seus olhinhos castanhos. Sua mãe pressentira aquela tristeza, mas não disse nada. Talvez ela tivesse percebido por ele ter voltado ao lugar em que crescera com a irmã. Deveria ser uma saudadezinha. E era. No entanto, não era só a saudadezinha da irmã, era a saudade de Cláudio. Era uma saudade dolorosa, massacrante. Já fazia duas semanas que ele tinha ido embora para Rio Branco, sem que pudesse sequer se despedir direito do amigo. Soube que ia embora quando chegou o último dia de aula das férias do meio do ano. Cláudio ficou sabendo naquele mesmo dia, quando sua mãe chegou com a passagem de avião e a jogou sobre sua mesa, onde ele jogava seu videogame, dizendo em seguida, que ele arrumasse suas coisas, pois ele iria para Rio Branco, morar com seu pai.

Um misto de alegria e tristeza o invadiu e o fez paralisar diante daquela nova. Sempre quisera morar com o pai, mas não queria ir naquele momento. Pensou em Caetano. Não o queria deixar porque... porque... porque precisava dele. Era seu único amigo e sabia que era o único amigo dele. Não poderia deixá-lo sozinho. Porém, tinha de entender a mãe, pelo menos a atitude dela. Ela queria separar os dois, pois vira e ouvira de Cláudio que eles não se afastariam, por mais que ela fizesse qualquer coisa. Somente temeu mesmo quando ela disse que contaria a seu pai. Quando vislumbrou essa possibilidade, ele sentiu medo. Não queria que o pai soubesse daquilo, ele não. Apesar da ameaça, ela não contou nada, e ele nunca entendeu por que ela não o fizera. Logo ela, que adorava jogar um contra o outro, torná-los inimigos. Alguma coisa aconteceu com Josefa que a impedira de contar a Mauro que vira o filho dormindo com outro garoto. Ninguém saberia o que foi.

As passagens estavam marcadas para o dia seguinte, à uma hora da tarde. Por isso, ele não iria para aula naquele dia. Na verdade, ele tinha umas quatro horas para estar pronto e fazer a viagem. E Caetano, como ficaria? Não iria se despedir do amigo? Talvez ainda desse tempo de fazer isso. Deixou o que estava fazendo e saiu atrás de sua mãe. Pensou em dizer que não queria ir, mas não ousou. Preferiu perguntar o porquê daquilo naquela hora, daquele jeito.

– Você não sempre quis morar com seu pai? Estou apenas atendendo ao seu pedido.

– E por que não me disse isso antes? Por que assim de última hora?

– Porque eu decidi isso ontem à noite, pronto. Por quê? Você não quer ir?

Ele estranhou a pergunta. Ela queria briga? Não iria entrar no seu jogo.

– Ou você prefere que eu ligue para o seu pai e conte a ele as suas aventurazinhas com o seu amigo?

Ele não conseguiu mais dizer nada. Não adiantaria também, ela não diria o que ele queria ouvir. Ele a conhecia. Sabia que era por causa de Caetano. Ele não aceitara aquilo de jeito nenhum e agora estava fazendo tudo para afastá-lo do amigo, de quem ele temia não conseguir nem se despedir. Talvez se arrumasse logo suas coisas e fosse até a casa dele. Começou a fazer as malas e a empacotar tudo. Enquanto fazia isso, algumas lágrimas rolavam pelo seu rosto preocupado. Tomara que desse tempo de ainda ver Caetano! Era só arrumar tudo logo e correr lá, afinal, não era longe. Iria de bicicleta e logo estaria lá para vê-lo pela última vez. Foi o que fez: colocou de qualquer jeito as roupas dentro da mala e saiu correndo.

Ele vinha pedalando feito louco para poder conseguir falar com Caetano e não perder o voo, pois se o perdesse por causa dele, era capaz de sua mãe matá-lo. Quando chegou à casa do amigo, foi Dona Margarida quem atendeu a porta, com aquele sorriso de sempre.

– Oi, Cláudio – disse abrindo a porta para ele entrar.

– O Caetano tá aí?

– Não, ele saiu com o pai dele. Foram ver uns negócios do Osvaldo lá no centro. Não sei nem se vai voltar a tempo de ir para escola. Amanhã de manhã, eles vão pra fazenda.

Era uma pena não poder se despedir dele. Será que ainda o veria alguma vez? Precisava vê-lo antes de ir embora. Esperar por ele não ajudaria em nada. Tinha de voltar para casa e ligar mais tarde para ver se ele havia voltado. Cláudio tinha de estar no aeroporto ao meio-dia, conforme sua mãe avisara. O que faria para vê-lo? Seu coração se apertava conforme lhe invadia a sensação de que não conseguiria mais ver o amigo. Não poderia ir embora sem vê-lo.

– Eu só queria me despedir dele. Eu estou indo morar em Rio Branco.

Dona Margarida viu a tristeza do menino, e simulou condolência ao mover lentamente o pescoço para o lado direito.

Ele se voltou, montou na bicicleta e rumou para casa. Tomara que conseguisse se despedir de Caetano, era o que mais queria. Precisava dizer-lhe umas últimas palavras e dar-lhe um último abraço. Tomara...

Caetano continuava olhando a chuva lá fora. A tristeza em seu semblante era aparente. Cláudio se fora e ele não mais o veria. Pelo menos, ele soube que ele estivera lá para se despedir. Queria tanto tê-lo visto, dar-lhe um abraço, sentir seu corpo lhe apertar, olhar em seus olhos claros e sorrir. Infelizmente, não conseguira fazer isso. Quando voltou para casa e sua tia o avisara da visita de Cláudio, o relógio já marcava duas horas. Os negócios de seu pai tinham lhe impedido, inclusive, de ir à escola naquele dia. Era o último antes das férias. No dia seguinte, ele vinha embarcando para a fazenda, onde passaria as férias. Ali estava, olhando a chuva cair triste, como caíram algumas lágrimas ao saber que Cláudio tinha ido embora. Trancou-se no quarto e só saiu de lá no dia seguinte, quando o pai o chamou para saírem. Chorara a noite inteira de uma saudade eterna, de um medo de nunca mais pudesse vê-lo novamente, do desespero de ter causado a sua partida. Sabia que a decisão da mãe de Cláudio se dera em função da cena que ela vira. O pouco que conheceu daquela mulher, conseguiu ver nela uma espécie de ódio que ela nutria pelo filho. Como Cláudio já havia lhe dito, ela não gostava dele por causa da separação do casal. De alguma forma, ela depositava nele um pouco da culpa e aproveitava o amor entre ele e o pai para feri-lo. Dessa vez, tinha usado o sentimento dele por Caetano para castigá-lo.

Talvez ele nunca superasse aquela separação repentina. Ele nunca se recuperaria, tinha certeza. Era tão difícil aceitar que ele havia partido, sem que ele pudesse vê-lo, desejar-lhe felicidade, combinar algo, ser cúmplice pela última vez, quem sabe dar-lhe um beijo escondido. Não perdoaria a mãe dele, por ter tirado isso dos dois. Um ódio também habitava o coração jovem de Caetano, embora não fosse ódio mal, talvez meramente um rancor, fruto da causa que o havia separado de seu amor. Ele se sentia lesado, sentia-se roubado – tinham tirado dele o seu colega, o seu parceiro, o seu amigo, o seu amor. Nunca iria entender o porquê daquilo. Sabia ele que o aquilo os dois tinham feito era errado, não era normal. Ele ouvia isso constantemente, mas puni-los daquela forma era demais, era muita maldade. Um misto de ódio e saudade massacrava aquela criança perdida, que não conseguia, pela via das circunstâncias, encontrar um apoio, um esteio no qual pudesse se apoiar e cair com segurança. Tinha de sofrer sozinho, calado, escondido. Era uma dor tão dolorosa, tão má, tão perene. Ele sentia vontade de gritar, mas gritar para quem? Ninguém o entenderia, ninguém aceitaria a sua dor, o seu grito. Porém, ele gritava, gritava em silêncio. Há dias ele gritava e ninguém o ouvia, unicamente ele mesmo, unicamente a sua saudade, unicamente a sua dor.

– Caetano, vem cá meu, filho – a mãe o despertara de sua saudade.

Ele enxugou as lágrimas e foi até o quarto ajudar a mãe. Lá fora, a chuva continuava caindo forte, fria, certa.

Marta via em Caetano uma tristeza, uma dor, algo que o afligia. O que seria? Seria a saudade da irmã? Seria a saudade do amigo que fora embora? Talvez a primeira hipótese ou as duas, mas não acreditava que fosse apenas a saudade do amigo. Sabia que os dois eram muito ligados, e Cláudio era praticamente o único amigo de Caetano, e ainda sim não cria que fosse só por aquilo. Ela tentou ainda conversar com o filho, sem, contudo, conseguir chegar até ele. Havia, de alguma forma, uma barreira que a impedia. O filho estava distante e parecia querer estar distante. Se sentisse necessidade, iria procurá-lo, mas não queria forçar nada nem ferir os sentimentos do filho. Talvez ele quisesse sofrer sozinho, e tinha esse direito. Ficou apenas a observá-lo, sem interferir. Ela já tinha problemas suficientes. Embora já tivesse conversado com Teresa e ter resolvido tudo, ainda se sentia em falta com a empregada.

Ela não agira certo e sempre carregaria isso. Tranquilizava-a o fato de Teresa tê-la perdoado, mas não a tranquilizada o fato de Paulo ainda estar por ali. Quanto a isso, nada poderia fazer, pois ele era o empregado e, além disso, era o pai do filho de Teresa, que só recentemente e muito provavelmente porque a barriga já não se escondia, assumiu que estava esperando um filho de Paulo. Ele tinha mais era de assumir a criança e a mãe. Isso significava enfrentar ainda a presença perturbadora daquele homem, que a encarava agora com mais frequência, embora sem faltar-lhe com respeito. Ele que não se atrevesse. Tinha pena de Teresa, sabia que ela não estava em boas mãos. Já tinha percebido o joguinho sedutor de Paulo. O que ele queria era se divertir com as mulheres. Com certeza, em algum lugar havia outras ou outras.

Confortava-a também a sensação de poder proteger Teresa. Ela fazia questão de fazer isso, caso viesse a acontecer algo. Temia que Paulo se envolvesse com outra mulher ou ainda viesse a ter com Marta alguma atitude indevida. Se a presença dele a incomodava, a vontade de vê-lo longe dali era ainda mais incômoda. Desde o dia em que Teresa os viu juntos, ela vivia incômoda com os olhares dela. Embora Teresa a tivesse perdoado, uma réstia de sentimento ficara em seu coração traído. As duas teriam de viver com aquilo até que o tempo apagasse delas aquela centelha. Quanto a Paulo, não mais o vira muito próximo, e passara a sentir por ele certa repulsa. A beleza dele foi aos poucos perdendo o encanto, e a sedução natural dele, pareceu-lhe canalhice. Queria agora ver-se longe dele, no entanto, não poderia fazer nada, por enquanto. Por enquanto.

A chuva do dia anterior deixara suas marcas. O quintal estava enlameado e fazer caminhadas por aquelas terras era mais difícil. Isso significava que Caetano passaria o dia em casa, que nem desceria por causa da lama. O tempo estava meio frio também. Pelo menos, pela manhã ele não saiu de casa, embora um solzinho tivesse aparecido e melhorado o chão, permitindo uma saidinha rápida. Caetano precisava muito daquela saidinha. Aquela visita aos pais estava muito entediada. Faltava a irmã e sua aproximação com os amiguinhos não fora uma opção por parte dele. Não estava entusiasmado com isso porque o único amigo que desejava por enquanto era Cláudio, que deveria estar conhecendo seu novo lugar, sua nova vida, fazendo novos amigos. Às vezes, ele chegava à conclusão de que a vida não lhe era grata. Perdera a irmã e, em pouco tempo, perdeu o amigo. Haveria mais perdas pela frente? Esperava que não. Se houvesse uma perda maior que a última, tinha certeza de que não resistiria.

No finalzinho da tarde, lá pelas cinco horas, ele resolveu descer um pouco e caminhar pela fazenda. Ainda não tinha ido ao igarapé, onde crescera e brincara muito. Uma caminhada até lá seria legal. Foi caminhando em passos lentos, tranquilos, sem pressa. Seu objetivo não era chegar lá, era andar, sair de casa. Os pensamentos que o acompanhavam eram da saudade de Cláudio. Essa dor que sentia por não tê-lo mais era de tal proporção que ele não conseguia compreender. Por que na vida não ganhamos um manual de instrução que nos ensina sobre as perdas, sobre a importância das pessoas, sobre o que elas significam para nós? Ele se perguntava, intimamente. Que nutria pelo amigo um sentimento acima do normal de uma amizade, ele sabia, mas por que aquilo era tão intenso? Por que aquela perda era a pior? A mais dolorosa? Por que a gente tinha de perder as pessoas? Milhões de perguntas atravessam sua mentezinha confusa. Esses atravessamentos todos lhe doíam bastante. Ele era demais jovem para sofrer já tanto por coisas que lhe pareciam de adultos. Havia dores específicas por idade? Não, as dores são as dores e somente as sente quem as tem. Ele as tinha e não as queria. Se pudesse, transformá-las-ia em meras lembranças, simples sensações. Alguém um dia disse que "a saudade é o pior castigo", ele ouvira, e concordava com a assertiva. Um dia se lembraria de onde havia ouvido aquilo e leria o resto.

Foi ele andando pela trilha que levava ao igarapé, olhando os matos que cercavam o caminho. Entre uma moita de mato e outra, algumas flores silvestres jaziam espertas, espiando os caminhantes. Ele ia contando quantas tinham por ali. A maioria era branca e, pela chuva que dera, estavam brilhantes, viçosas. Para elas, a vida deveria ser mais bela, mais simples. Elas não tinham perdas e se lhes faltava brilho, viço, bastava uma chuva. Por que as chuvas não nos lavam também das dores e das saudades? Por que não nos limpam do que nos machuca? Era melhor ser flor, nascer mato. Seus passos prosseguiam o trajeto, enquanto ele soerguia a cabeça e agora via alguns pássaros que voavam livres, solitários. Ele parou por um instante, e depois prosseguiu. Parou novamente, quando percebeu que havia alguém no igarapé. Para que não fosse visto, foi andando mais lentamente para ver de quem se tratava. Assim que chegou a uma distância que lhe permitia visualizar o elemento estranho, seus olhos avistaram o peão que trabalhava para seu pai. Ele tomava banho nu com tal naturalidade como se nunca houvesse a possibilidade de ser visto por alguém. Ora mergulhava o corpo todo e desaparecia na água, ora emergia e punha-se de pé. Como o igarapé era raso, via-se todo o seu tronco. Se fosse para um lugar um pouco mais à margem, via-se toda a sua nudez.

Caetano não pôde deixar de admirar aquele corpo. Era um homem muito bonito, embora não lembrasse em nada Cláudio. Era alto, forte, pele morena, olhos marcantes. Pensou em voltar para casa, mas resolveu olhar um pouco mais. Seus olhos de menino curioso o prenderam naquela ação proibida de espionagem. De repente, teve a impressão de que o homem notara que estava sendo observado - foi apenas impressão. Logo ele voltou a brincar na água como se ninguém houvesse ali. Agora ele não mais mergulhava tanto, tinha imergido o corpo na água e punha-se de pé como se esperasse a secagem do corpo. Estava de frente para Caetano, sem saber que alguém o espiava de longe, embora não muito longe. Como se precisasse sentir o próprio corpo, o homem o acariciava, passando a mão pelos braços fortes, pelo peito largo, pela barriga firme, pelo sexo volumoso. Por ali sua mão ficou tateando o membro como se fosse prazeroso aquele toque. E muito pareceu ser, pois a excitação fê-lo intumescer rapidamente.

Quando Caetano descobriu que gostava de meninos, não foi fácil. Difícil foi porque ele precisou compreender o que significava aquilo. A descoberta se deu por causa de Cláudio. Depois de dias e dias com o pensamento voltado única e exclusivamente para o amigo, Caetano entendeu o que se passava com ele. Seria possível aquilo? Ele não tinha a menor ideia do que fosse uma paixão. Como poderia saber que sentia aquilo pelo amigo? Porque era inegável que algo mais que uma amizade era o que ele nutria por Cláudio. Os ciúmes, os desejos de posse, os sonhos, as ânsias, tudo era prova mais que concreta de um sentimento diferente, que não sentiu nunca por ninguém. Somente Cláudio era o guardião daquele sentimento, somente ele. Difícil ainda foi porque Caetano não conseguiu aceitar de imediato. Aquilo não era errado? Não era pecado? Que houvesse brincadeiras na infância com a prática do toque entre meninos, tudo bem, porque eram brincadeiras com certa inocência, mas sonhar, querer, desejar um amigo como fazem os homens e as mulheres, não podia. Quem podia também definir que aquilo que ele sentia inocentemente pelo amigo era errado? O que era aquilo, meu Deus? Estaria ele possuído por algum espírito maligno? Ou era normal sentir aquilo? O tio havia lhe contado algumas histórias, porém, ele nunca lhe falou de paixões. O que era a paixão? Era aquele sentimento de posse pelo amigo? Era aquele desejo incontrolável de estar com ele, só com ele? Era aquela anulação de si mesmo pelo outro, em função única e total do outro? Era aquela vontade de chorar quando o queria sem poder? Se fosse, então ele estava apaixonado. E o amor? Havia diferença entre um e outro? Ah, Senhor, como tudo era tão confuso! Como tudo é tão complexo e ele era apenas um adolescente clamando por uma explicação, por um mínimo de entendimento. Quem poderia lhe dar? Com quem iria falar sobre aquilo? Ninguém iria entendê-lo.

Ele foi compreendendo aos poucos que estava apaixonado por Cláudio e que gostava de meninos. Foi a partir disso que ele começou a comprovar e olhar diferentemente para os outros meninos. Assim descobriu ou percebeu que o Júlio de sua sala também era bonito, com aquele sorriso alinhado, aquele rosto quadrado e aquele jeito brincalhão; só então notou que o Marquinhos também tinha uma beleza magnífica, com aqueles olhinhos miúdos e lindamente azuis, aquele cabelo acobreado e aquelas sardinhas no nariz. Depois, também enxergou que havia outros meninos bonitos da escola, e não apenas Cláudio. Se ele admirou ou notou os meninos bonitos da escola, e lhes olhou diferentemente, imaginando-os em situações mais íntimas, isso pouco durou, pois a maior de todas as sensações que experimentara – o beijo de Cláudio – devolvera-lhe a exclusividade. Assim que descobriu que era um menino diferente, um "gay", um "viado", um "maricas", fosse qual fosse o nome que davam àquilo, o mundo passou a ser visto sob novos ângulos, embora mais confusos que os dantes, porém, com mais clareza sob alguns aspectos, como o que sentia por Cláudio e o que queria dele. Depois que o beijara, que o sentira, que o tivera, tudo mudou. A graça voltou a repousar apenas sobre aquela criatura linda, cheia de vida, forte, perfeita. Se chegou a desejar outro garoto que não Cláudio, foi por segundos, por fração de segundos. O seu pensamento e tudo seu era só dele. Era para ele que vivia, era por ele que respirava. Sentia que sem ele, não haveria graça em nada. Não haveria flores, não haveria pássaros, não haveria céu azul, estrelas, chuva, nada. Estranho era sentir aquilo, porque perdia o controle de si mesmo, porque se anulava se ele existia. Mesmo quando Cláudio foi embora, também porque fazia pouco tempo, ele não pensara na possibilidade da existência de outros meninos. Em nenhum momento lhe vinha à mente a existência deles ou a possibilidade de sentir por algum o que sentira por Cláudio. Mesmo os que fossem mais bonitos que Cláudio, o que ele tinha certeza de não haver. Não teria sido a beleza dele que o vertera àquele sentimento? Não foi só por isso que ele se apaixonou? Não podia se enganar.

Apaixonara-se por ele porque não havia explicação para isso. Talvez porque estivesse predeterminado a isso. Tinha de se apaixonar por ele; deveria estar escrito isso em algum lugar, era uma lei, uma obrigação divina, talvez. Muito provavelmente não sentiu a presença de ninguém porque não viu mais ninguém depois que nem se despedira de Cláudio, depois que não o viu mais. O mais próximo disso era aquele peão que se mostrara sem mais nem menos. Aquilo foi tão estranho, tão obsceno, tão feio. Se ele tivesse feito propositalmente, achando que despertaria em alguém algum desejo, enganou-se. Cláudio nunca faria aquilo.

Sem que se permitisse notar, virou-se lentamente e saiu andando lentamente, para não fazer barulho. Depois, andou mais rápido porque queria fugir dali. Aquela imagem parecia contrária à beleza e à delicadeza de Cláudio. Quando chegou a casa, seu rosto estampava um pouco de medo, de susto. Foi direto para o seu quarto, com o intuito de não deixar ressumbrar o que ele estava sentindo naquele momento. Entrou e fechou a porta atrás de si, jogando-se na cama. Assim que se viu naquela solidão, as lágrimas lhe banharam o rosto novamente. Elas brotavam cristalinas naqueles olhinhos e depois corriam o rosto juvenil. Ele ficava paradinho, como se sentisse profunda dor e não pudesse se mexer. Era uma dor, a pior de todas, aquela que "é o pior tormento, é pior que o esquecimento, é pior do que se entrevar", que ouviu na canção do Chico Buarque. Lembrou mais um trecho daquele texto, que talvez fosse uma música. Um dia o teria em mãos e leria a sua verdade.

As lágrimas rolavam ainda mais porque queria saber se aquilo tinha fim: se um dia ele não mais choraria a saudade de Cláudio, se um dia ele teria apenas boas lembranças, assim como sentia pela irmã, quem muita falta lhe fazia, e cuja ausência já não doía tanto. Tomara que fosse assim, pois se não fosse assim, não teria mais condições de viver. A vida não tinha mais graça, não fazia sentido.

Depois que chorou o que tinha para chorar, adormeceu lentamente, sem dar-se conta disso. Acordou no meio da noite, quando sua mãe bateu na porta preocupada, perguntando se ele queria jantar. Para que comer, se não tinha fome? Não, dissera que não, que queria dormir, só isso. Ela ainda insistiu, mas ele foi mais convincente. Ela então se retirou e o deixou dormir, o que durou até, pois estar acordado significava pensar, lembrar, sentir saudade. Adormeceu novamente e só no dia seguinte despertou.

Capítulo Onze

*C*aetano despertou tarde, lá pelas 10 horas. Sua mãe não deixara ninguém acordá-lo, embora seu pai insistisse que o menino não deveria dormir até tais horas. Quando abriu os olhos inchados pelo sono e pelo choro da noite anterior, a luz do dia os feriu delicadamente, fazendo-o fechá-los novamente. Por alguns instantes, esqueceu que estava na fazenda, e percebeu que lá estava porque seus olhos reconheceram as paredes de madeiras e o teto de cavaco. Lembrou-se então de tudo que se passara no dia anterior, da cena de Paulo no banho, da sua chegada a casa, do seu sono amortecedor. Lá fora o sol reinava imponente, afogueando tudo quanto tocava. As plantas pendiam levemente murchas e as flores pareciam entristecidas por aquela quentura toda.

Caetano levantou-se aos poucos e deixou o quarto, indo direto para a cozinha. O seu apetite tinha voltado e ele precisava comer algo. Havia café, leite e pão caseiro, que sua mãe muito bem sabia fazer. Estava com saudade daquele pão, daquela mesa de madeira e de ficar sentado no banco que seu pai fizera. O gosto do café de sua mãe era único, embora o de sua tia chegasse perto. Dir-se-ia que eram dois cafés gostosos, cada um a sua maneira. O de sua mãe era mais suave, mais docinho, enquanto o de sua tia era mais forte, mais encorpado. Acostumara-se com os dois, mas a saudade era do de sua mãe, foi ele que o menino tomou por toda a vida, até deixar o seio familiar.

Sentado à mesa, ele devorava o pão amanteigado e o café morno, que assim ficou em função do leite frio que acrescera ao líquido negro. Sua mãe catava feijão na outra beirada da mesa, em silêncio, por mais vontade que tivesse de lhe perguntar o que o afligia. Contudo, seu semblante estava melhor, mais sereno, mais vívido. Quiçá fora a viagem que o desgastara e ele precisava apenas se recuperar. O sono farto da noite anterior lhe devolvera então a beleza juvenil e paz. Ela sorriu consigo mesma porque o viu mais tranquilo. Deixou-o comer em paz. As perguntas que fez foi sobre a escola, sobre sua tia, coisas que não penetravam em seu mundo particular.

Ele respondia prontamente e o sorriso até passou a habitar aquele rostinho. Até ele mesmo percebeu que estava melhor. Que bom que o seu espírito parecia mais liberto. Era essa a sensação. Continuou a comer, enquanto sua mãe catava o feijão e Teresa, lá fora, pilava um pouco de arroz. Ele lembrou-se do tempo em que era obrigado, junto com Elizabeth, a pilar arroz, café, milho. Não era muito apreciador daquelas atividades campestres, mas tinha de executá-las por causa das ordens de seu pai. Agora já não precisava fazer aquele serviço, e se o fizesse, não seria como dantes. Seu corpo ainda pedia um pouco de descanso, mas não era isso que o menino queria. Preferia sair um pouco, sentir o sol no rosto, subir nas árvores como antes, visitar alguns colegas da infância. Tinha de se distrair, fechar-se naquele mundo seu não iria fazer bem. Era isso que iria fazer mais tarde. Era o sol ameninar seus raios, sua violência.

Embora lhe viesse um pequeno medo de encontrar Paulo no igarapé novamente, a vontade mesmo que lhe deu foi a de se banhar naquelas águas claras. Lembrou-se do tempo em que ficava lá sozinho, às vezes, por horas e horas. Em outros momentos, estava lá com os colegas, brincando das mais variadas brincadeiras. Agora ele queria estar lá só. Ficar contemplando o dia e sentindo a frieza da água, sozinho. Um momento consigo seria legal, seria importante, seria vital, aliás, queria estar sempre só, por enquanto.

Mal terminou de tomar seu café, ele disse à mãe que iria se banhar no igarapé.

– Nesse sol, meu filho?

– A senhora viu como eu estou branco? Nunca tive essa cor. Vou assim mesmo. – Disse já indo em direção ao quarto e voltando apenas de bermuda.

Passou pela cozinha e tomou o rumo do igarapé. Sua mãe ficou de longe contemplando o menino, feliz por tê-lo bem, por vê-lo melhor. O sol iria lhe fazer bem.

Assim que ele chegou ao igarapé, várias lembranças vieram daquele lugar. Crescera ali e nunca iria esquecer as aventuras que vivera naquelas águas. Imaginou como seria bom ter Cláudio ali para brincar. Tinha-lhe falado várias vezes sobre a fazenda e ele manifestara muito interesse em visitar. Sua infância não pareceu ser nem metade do que a que Caetano contava. Gostaria de ter vivido um pouquinho no lugar que ele descrevia com tanta saudade e entusiasmo. Tinham até combinado de passarem essas férias lá, porém a mãe de Cláudio os vira juntos e o proibiu de ir. Depois veio a viagem dele, repentinamente, e aquela aventura nunca se concretizaria.

Restava a ele se deliciar nas águas claras do seu igarapé da infância sozinho, acompanhado apenas das saudades, dos desejos. Tirou a bermuda e entrou só de cueca no igarapé. Em outras épocas, entraria nu, sem problemas; agora, tinha vergonha de alguém chegar. Coisas de adolescente. Foi entrando no igarapé lentamente, molhando primeiramente os pés para sentir a água fria a tocar-lhe o corpo. Depois, ele foi entrando devagarzinho, sentindo a frieza aquosa cobrir-lhe o corpo. Estava dentro d'água e tinha o corpo todo submerso. A água estava fria, mas a superfície do igarapé tinha uma água morninha por causa do sol. Apreciando a frescura do líquido cristalino, ele mergulhava e percorria o igarapé como um peixe em seu recanto. Conseguia ficar um bom período mergulhado, pois era muito bom nisso. Sempre ganhava dos meninos quando apostavam quem tinha mais fôlego para ficar submerso n'água. Ficava lá e depois punha a cabeça de fora para respirar, e mergulhava de novo. Assim fez várias vezes. A sensação de frescura que conseguia com os mergulhos devolvia-lhe um pouco a paz que perdera. Sentia-se acariciado, agraciado. Como Cláudio iria gostar de ficar ali, mergulhado com ele, brincando de quem tinha mais fôlego, correndo um atrás do outro para ver quem nadava mais rápido. Cláudio não estava ali, nem sequer esperando-o quando ele voltasse das férias. Ele não estava mais presente em sua vida.

Quem estava ali, próximo dele, vendo-o tomar banho era Paulo. Ele chegou e ficou olhando, esperando que Caetano o visse ali. Quando Caetano o viu, levou um susto e imediatamente teve vontade de sair da água e do igarapé também, mas nada fez, apenas continuou seu banho.

Paulo, dirigindo-se a ele, perguntou:

– Se incomoda se eu tomar banho também?

Ele pensou em dizer sim, no entanto, isso poderia causar alguma suspeita sobre o fato de ele tê-lo visto tomando banho no dia anterior, e o pior, de que a nudez do peão lhe causava alguma sensação. Não seria mal nenhum se ele também entrasse no igarapé. Havia lugar para muitas pessoas. Com a cabeça deu a entender que podia, e voltou a mergulhar na água fria. Quando ele pôs a cabeça de fora, Paulo já não estava mais ali. Virou o rosto de um lado, procurando-o e só conseguiu ver sua roupa pendurada num galho seco de árvore. Ele tinha... entrado no rio, nu! Caetano só confirmou isso quando o peão emergiu das águas e ficou de pé, expondo seu dorso nu. Olhou um pouco para Caetano, como quem olha uma pessoa normalmente, sem causar medo no menino. Depois, mergulhou novamente, emergindo em seguida apenas a cabeça. Seu corpo estava coberto pelas águas. Caetano também tinha seu corpo escondido. Por algum tempo, ficaram os dois como se se banhassem sozinhos. Nenhuma aproximação houve entre os dois, apenas olhares curiosos. Caetano tinha com ele o pé atrás. Achara muito estranho o modo como o homem tinha se acariciado no dia anterior e temia que ele voltasse a fazer aquilo de novo. Imaginou, porém, que ele não teria coragem de fazer na sua frente, e só o tinha feito por estar sozinho.

Continuou no seu banho, sem dar muita importância para a presença do homem, embora se sentisse bem menos à vontade, por ele estar ali. Por isso, procurou curtir a água, matar as saudades daquela frescura que só a água proporcionava. De repente, o homem emergiu e, estando em lugar mais raso, ao ficar de pé, expôs toda a nudez de seu corpo grande. Caetano olhou, mas procurou achar natural a nudez olhada. O homem manifestou estar com frio por causa da fria água e esquentava-se ao sol. Caetano continuou nos seus mergulhos, tentando convencer a si mesmo que estava sozinho, embora toda a vez que emergisse, visse Paulo de pé, virado para ele, mostrando seu corpo nu e toda a sua masculinidade. Foi então que Caetano percebeu que ele estava se exibindo e insinuando alguma coisa. Rezou para que fosse impressão sua, mas não conseguia se convencer disso, visto que o peão não só olhava para ele e continuava de pé, como também acariciava delicadamente o seu pênis, que, pela impressão de Caetano, estava intumescendo. Caetano achou então que era hora de sair dali e de ir embora. Não queria jamais dar a impressão de que estava gostando daquilo.

Levantou-se lentamente e, arrastando a mão na água, deixou o igarapé. Paulo o seguiu com os olhos, analisando-o detalhadamente, sem que o menino percebesse. Caetano saiu do igarapé e se aproximou de sua roupa, jogada no chão. Pegou-a, sacudiu-a e fez menção de vesti-la. Depois, parou, sacudiu os cabelos, esfregou o corpo com as mãos, expulsando a água que o molhava. Sentindo-se mais seco, vestiu a roupa e se virou. Antes de sair, porém, fez sinal para Paulo para que não desse a impressão de ter saído por sua causa. Não queria que ele achasse que estava gostando daquela exibição, também não queria dar-lhe a impressão de temê-lo. Agia naturalmente, sem levantar suspeita de seus pensamentos.

Depois que se vestiu e fez menção de ir-se, foi andando a passos lentos, olhando as flores de ontem que, hoje, encontravam-se murchas pelo efeito do sol. Foi andando para casa. De longe, avistou a gigantesca mangueira, onde costumava subir e ficar lá por horas. Resolveu que subiria nela e ficaria nos galhos como fazia outrora.

Chegou ao pé da árvore e tentou subir. Parou porque viu uma pata com uma ninhada de patinhos. Lembrou-se de que sua mãe tinha dito que uma pata tinha sumido e que provavelmente estava chocando em algum lugar. Resolveu ir até o animal e contar-lhe os filhos. Foi. A pata vinha saindo de trás de uma casa, um barraco, não sabia ao certo, que não estava ali quando ele se mudara para a cidade. Seria um depósito que seu pai fizera para guardar algo? Ao se aproximar do lugar, resolveu entrar. A porta estava aberta. Não era um depósito, parecia ser um quarto. Concluiu que era o quarto do peão.

Ele confirmou isso quando, já estando dentro, virou-se para trás ao vê-lo na porta, entrando e pondo a camisa no ombro. Ele lhe sorriu e Caetano retribuiu sem graça.

— Eu... — gaguejou, tentando justificar que havia entrado ali por engano.

O peão, porém, foi se aproximando do menino mais rapidamente e fitando-o nos olhos. Caetano não fez nada a não ser espantar-se com aquela aproximação. Quando percebeu, o homem já estava bem a sua frente, segurando-lhe a mão e a guiando até a frente de sua calça, fazendo-o acariciar seu membro intumescido. O que ele queria com aquilo? Que liberdade lhe dava para isso? Que ousadia era aquela? O medo foi tão grande, que o menino ficou paralisado. Se tentou falar algo ou gritar, sua voz não saiu. Sem se dar conta das ações que se sucediam, viu-se segurando o pênis do homem na mão. Quando percebeu aquela intimidade que não queria, ele afastou a mão e se distanciou do homem, que já tinha as calças arriadas até o joelho, tendo seu sexo em riste, apontando para o menino.

— Eu sei do que você gosta, Caetano. Não sei por que você está com medo. Vem, não vou te machucar. — Ele o olhava com um sorriso sardônico, que fez Caetano estremecer.

Caetano foi se afastando para trás, até ver-se preso na parede. O homem, aproveitando da situação, avançou para Caetano e o imobilizou sem violência. Caetano não sabia como agir, embora sentisse extrema necessidade de ir embora. Fez um esforço a mais para sair, porém o homem, mais rápido, puxou-lhe a bermuda e o virou de costas, encostando-se em seguida no seu corpo, roçando nele aquela coisa que o garoto julgou nojenta. Então Caetano percebeu o que de fato estava prestes a acontecer. Buscou no fundo de si uma força para livrar do poder de Paulo, virando-se rapidamente e tentando vestir a roupa, dizendo em voz alta:

— Me larga, me solta! — Seus olhos o fitavam com ódio.

Mas Paulo pareceu se sentir ainda mais poderoso. Aproximou-se do menino e tentou virá-lo de costas. Caetano fez força e soltou um outro "Me solta" em voz alta.

Paulo, contudo, não o soltou. Tentou segurá-lo novamente, enquanto Caetano lutava para se ver livre dele, pedindo que o soltasse, sem obter êxito no seu pedido. Paulo, conforme ia tentando segurá-lo, dizia:

— Tá com medo de quê? Eu sei que você gosta, seu "gayzinho".

Concomitante à fala de Paulo, Caetano lutava e mandava-o lhe soltar.

Paulo só parou quando ouviu a voz de Marta, que entrara rapidamente, apontando-lhe uma arma, e gritara da porta:

— Solta o meu filho, seu desgraçado, senão eu dou um tiro na sua cara!

Caetano correu de perto do homem e foi para perto da mãe, que o fitou carinhosamente, dizendo-lhe com os olhos que ficasse calmo e que não precisava ter medo. Paulo vestiu rapidamente a roupa e tentou falar algo. Entretanto, Marta foi muito mais rápida e lhe dissera com palavras secas:

– Arruma o que é seu, Paulo, e saia daqui agora! Antes que eu conte ao meu marido o que você tentou fazer e lhe dê motivo para ele estourar a sua cara com essa espingarda.

Ao dizer isso, ela pegou na mão do filho e deixou o quarto.

Caetano não conseguia tirar de sua cabeça que precisava encontrar uma solução para o seu problema. Não podia ser daquele jeito, era errado. Viu o que tinha lhe acontecido e sentiu que aquilo era castigo. Primeiro a morte de sua irmã, depois o sentimento louco pelo amigo, que foi obrigado a ir embora por causa dele; depois, a tentativa de estupro. Todos esses acontecimentos estavam ligados à sua conduta errônea, só podia ser. Deveria encontrar uma solução para o seu problema. Sua mãe, coitada, fora obrigada a ver uma cena terrível, o filho nas garras de um louco. O louco do Paulo só agiu daquele jeito por causa de Caetano. Aquele desvio dele atraía isso, tinha certeza. Como Paulo soubera daquela intimidade dele? Havia em algum lugar uma conexão daquelas coisas ruins. Sair daquela era a melhor coisa.

O que poderia ser? Ele procurava encontrar algo, mas nada lhe vinha à mente. Onde estaria a resposta, a solução? Todos os dias rezava e pedia a Deus que o livrasse daquilo e que protegesse Cláudio também... e que perdoasse a ambos, principalmente a Cláudio. A ideia de que o amigo poderia sofrer por causa de sua conduta, fazia-o sentir nojo de si mesmo. Como deixara, Senhor, que as coisas tomassem aquela proporção? Por que não impedira Cláudio de ter feito aquilo com ele? Por que fora mais fraco que o desejo de sentir o corpo do amigo, seus beijos? Como ele agora se martirizava por ter feito aquilo. Doía-lhe ainda mais saber que o que acontecera entre ele e Cláudio fora tão magnífico, tão sublime, que não conseguia se arrepender de todo. Se negava o ato cometido, era porque não queria que o amigo fosse castigado junto com ele. Era nele que repousava a maldade, a malícia. O amigo apenas tentara realizar os seus desejos, porque tinha por ele um sentimento puro, fraternal. Como isso os condenara. Por onde andava Cláudio, que ele não tinha notícia? Meu Deus, alguma coisa séria poderia ter-lhe acontecido devido ao que tinham feito. Se ele tivesse sofrido um acidente, se tivesse morrido? Oh, Senhor, nunca se perdoaria o garoto se soubesse de alguma desgraça com o amigo. Ele era o responsável, tinha de cuidá-lo, protegê-lo.

Antes, sua mente lhe perturbava com um sentimento que ele não entendia o que significava. Agora, sua mente lhe perturbava com a sensação de uma certeza trágica. Como queria mudar tudo aquilo. Como queria acordar no dia seguinte e se ver livre daquilo. Como gostaria de saber que ninguém mais seria prejudicado com os seus erros, os seus defeitos. Ele conseguiria encontrar uma solução. Precisava. Precisava logo.

As aulas voltaram e Cláudio não estava lá na escola. Desta vez, havia uma carteira vazia e junto com ela havia um vazio em tudo. Caetano não conseguiu se concentrar na aula; seus pensamentos buscavam o ocupante da carteira vazia. Onde ele estaria agora? O que estaria fazendo? Estaria na escola? Teria feito novos amigos? Teria conhecido uma garota, um garoto? Por que milhões de perguntas, se não obteria resposta?

A aula foi um desastre. Não conseguira ouvir quase nada do que os professores falavam. Ficou no seu lugar, sozinho, quieto, triste, sem, contudo, deixar que alguém percebesse a sua tristeza. Não queria que os amigos a associassem à partida de seu amigo. Os colegas já achavam que os dois eram grudados demais. Não poderia levantar nenhuma suspeita. Não poderia sujar a imagem de Cláudio.

Quando a aula acabou, ele resolveu dar uma volta antes de voltar para casa. Como tinha saído um pouco mais cedo, dava tempo, sem ter de preocupar a tia. Foi até a beira do rio e lá ficou por alguns instantes. De lá, resolveu entrar na Catedral, que ficava muito próxima do rio. Talvez aquele lugar lhe trouxesse um pouco de paz, desse-lhe um rumo. Subiu a escadaria e adentrou o grande prédio da catedral cruzeirense. Uma sensação de paz o dominou e ele sentiu que ali estaria a sua solução. O que poderia ser? Não viu nada a não ser a oportunidade de ele se ajoelhar e pedir a Deus que o perdoasse e o livrasse de todo o mal.

Antes que o fizesse, contudo, um padre, aquele que ele uma vez vira da varanda da Catedral, adentrou o recinto e lhe acenou, cumprimentando-o. Aquilo fora um sinal. Ele se ajoelhou e agradeceu a Deus. Oh, Senhor, como fora misericordioso com aquele pecador que buscava a redenção. Comovido com a própria angústia, ele deixou algumas lágrimas brotarem de seus olhos e caírem, sentindo uma espécie de conforto, o qual lhe deu a sensação de que elas seriam as últimas.

LIVRO DOIS

Capítulo Doze

A mulher entrou na loja e pediu à vendedora que lhe mostrasse o sapato prateado que estava na vitrine. A vendedora, uma morena de olhos castanho-claros e cabelos presos, rosto redondo e lábios fartos, assentiu com a cabeça e fez sinal para que a mulher esperasse um pouco. De repente, a criança veio e se aproximou da mulher. A mulher tinha pele clara, olhos claros, cabelos loiros e denotava uns trinta anos. Pelo modo como olhou para a menina, deveria ser mãe desta. A menina também se parecia muito com a mulher, a pele e os olhos eram claros, e os cabelos loiros. Usava-os presos com uma maria-chiquinha em forma de borboletinha. A mulher sentou-se na cadeira de experimentação dos calçados, enquanto esperava a vendedora voltar. A menina olhava umas sandaliazinhas de couro branco com detalhes em lacinhos cor-de-rosa. De repente, outra menina entrou na loja e foi para junto da que estava com a mulher. Eram gêmeas e a fisionomia das duas era tão magnificamente semelhante, que a mãe delas muito provavelmente as confundia. Usavam, contudo, roupinhas diferentes. Uma trajava um macacãozinho jeans e a outra – a que estava na loja primeiro – usava um vestidinho florido. Deveriam ter a idade de sete anos, mais ou menos.

A mãe das meninas continuava sentada olhando para as filhas. Via-se em seus olhos a felicidade de tê-las. O orgulho era visível no sorriso que ela lançava para elas e no brilho de seus olhos. A vendedora chegou e entregou o sapato para a mulher, que, tirando o seu, calçou o que a morena trouxera. Serviu-lhe perfeitamente no pé muito asseado. Dir-se-ia uma mulher elegante pelo jeito que se portava e pelas roupas que vestia. Era uma blusa de malha fria, que caia levemente por um dos ombros, expondo-o, uma calça jeans escura e justa, que realçavam as curvas generosas. Ela olhou para a vendedora e disse-lhe que iria levar o sapato prata que experimentara.

Quando a mulher se levantou, fazendo menção de encerrar as compras, a menina de maria-chiquinha se aproximou e perguntou se a mãe não iria comprar a sandaliazinha de lacinhos. A carinha que a menina fez no pedido à mãe era de uma singeleza, que comovia qualquer um. A mãe sorriu-lhe e disse que queria vê-la experimentar a sandália. A vendedora, prestativa, veio em auxílio e pegou uma no número que a mulher dissera. A menina experimentou e ficou exibindo o pezinho no espelho da loja. A outra menina ficou olhando, sem muito interesse. Pelo que se via no seu semblante, ela não estava interessada em sandálias. Talvez quisesse outra coisa.

A mulher disse à vendedora que levaria as sandaliazinhas também. A menina soltou um sorriso largo, enquanto abraçava a mãe e agradecia. A mulher pagou as compras, fez sinal de agradecimentos à vendedora, pôs os óculos escuros largos, pegou na mão das filhas e deixou a loja. Dali, seguiu pelo corredor da galeria e enquanto andava, olhava as outras lojas, mas sem o interesse de comprar. Conforme iam andando as três, a mãe conversava com as meninas. Era uma cena linda de se ver. As três pareciam três crianças felizes em festa de natal.

A mulher deixou a galeria e andou um pouco pela calçada até chegar ao seu carro, um Siena preto, quatro portas. Abriu a porta traseira esquerda e colocou as meninas, pedindo que elas prendessem os cintos, ao que elas obedeceram. Depois, fechou a porta e entrou no carro. Ligou-o, fez a manobra para sair do estacionamento, e seguiu em frente.

Quando chegou a casa, acionou o portão elétrico, o qual se recolheu para o lado direito. Ela entrou com o carro e depois fechou o portão. Passou pelo corredor calçado, até chegar à garagem. Estacionou o carro, desceu, abriu a porta para as meninas, pegou as outras sacolas, e entrou em casa. As meninas saíram correndo pela casa, como se tivessem alegres por terem chegado.

– Marta, cuidado para não cair, menina levada!

A menininha de maria-chiquinha olhou para a mãe e mandou-lhe um beijo. A mãe mandou outro e sorriu.

– Mamãe, a tia Suzy vem aqui hoje? – perguntara a outra menina.

Então a mulher lembrou que sua amiga ficara de passar lá.

– Sim, meu anjo.

– Margarida, vem cá – chamou a menina, que atendia por Marta.

– Já vou – e saiu correndo pelo corredor, para encontrar a irmã que a chamava.

Era uma casa bonita, espaçosa, bem mobiliada. Tinha altas janelas envidraçadas e cortinas pesadas, encobrindo a luz. Objetos de decoração elegantes enfeitavam a sala ampla. Havia um conjunto de sofá de couro preto, um tapete grande com desenhos floridos em cores neutras. Uma estante de madeira escura ficava encostada no lado direito da sala, as paredes eram de uma cor aperolada e o azulejo de um creme suavíssimo com rajadas brancas sutis.

A mulher sentou-se no sofá e ficou parada. De repente, seus pensamentos percorreram um lugar distante, uma época longínqua. Olhou para a estante e contemplou o porta-retrato de vidro. Nela, havia uma foto de um homem de pele branca, cabelos claros, olhos azuis, rosto marcado por uma barba cerrada.

"Ah, que saudades, Bruno!" Ela lamentou e de repente seu semblante denotou uma tristeza. "Por que você se foi, querido?" Agora uma lágrima se formava no canto de seus olhos. Em segundos, avolumaram-se e caíram no sofá. Ela passou a mão nos olhos e os enxugou. Depois, levantou-se e foi para o quarto. Precisava tomar um banho. A saída com as meninas naquele dia quente a fez suar, obrigando-a a tomar um banho rápido. Ela tirou as roupas e as deixou espalhadas pelo chão. Entrou no box do banheiro, ligou o chuveiro e deixou a água fria cobrir seu corpo. Ficou ali embebida na água cristalina. Suas lágrimas se misturaram com o líquido aquoso que lhe refrescava.

Estava fazendo um ano que ele partira de vez. Ele se fora tão repentinamente, tão fácil. Ela tinha avisado para ele não sair daquele jeito, que tivesse cuidado no trânsito. Ela só pôde dizer isso, evitar o acidente mesmo não foi possível. Inúmeras vezes dissera ao marido para não correr daquele jeito, principalmente depois de beber. Todavia, Bruno era por demais teimoso e ousado. Ela odiava isso nele, e várias vezes tentara consertá-lo, mas a teimosia do marido era indomável. Quando soubera do acontecido, pensou nos milhares de vezes em que lhe pedira para não correr. E ele tinha ido para sempre, deixando-a viúva e com duas filhas de seis anos.

Ao receber o telefonema, informando o acidente, já recebeu a notícia de que fora fatal, de que os médicos chegaram na hora, mas a gravidade do acidente retirava qualquer possibilidade de sobrevivência. Ele colidira de frente, em alta velocidade, contra um caminhão parado. A violência da batida foi tal, que o carro se espatifara e seu corpo se quebrou em várias partes. Não haveria como sobreviver. Ele fora o único culpado. Brincara no trânsito e não conseguira frear diante do caminhão. A morte o levara inda tão jovem. Tinha ele trinta e oito anos, era tão bonito, tão alegre, tão vivaz. Deixou a saudade com ela, e esta saudade a maltratava lentamente, fazendo-se de sua amiga, depois de tanto tempo sem ele.

Não bastasse o que já havia vivido, ainda tinha que perder o marido tão precocemente. Sorte que tinha as meninas, que eram tão doces, tão inteligentes, tão companheiras. A vida não lhe amenizara o fardo. Tivera de carregá-lo com empenho, e quase sempre sozinha. Não era ingrata de dizer que nunca teve ajuda. Teve sim, porém o seu fardo carregou sozinha. Tinha orgulho disso, como tinha de ter sido casada com Bruno Carvalho, e de ser mãe de Marta e Margarida. Era um exemplo de mulher, pela história que tinha, pelas lutas que travara com o destino, com a vida. Suas lembranças eram as poucas testemunhas que tinha da vida que tivera. As pessoas que a conheciam tinham pedaços da sua vida. O cerne, o fio, só ele o tinha. Bruno era o único que sabia tudo sobre sua vida, sobre como fora difícil enfrentar tudo aquilo, principalmente quando era adolescente.

Às vezes, passava horas e horas reconstituindo sozinha o seu passado. Lembrava o tempo em que morava na fazenda, em que estudava na cidade, em que arrumara um namoradinho muito bonito, mas que se revelou um monstro. Lembrava o tempo em que conversava com o irmão, em como tudo havia acontecido e em como fora obrigada a fazer aquilo para se defender. Lembrava também o tempo em que fora obrigada a fugir pelo rio, a deixar para trás toda a sua vida para não ser presa, para não pagar pelo crime de ter matado o seu namorado, aquele desgraçado. Chorava, quando lembrava que tivera de deixar a mãe, o pai e o irmão para trás, achando todos que ela havia morrido.

O tempo poderia consumir a beleza, o viço, a juventude, mas não consumia as lembranças, as dores, as perdas. Ela perdera tudo aquilo e não se esquecia de nenhum detalhe. Quantas vezes, Senhor, não acordava no meio da noite, aos gritos, apavorada com as cenas do passado. Sonhava que a polícia a cercava e todos a chamavam de assassina. Depois, sonhava também que um monte de rapazes a estupravam e ela não conseguia fazer nada, e quando olhava para os rapazes, via neles o mesmo rosto, o rosto de Pedro. Ah, como queria esquecer aquilo tudo, como queria que nada tivesse acontecido. Oh, Senhor, por que ela fora escolhida para viver aquela sina? Por que ela, Senhor?

Se ela sofreu, ficava imaginando o sofrimento de sua mãe. Como Marta teria suportado aquela perda, aquele assassinato? E o irmão, tão jovem, tão sonhador, até que ponto foi atingido por aquilo tudo? E seu pai, com aquele jeito de homem inabalável, como reagiu a tudo o que ocorrera? Ela não pôde voltar atrás para consertar o que fizera. Lamentava muito, mas sua escolha não permitia indecisões nem medos, até porque do medo ela já estava farta, e, a cada momento, acostumava-se com ele, fazendo-o subordinado seu.

No dia em que saíra com Pedro e ele lhe fizera aquilo, ela teve de tomar a primeira decisão importante de sua vida, tinha de tirá-lo de cima dela e dar a ele o que ele merecia. Acertá-lo com aquela violência não foi só uma defesa, foi uma necessidade moral, vital. O ódio lhe invadira o peito e lhe dera forças para levantar aquele tijolo e fazer justiça. Talvez não tivesse intenção de matá-lo, mas uma vontade estranha dominava seu corpo e não a deixava parar de feri-lo. Nem soube ao certo, naquele momento, se o matara de fato – saíra correndo antes mesmo de ter a certeza. Soube da morte alguns dias depois, quando já estava longe, muito longe.

O homem entrou no escritório e fechou a porta. Precisava usar o telefone longe dos empregados. Aquilo era muito particular e ele não queria que nenhum empregado ouvisse a sua conversa. Sua mulher soubesse daquilo? Deus o livrasse de uma tragédia daquelas. Lúcia era uma mulher muito esquentada e ele não queria um barraco a mais na sua vida. Ela era, além de irascível, muito ciumenta, e, às vezes, tinha a capacidade de transformar uma conversinha simples num escarcéu. Quantas vezes não saíram de algum lugar público com todos os olhares voltados para eles por causa dos gritos dela? Quantas vezes ele ameaçara de pedir-lhe o divórcio por causa dos escândalos? Quantas outras vezes não lhe implorara que ela fizesse um tratamento? Já tinha perdido a conta. Por isso, sua vida estava um caos. Já não tinha pela esposa mais o mesmo amor, já não a queria mais como dantes. Fez ele bastante esforço para que a relação não chegasse àquele estágio, mas o comportamento de Lúcia era demais desgastante.

Ele que nunca a havia traído como ela insinuava e gritava aos quatro ventos, quando tinha mais uma de suas crises. Sempre foi um homem correto, fiel e bom pai, e ela não contribuía em nada com ele. Agora, ele estava cansado de tudo aquilo, não queria mais insistir, mesmo sabendo que ela não aceitaria o divórcio. Fazer o quê? Manter um casamento para fazer os caprichos dela? Não, não poderia fazer isso. Pelos dois e pelo filho, não! Tinha de dar um basta, já que não eram apenas os escândalos, as acusações, era a falta de amor. Ele um dia a amara, não tanto quanto ele queria, mas a amara. Agora, o restinho de amor havia acabado de vez, e ele não manteria aquela relação por aparências. A própria família dela já a alertara várias vezes, pedindo que ela mudasse para não perder o marido, que era tão compreensível. Ela, obtusa, não admitia que falassem sobre os seus ciúmes; não dava ouvidos a ninguém.

Aquilo bastava. Ela receberia a notícia do divórcio ainda naquele dia. Ele precisava respirar, precisava ser amado de forma mais confortável, mais doce. Não queria ser um objeto pessoal de alguém, que era como ela o tratava. Ele queria um amor como o que tivera há muito tempo, não aquele em que ela não o permitia olhar para os lados, não o deixava sair sozinho com os amigos; queria a doçura de um amor generoso, de alguém que se doasse também e não apenas pedisse, não apenas mandasse.

Sabia que amor assim não encontraria mais. Ninguém teria a capacidade de amar daquele jeito que fora amado quando jovem, quando nem conhecia direito o amor. Lúcia não conseguia gostar dele do jeito que as outras pessoas que entraram na sua vida tinham gostado. Ficaram as saudades de épocas em que vivera relacionamentos calmos, amigáveis, sem brigas. Encontraria isso ainda na vida? Tentaria, porque a vida ainda tinha muito a lhe oferecer. Era um homem novo ainda, e tinha seus encantos, seus olhos claros, seu rosto másculo, seu sorriso pelo canto dos lábios. Os anos lhe deram mais charme, elegância, força. Algumas ruguinhas ele ostentava nos cantos dos olhos, mas aqueles pequenos traços não lhe roubavam a beleza, nem mesmo os fios brancos que afloravam na fronte.

Não desistiria nunca de amar e ser amado como se achava merecedor. Com Lúcia, já não dava mais. Foram quase dez anos de casamento. No início, até que dava para suportar um pouco, mas tudo foi aumentando, foi se tornando incontrolável, foi massacrando-o de tal forma, que chegou ao ponto em que precisava acabar com tudo aquilo. Temia um pouco pelo filho, de quem tanto gostava, e do qual não se separaria, pois tinha intenção de ficar com sua guarda. O filho também o queria. Os dois davam-se tão bem, que era lindo vê-los juntos, jogando botão, bola de gude, videogame e tudo o que um menino gostava naquela idade. Estava com nove anos e era um menino maravilhoso, bom aluno, educado, e lindo! Ah, ele era lindo! Miudinho, olhinhos pequenos e esverdeados, cabelos lisos e claros, pele clara com sardinhas miúdas no narizinho afilado. Era parecido com Lúcia, mas não lhe tinha herdado o comportamento. A sutileza, a delicadeza herdara do pai e do avô, que o amavam tanto.

Pegou o telefone e discou um número.

– Alguma novidade? – Perguntou ele.

Do outro lado, era possível ouvir uma voz rouca, grave:

– Não senhor. Mas estou perto de lhe dar uma notícia melhor. Tudo indica que seu irmão ainda está em São Paulo. Pelo menos, foi o que me informou o porteiro do prédio onde ele era voluntário até um tempo desses. Estou perto de conseguir o endereço dele.

– Tudo bem. Quando tiver notícias, me avise daquele jeito. Não quero que Lúcia saiba de nada.

– Sim, senhor. Farei como combinamos – e desligou em seguida.

Ele pôs o fone no gancho e sentou-se atrás da mesa de mogno.

Aquela busca pelo seu irmão já havia lhe roubado muito sono. Mas queria encontrá-lo, prometera a si mesmo que um dia o veria novamente. Ele iria encontrar. Sua preocupação, agora, era o casamento ou o fim deste. Tinha de se preparar para um possível ataque de Lúcia, quando ela recebesse a notícia do divórcio.

As mulheres da família pareciam ter sido escolhidas a dedo. Sua mãe também não era fácil. Vivenciara o quanto seu pai sofrera na mão dela, a qual era, porém, diferente de Lúcia. Não era o ciúme que a transformava em monstro, e sim um azedume, uma forma estranha de agredir os outros, principalmente seu pai, que não resistiu muito e a deixou, não podendo, contudo, levar consigo o único filho que tinha. Por isso, o menino teve de viver com ela por algum tempo até... Não queria lembrar aquela época: as doces lembranças do passado ficavam amargas pela distância do tempo e do espaço. Sua mãe, infelizmente, já estava morta. Um infarto a levara para o outro plano. Ele chegou já na hora do enterro, porque o avião atrasara. Para o lugar onde crescera foi somente para isso enterrar a mãe, embora quisesse encontrar mais pessoas por lá. Até tentou, mas não foi mais possível ver ninguém. O que encontrou foram algumas cartas que tinha enviado e que nunca foram abertas, e aquela senhora gentil resolvera lhe devolver.

Quando ele as leu, não pôde conter as lágrimas. Elas foram puxadas pelas palavras do passado, pelas lembranças de uma época feliz. Às vezes, ele se sentia estranho por lembrar e sentir saudade daquele tempo, mas o fazia como num ato de gratidão por tudo que vivera, por tudo que sentira, por tudo que pudera aproveitar. As cartas ainda tinham e as mantinha guardadas no cofre, onde também guardava o dinheiro e os documentos da empresa. Ninguém podia lê-los, principalmente Lúcia. Os ciúmes dela levariam aqueles papéis velhos à fogueira em dois segundos. Todas elas estavam lá, intactas quase, se não fosse ele tê-las aberto para lê-las. Elas foram dele para ele. Ninguém mais as lera. Que bom, não queria expô-las a mais ninguém, elas eram suas e do destinatário, que não pôde recebê-las. Um dia talvez as entregasse novamente, desta vez pessoalmente.

Lembrar-se daquelas cartas, daquela época o entristecia ainda. Ele não pudera fazer muito e deixara partido um coração. Partira também o seu, pois deixara um pedaço de si lá atrás, dentro daquele coraçãozinho apaixonado, o coração daquela criatura tão doce, tão meiga, tão sincera, tão sublime, que conhecia a fórmula de amar, que sabia sentir o amor da forma mais pura. Ah, como os dois puderam se separar tão repentinamente, sem ao menos poderem se despedir? Até que tentou, mas quando foi até sua casa, ele não estava e quando retornasse, ele já haveria partido. Ele nunca mais viu Caetano, com seus olhos castanhos, com seu jeito tímido. O amigo que o amava ficou para trás e ele nada pôde fazer. Ainda lhe escrevera várias cartas, mas nunca recebeu as respostas. Escreveu várias, até o dia em que achou que não deveria mais escrevê-las. Então deixou de enviá-las, não de escrevê-las. Ele as tinha guardado em um número de quase trinta. Umas que recebera de volta, outras que nem enviou. Às vezes, as lia e lamentava o que tinha acontecido. Esperava do fundo de sua alma que Caetano não tivesse por ele um sentimento ruim, um rancor, um ódio guardado, mesmo sabendo que o amigo seria incapaz de guardar um sentimento daqueles. Se havia alguém no mundo que nunca experimentaria o ódio, era Caetano, Caetano com seus olhos castanhos.

Capítulo treze

Ela tentava, às vezes, afastar as lembranças do passado. Lá habitavam coisas que não lhe faziam bem, quando vinham à tona. Como não pudera consertar os fatos passados, não se achava em condições de reviver o que se fora. Somente as lembranças ela queria, nada mais. Na verdade, nem recordações ela queria ter. Só convivia com elas porque não tinha o poder de excluí-las de sua vida. Se pudesse, nem isso teria mais. O problema é que entre aquelas lembranças dolorosas, havia recordações de momentos bons e saudosos, e deles ela não queria se afastar. O triste era tê-los somente para si, nem para as filhas poder contar. Talvez não fosse bom mesmo trazer o passado para as filhas. Elas faziam parte da vida de Isabel, não de Elizabeth. Elizabeth ficara no passado, assim como uma série de tragédias. Não voltaria mais lá. Já bastavam as marcas profundas que ele trazia em seu coração.

Contudo, ela não conseguia se ver livre do passado. Em vários momentos, ficava remoendo o passado, em detalhes. Lembrava tudo desde o dia em que fugira de barco, depois de cometer o crime. Ela saiu correndo com medo e sem direção. Correu o tanto que pôde e só parou quando se viu às margens do rio Juruá. Havia por ali uma série de barcos, catraias, canoas. Ela tinha certo medo daquela vastidão de água barrenta, fora as histórias de que lá habitava uma grande cobra que já tinha levado muita gente. O medo de se perder naquelas águas vastas não resistiu diante do medo maior de ser prega. Ela tinha um medo terrível de que a polícia chegasse até ela e a levasse presa, trancafiando-a numa cela para o resto da vida. Não se sentia uma criminosa, porque fizera aquilo para se defender e porque não podia ficar impassível diante do ele lhe fizera. Se fugia, era por isso: por medo. Dentre os vários barcos que repousavam na margem do rio, ela pegou um a motor. Entrou rapidamente nele, temendo que o dono chegasse e chamasse a polícia. Fez uma força incrível para conseguir ligar o barco, mas conseguiu logo, porquanto o medo lhe dava forças. Assim que ligou, fez umas manobras atrapalhadas e perigosas que quase a jogaram dentro do rio. Como já tinha a experiência de atravessar o rio naquele tipo de embarcação, ela, embora nunca tivesse pilotado uma, já sabia onde ligava e como ligava — não era difícil. Assim que saiu de perto dos outros barcos, tomou o rio e a única coisa que fez foi deixar-se levar pelas águas. Poderia ter descido o rio porque assim se distanciaria mais rápido da cidade, mas a pressa e o medo a fez subi-lo. E o subiu desesperadamente. Tivera também a sorte de o dono do barco não estar por perto, pois não vira ninguém correr à procura dele.

Ela sentou-se na catraia e segurando o cabo que guia a hélice do motor, subiu rio acima, sem saber onde pararia, mas buscaria chegar num lugar em que a notícia ou qualquer informação não tivesse a chance de alcançá-la, ou pararia simplesmente quando o combustível do motor acabasse. Por isso, ela navegou muito, até que a noite chegou e o medo não a deixou mais seguir o caminho. Então ela atracou sua catraia na beira do rio e procurou um lugar para dormir. Tinha medo de dormir dentro da canoa. Subiu um pequeno barranco e procurou um lugar que desse.

Encontrou uma espécie de casa abandonada, uma tapera, não soube definir ao certo, e lá ficou. O medo pairava nela ainda, mas precisava ter coragem. Arrumou um cantinho e lá se deitou. O sono, porém, não vinha, e as carapanãs não a deixaram dormir direito. Só o cansaço a fez adormecer, deixando-a só despertar com a luz do sol, que invadia as várias frestas do barraco onde estava. Então ela se levantou, esfregou os olhos e andou em volta para ver o que poderia ser aquilo, o que poderia conseguir para comer. O que encontrou foi uma goiabeira com alguns frutos, que foram devorados. Aquilo foi tudo que pôde encontrar.

Depois de comer as goiabas e levar algumas consigo, ela voltou para o barco, ligou-o e seguiu seu caminho sem rumo. O barco parecia estar bem abastecido porque ela só parou mais adiante. Durante muito tempo, a paisagem que via era somente mato e água. Ela não queria ver paisagem bonita, ela queria se esconder. O barco deu sinal de que não tinha mais condições de prosseguir. Ela imediatamente o levou para a margem do rio. Caso ele parasse, não ficaria à deriva. Não sabia o quanto já tinha se afastado da cidade, entretanto, sabia que estava longe, muito longe. Ali pelo menos, ninguém saberia quem ela era. O que iria fazer agora? Viu mais adiante de onde atracara o barco uma casa ribeirinha. Como ia chegar até lá? E se tivessem falando dela pelo rádio? Ficou assustada, mas teve de arriscar. Subiu o barranco e foi se aproximando da casa. Antes de subir, contudo, desprendeu o barco e o deixou ser levado pelo rio.

Bateu palmas quando chegou em frente à casa. Uma jovem de uns quatorze anos atendeu.

– Bom dia! – iniciou ela o diálogo.

– Bom dia.

– Você pode me informar que lugar é esse aqui?

– Aqui é a vila de Porto Walter.

– É muito longe de Cruzeiro do Sul?

A moça achou estranha a pergunta, mas respondeu.

– É um bocado, moça. Por quê?

– É porque eu estou perdida. Eu estava num barco junto com um pessoal que ia subindo o rio, aí nós paramos o barco para fazer xixi. Eu me afastei demais e quando voltei, eles já tinham ido.

A jovem menina ficou olhando Elizabeth e sentiu uma pena dela. Coitada dela! E agora o que faria?

– Vocês iam para onde? Para Vila Marechal?

Ela não pensou duas vezes:

– Sim. Mas agora não sei como vou fazer. O pior é que eu estava de carona e não conhecia ninguém lá. Acho que eles ainda nem se deram conta da minha falta.

A moça sentiu mais pena ainda dela.

– Tem algum barco por aqui que vai pro rumo de lá? Vou visitar uma tia da minha mãe.

A moça desceu as escadas e se aproximou de Elizabeth. As duas ficaram muito próximas. Tinham até certa semelhança as duas. Quase a mesma idade. Isso deixou a moça mais sensibilizada.

– A gente pode ver se o seu João Grandão pode levar você ou coisa assim. Ele tem um barco bom. O nosso tá com problema. A gente pode falar com ele.

Elizabeth fez então uma cara de medo e de tristeza.

A moça ficou olhando para ela e sentiu um dó daquela jovem ali sozinha, sem conhecer nada.

– Você não quer entrar, moça? Vamos tomar um gole de café.

– Eu agradeço.

– Qual é o seu nome?

A pergunta da jovem a despertou para a necessidade de um novo nome. Se fugia, deveria pensar nesses detalhes; se sua vida, a partir da fuga, era outra, precisava de uma série de mentiras para que soassem como verdade.

– Meu nome é Isabel e o seu?

– Camila. Entre.

A moça era bonita também, embora não tivesse o trato que Elizabeth tinha. Os cabelos das duas tinham tonalidades próximas. No entanto, o que as faziam parecidas mesmo era a altura, o formato do corpo. Eram duas adolescentes em fases quase iguais. Camila tinha os olhos castanho-claros, dentes bonitos, pele branca.

Elizabeth entrou na casa de Camila. Era uma casa simples, como as casas ribeirinhas. Era de madeira e paxiúba, e coberta de palha. Lembrou-se da época em que a cozinha de sua casa era coberta daquele jeito. Ela sentou-se na sala e a menina lhe trouxe um copo com café. Ela foi bebendo e esfriando aos poucos. As duas se olharam e riram. Elizabeth parecia muito assustada com o que estava acontecendo.

– Você tá com medo, né? Eu imagino... ser esquecida assim no meio do rio... Meu Deus!

– É... eu tô com medo. Mas vou conseguir chegar até Marechal. Vou ver como posso fazer. Tomara que eu consiga.

Camila fez sinal de que torcia por ela. Elizabeth se sentiu mais tranquila, embora muitos perigos ainda houvesse pela frente. Tinha de se distanciar ainda mais. Se tivesse ali algum lugar onde ela pudesse ficar por vários dias, até que o seu caso fosse esquecido... Mas como ela iria conseguir fazer isso?

– Você mora só? Cadê seus pais?

Camila se sentou no outro banco à sua frente:

– Eles foram cortar seringa. Só vão voltar amanhã. O seringal é muito lá pra dentro e eles vão dormir lá. – Depois que disse, Camila pensou se foi certo dizer que estava sozinha. Se aquela jovem fosse perigosa?

Não, não podia ser. Era apenas uma moça esquecida pelos outros. Vai ver que os outros já se lembrariam de que a tinham esquecido e voltariam para buscá-la. É, tomara. Ela sorriu para Elizabeth e começou a se preocupar com ela. Imagina se fosse com ela? Como faria? Iria conversar com o seu João Grandão. Ele tinha um barco e poderia levar a moça até lá. Será que ela tinha algum dinheiro? Não quis perguntar, ficou com medo. Porém, tinha de fazer.

– Eu acho que ele pode levar, mas vai precisar de dinheiro para colocar pelo menos o combustível.

– E agora? Tudo que eu tinha foi no barco.

– Vamos ver o que podemos fazer, então.

Elizabeth respirou mais tranquila. Ainda havia alguns perigos. Se o tal João tivesse ouvido o rádio e soubesse do acontecido? E se o corpo de Pedro ainda não tivesse sido achado? Não seria difícil achá-lo, porque seu carro estacionado em frente àquela casa chamaria atenção. Ela tinha de arriscar. Não viu por ali nenhum outro barco que pudesse roubar. Se ainda tivesse visto. O rio fazia uma curva e depois da curva era onde morava o tal João. Na margem do rio poderia estar o barco dele. Precisava verificar, mas ficou com medo de sair dali e levantar suspeita.

– Onde mora esse João Grandão?

– É logo na frente, desse lado do rio mesmo. Mas ele também não tá não. Saiu para cortar seringa também. Não sei se ele volta hoje, pode ser que sim.

Talvez fosse melhor assim. Poderia pegar o barco dele e continuar seu trajeto. Pelo jeito a próxima vila ficava perto. Mais longe já estivera. De certa forma, ali estava em mais segurança que se estivesse em Cruzeiro. Qual seria o seu próximo passo?

Mudar! Tinha de mudar um pouco. Precisava mudar o cabelo, cortar, talvez. Trocar aquela roupa. Como? Se pedisse para fazer aquilo perto da menina, levantaria suspeita. Tinha de pensar um pouco para agir mais tarde.

Ela aproveitou quando Camila disse que precisava ir até o poço terminar de lavar uma roupa. Perguntou se ela queria ir, mas ela disse que estava cansada e se Camila não se incomodasse ele queria ficar ali na sala, sentada, esperando. Camila não achou que houvesse problema e a deixou lá. Assim que percebeu o distanciamento da jovem Camila, ela correu até um dos quartos. Encontrando uma tesoura, não pensou duas vezes e cortou os seus cabelos, juntando-os e cortando-os um pouco acima dos ombros. Pegou os cabelos cortados os colocou numa sacola de plástico que tinha ali em cima de uma penteadeira velha. Depois, abriu um guarda roupa velho e pegou um vestido florido que lhe pareceu ideal. Tirou sua roupa e vestiu o vestido. Quanto à sua roupa, nas pressas, acabou deixando no chão mesmo. O medo de ser pega e a pressa não deixaram que ela visse que sua correntinha com pingente que ganhara da mãe tinha caído no chão. Depois que trocara a roupa, saiu correndo em direção à casa do tal João. Pelo que soubera de Camila, ele morava sozinho. Isso significava que não teria ninguém na sua casa. Era perfeito. Se encontrasse o barco e combustível, ela poderia seguir seu caminho.

Foi correndo pela margem do rio, um pouco mais distante das águas, no alto do barranco. Logo avistou uma casa velha. Deveria ser aquela. Estava fechada, não havia ninguém. Foi pelos fundos e viu que não era difícil abrir a porta da cozinha. Naqueles lugares, a segurança não era a principal preocupação das pessoas. Com um pouco de força, conseguiu abrir a porta e entrou na casa. Era uma casa velha e bagunçada, típica de um homem solteiro. Ali havia galões com óleo diesel e gasolina. Pegou o galão e tentou levantá-lo, mas era muito pesado. Contudo, não achou legal derramar um pouco do combustível porque poderia lhe fazer falta. Com um pouco mais de força, foi arrastando o combustível em direção ao caminho que parecia levá-la à margem do rio, possivelmente no lugar onde ele deixava o barco atracado.

Andou um pouco mais e do alto do barranco, avistou o barco. Não acreditou que fosse verdade. Com muito esforço, ela desceu o íngreme barranco. Chegou até a catraia, entrou nela com o galão de combustível, desatracou-o e tentou ligar o motor. Só conseguiu na terceira tentativa. Assim que o ligou, rumou subindo o rio como vinha fazendo. Tinha de sumir dali. Lágrimas rolavam pelo rosto. Oh, meu Deus, que desse tudo certo, que ela conseguisse se livrar de toda aquela triste de violência e assassinato!

Lúcia era uma mulher bonita, elegante, mas tinha o semblante triste. Os olhos estavam inchados devido à noite de choro que tivera. O marido simplesmente chegara e, dando voltas, acabou por dizer-lhe que queria o divórcio e que já o tinha pedido judicialmente, pois sabia que ela não lhe daria facilmente. Ela não pôde acreditar naquilo e por isso, fizera um escândalo, acusando-o de ter outra, de traí-la – a briga foi feia. Ele teve de se defender da violência dela, que avançou sobre ele com socos e braçadas. A cena foi horrível. Ainda bem que Caetano não estava em casa. Seu filhinho não poderia ver o que o pai estava fazendo com ela. O que seria de sua vida sem ele? Deveria ter previsto: ele nunca lhe enganara. Com certeza, há tempos já tinha uma amante. Ele foi esperto, não a deixando saber de seu caso. Desgraçado! Ah, mas não ia deixá-lo sair assim sem mais nem menos. Iria fazer um inferno de sua vida. Ele que aguardasse.

A mãe de Lúcia estava ali ao seu lado, tentando dizer-lhe que o divórcio era o melhor a se fazer. Claro, toda a sua família gostava dele, admirava-o e o achava perfeito. Ela era sempre a desequilibrada, a louca, a desesperada, a ciumenta. Não queria ouvir nada de ninguém. Todos estavam contra ela. Continuou ali na cama, sem vontade de levantar. Sua mãe falava um monte de coisa, mas ela não dava ouvidos a nada. Deixou-a falando sozinha, até que a velha desistiu e a deixou sozinha também.

Cláudio sabia que Lúcia não aceitaria o divórcio, simplesmente. Por isso, foi para a casa do pai, e levou consigo seu filho, Caetano. Não o deixaria com ela, principalmente naquele estado em que ela estava. Não que ela não fosse boa mãe, até era, mas naquele momento era melhor proteger seu filho dela e de sua ira. Ele e o filho se davam muito bem, eram inseparáveis. Sempre que podia, estava com o filho. Ia às reuniões da escola, ia vê-lo jogar, iam ao parque. Estavam sempre juntos. Agora estava com ele ainda mais e com certeza ficaria com ele para sempre. Tentaria negociar a guarda dele com ela. Talvez ela não fosse realmente querer ficar com Caetano. Isso o tranquilizava um pouco. O filho era muito esperto e sabia de tudo que estava acontecendo, visto que o pai fazia questão de conversar com ele, que não poderia ficar à margem dos assuntos que diziam respeito a ele também. Não era justo. O menino tinha maturidade para compreender o que estava acontecendo, sempre fora um menino esperto, inteligente. Na escola, era o melhor – só tirava boas notas. Entretanto, não deixava de brincar, de curtir a sua infância. Simplesmente, tinha facilidade para compreender o que os professores falavam. Era o orgulho do pai e do avô, seu Mauro. Ainda bem que Cláudio ainda podia contar com o pai, que ainda estava firme, embora viesse se debilitando por causa da ausência do outro filho, que sumira sem dizer para onde fora. Há um tempo tinha feito uma ligação para o pai, dizendo que estava em São Paulo. Pelo menos a ligação tranquilizou seu Mauro, que pelo menos sabia que o filho estava vivo.

Maurício era daquele jeito, um aventureiro. Nunca dera importância à segurança domiciliar, à família. De vez em quando, ele fazia essas viagens com alguns amigos e não dava notícias. De repente, ele voltava para casa como se nada tivesse acontecido. O pai ralhava com ele, mas de nada adiantava. Estava até já acostumado com suas viagens, seus sumiços repentinos. A mãe, infelizmente, já não estava com eles. Fora-se há três anos, vítima de um câncer, com o qual ainda lutara bastante. Maurício era muito novo, agora que completava os dezoito anos. Antes disso, já fazia as suas viagens malucas. Dessa vez, estava deixando o pai mais preocupado, pois há mais de quatro meses não dava notícias. Seu Mauro já estava perdendo a esperança de encontrar o filho vivo. Por isso, vinha definhando aos poucos de preocupação. A sorte é que tinha Cláudio, mas este já tinha os seus problemas. Tinha aquela mulher ciumenta, tinha a loja para cuidar praticamente sozinho, e ainda tinha o filho, a quem não deixava faltar nada, do material ao carinho. Pelo menos vinha fazendo um bom trabalho com seu neto, que era um menino doce, e lhe servia de substituto para Maurício.

A vida de Cláudio não era muito fácil. A loja de material de construção lhe dava certo trabalho. Mesmo tendo um gerente à frente, ele não conseguia se afastar nenhum pouco de lá. As ligações eram constantes, e ele tinha de sair de onde estava para resolver os problemas que os seus funcionários não conseguiam resolver. Por isso, ele vivia ocupado. Não tinha muito tempo para si mesmo e se era feliz, era porque conseguia driblar os problemas com a empresa e cuidar bem do filho, além, é claro, de conseguir lidar com Lúcia. Isso o tornava um herói, ele tinha ciência.

Agora já tinha lançado a carta mais perigosa. Não importaria o que Lúcia alegasse, ele queria o divórcio. Queria também a guarda do filho. Iria brigar com ela, embora acreditasse que conseguiria isso de Lúcia, mediante alguma pensão boa para ela.

Às vezes, ele ficava pensando no que estava acontecendo com seu amigo Caetano. A tia dele lhe dissera que ele tinha entrado no seminário e que seria padre. Cláudio levou um choque quando ouviu aquilo, mas nunca acreditou na velha. Achou que ela lhe tinha dito aquilo porque não o queria por perto ou queria afastar Caetano dele. Talvez ela soubesse do que tinha acontecido e por isso suas cartas nunca foram entregues. Só poderia ser isso.

Talvez Caetano também tivesse se casado e cuidasse de sua família, ou talvez fosse ainda solteiro. Já pensara em ir a Cruzeiro procurar por ele, mas não tinha esperança de conseguir muito e não sabia o que iria lhe dizer. Quando recebera as cartas intactas, ele perdeu de vez a esperança de um dia rever o amigo. Por isso, perguntava-se como ele estaria, onde estaria. Não sabia de nada a respeito do amigo. Não sabia nem onde andava seu irmão, a quem mandara procurar, sem obter muito êxito.

Enquanto não encontrasse seu irmão, não tivesse a guarda do filho depois do divórcio e não revisse Caetano, ainda não teria cumprido sua missão. Talvez rever Caetano fosse a mais difícil. É, poderia ser, mas não perderia a esperança. O tempo havia passado e provavelmente havia mudado muitas coisas. Teria Caetano alguma lembrança daquela época? Será que ele ainda guardaria alguma saudade daquele tempo? E se tivesse se tornado outra pessoa, com novos sentimentos, novas ideias? E Cláudio, o que sentia ainda pelo amigo? Por que ele ainda queria encontrá-lo? Que saudade era aquela? Ele tinha mudado muito e as aventuras do passado nunca mais foram praticadas. Apenas com Caetano ele tinha experimentado aquilo. Rumara por outro caminho. O que faria no dia que o visse na sua frente, se o visse? Ele não sabia nem queria pensar nisso. Só queria rever o amigo e dizer-lhe algumas coisas, coisas essas que ele nem sabia o que eram. Apenas queria vê-lo, só isso. Só isso.

Elizabeth só conseguiu chegar à vila Marechal Thaumaturgo no dia seguinte. Chegara lá pelas três da tarde. Tinha a pele muito queimada do sol, e aquela brancura de outrora tinha sumido. Estava exausta e sem saber o que fazer. A vila era pequena, ficava acima do barranco, na curva do rio Juruá em seu encontro com o rio Amônia, que vem do Peru. De longe, pôde avistar as casas no lugarejo montanhoso, do lado direito do rio, em cuja margem alguns barcos estavam atracados. Ela foi desligando o motor do barco para atracar e ficou contemplando aquele lugar. O que viera fazer ali? Ser esquecida, era isso que queria naquele lugar distante. Talvez ali ela ficasse pelo menos até a poeira baixar. Onde iria ficar? Ali deveria ter rádio e seu caso poderia chegar até os moradores daquele lugar, que poderiam avisar a polícia. Se fosse para uma colônia qualquer por ali? Deveriam existir algumas.

Depois que atracou o barco, ela subiu o morro e chegou à ruazinha principal. Qual seria seu próximo passo? Tinha de inventar alguma coisa, criar. Ali era que não poderia ficar.

Capítulo Quatorze

 telefone tocou e Isabel voltou ao mundo presente. Quem seria àquela hora?

Cristina veio da cozinha e atendeu o telefone. Lá disse e ouviu alguma coisa e depois veio comunicar a Isabel:

— Era a dona Dolores. Mandaram dizer para a senhora que ela foi internada hoje. Teve um infarto.

"Oh, Deus! Dolores não! Oh, Senhor, proteja ela, por favor!" Pediu ela, temerosa de que algo acontecesse à sua velha amiga, quase uma mãe. Dolores não poderia deixar o mundo ainda. Tinha tanto a ensiná-lo, tinha tanto ainda por viver. Não seria justo que partisse tão cedo. Ela devia tanto a ela. O que teria sido de Isabel senão fosse Dolores, com seu jeito prático, com sua proteção materna, com seu tino para analisar as pessoas.

— Onde ela está?

— Na Santa Casa. Disseram que ela está bem, mas está em observação. Pode receber visitas já.

— Então vou visitar ela mais tarde.

De repente, seu semblante transpareceu tristeza. Lembrou-se do dia em que conhecera Dolores, Madame Dolores, a nordestina que fugira da sua terra jurada de morte.

Isabel a conheceu no mesmo dia em que chegou à vila Marechal. Depois que subiu o barranco e começou a andar na rua principal, ela ficou um instante em frente à igreja que ficava às margens do rio. Ficou contemplando o prédio, que no momento estava fechado. Uma espécie de segurança lhe veio naquela hora. Ela ficou parada, olhando fixamente para a igreja e pedindo a Deus que a ajudasse. De tão concentrada que estava, não percebeu que, um pouco mais adiante, uma senhora a olhava curiosamente.

Enquanto olhava silenciosamente a igreja e pedia ajuda a Deus, a senhora veio se aproximando lentamente. Olhava Elizabeth de cima a baixo, como se procurasse algo. E procurava. Elizabeth ficou sabendo mais tarde. Quando deu por si, a mulher estava ao seu lado.

— Boa tarde, minha filha — cumprimentou-a amistosamente.

— Boa tarde — respondeu Elizabeth, virando-se para a mulher de sotaque nordestino.

Ela a olhou de uma forma tão carinhosamente penetrante, que deixou Elizabeth assustada. Quem seria aquela mulher e o que ela quereria?

— Você não é daqui — disse a senhora.

A frase foi de tal impacto, que Elizabeth teve de fazer força para não perder o equilíbrio. Ela deveria saber quem era ela, só podia ser isso. Olhou-a como tentando mostrar-se tranquila. A mulher pareceu perceber a fraqueza da forasteira.

— Não sou. Estou de passagem. A senhora é?

— Não, estou de passagem também. Sou de Rio Branco. E você?

Aquele "E você?" a fez tremer de medo. E agora, o que diria? Vai que a mulher conhecesse o lugar que ela dissesse. Teve de ariscar.

– Sou de Cruzeiro do Sul.

– Sei.

Elizabeth não gostou daquele "Sei".

– Você vai ficar onde? Vejo que acabou de chegar. Vi quando você subiu o barranco. Tem lugar?

O que diria à senhora? Que tinha? E se dissesse que não, o que aconteceria? A mulher iria lhe arranjar um? Ou iria confirmar suas suspeitas? Uma profusão de dúvidas rondou o coração de Elizabeth.

– Eu... eu... – impossível era responder sem gaguejar.

– Ok, se não tem onde ficar, pode ficar comigo, na minha casa.

Mas... assim tão simples, tão fácil? Elizabeth sentiu ainda mais medo. O que aquela mulher queria dando asilo a uma garota desconhecida? Alguma coisa tinha por trás daquilo. Ela não poderia aceitar. Todavia, se não aceitasse, onde ficaria? Ele pensou em questão de segundos. Demorar em respostas e perguntas faria levantar suspeitas.

– Mas a senhora nem me conhece.

– Não conheço ainda. E isso não impede de nós nos conhecermos. Se quiser aceitar, por favor, se não, preciso ir.

Foi uma das decisões mais difíceis de tomar, pois o tempo e as circunstâncias a faziam recuar e aceitar ao mesmo tempo. Tinha de refletir sobre o óbvio: não tinha para onde ir e tudo que já fizera foi arriscado. Aceitar o convite da mulher seria tão ou menos arriscado quanto ficar vagando até encontrar uma saída. O que aquela mulher poderia lhe fazer? Isso ela teria de viver para saber. Não tinha escolha.

– Eu aceito.

– Ok. Então vamos, você precisa descansar, pelo jeito.

As duas saíram. A mulher um pouco mais à frente, e Elizabeth do seu lado, um pouco mais atrás. Seu rosto estava baixado. A senhor andava em silêncio. Não seria legal assustar a menina com perguntas ou informações. Depois, ela saberia de tudo. Era preciso paciência.

Elizabeth acordou, no dia seguinte, sem saber direito onde estava. Lembrava-se apenas de ter ido com uma mulher, que disse se chamar Dolores, para uma casa, onde ela entrou, conversou um pouco e depois... adormeceu. Abriu os olhos procurando reconhecer melhor o lugar onde estava e ter certeza de que estava ainda no mesmo lugar. Estava faminta, mas não sabia o que fazer. Tinha medo de chamar alguém. Se ela tivesse num lugar, presa, enquanto a polícia vinha buscá-la? Se fosse isso, tinha de fugir. Levantou-se rapidamente e foi até a porta, temendo que esta estivesse trancada. Mas não estava. Abriu-a e foi andando em direção ao corredor. Uma luz entrava por ambos os lados do corredor. Ia em direção à sala, mas uma voz a chamou:

– Isabel! Venha comer, menina!

Reconheceu a voz da mulher. Aquele jeito de falar lhe pareceu tão íntimo que sentiu medo. Por que haveria aquela intimidade da mulher para com ela? Quem era aquela mulher? Nada tirava de sua cabeça que ela sabia de tudo, do crime, da fuga, da polícia. Com medo, dirigiu-se para a cozinha.

Como já tinha arriscado muito, ela não pôde continuar com aquele mistério todo, e foi direto ao assunto:

– Por que a senhora me ofereceu esse lugar?

A senhora levantou-se da mesa, indo em direção ao jirau, enquanto lhe respondia:

– Gostei de você. Estou sozinha nessa cidade já faz um tempo. Um ano quase, tempo demais para uma mulher como eu. – Ela falava tranquilamente. – Senta, menina, toma café. Sei que você está com muita fome. Estava ontem tão cansada, que dormiu sem comer. Foi bonito ver você dormindo daquele jeito. Quanto a mim, não se assuste. Não tenho a intenção de lhe fazer nenhum mal.

De repente, Elizabeth ouviu barulho em outro lugar da casa. Assustou-se.

– Não se assuste. É Ritinha, minha outra hóspede. Deve ter acordado agora.

Em seguida, uma garota de longos cabelos castanhos entrou na cozinha. Tinha a pele morena, olhos grandes, cílios fartos e longos, sobrancelhas arqueadas e finas, boca carnuda, dentes brancos e meio tortinhos. Tinha uma altura interessante para a idade que denotava ter. Usava uma camisola de jérsei perolado. Olhando Elizabeth displicentemente, sentou-se à mesa, de frente para ela.

– Oi – cumprimentou.

– Oi – respondeu Elizabeth.

– Essa é Ritinha.

Elizabeth apenas olhou.

– Come, Elizabeth. Depois eu vou conversar com você.

Por ela, a conversa seria naquele instante, mas pelo seu estômago, não. Começou a se servir, enquanto Ritinha a olhava curiosamente.

Dolores era uma mulher que, à primeira vista, dava a impressão de nunca ter sofrido nada na vida. Tinha uma vivacidade aparente nos olhos, no sorriso, na aura. Fisicamente, era de média estatura, rosto largo, lábios bem desenhados, olhos grandes, cílios compridos, olhos verdes, cabelos escuros – castanho-escuros ou pretos – cortados alinhados acima dos ombros largos. Alguns fios brancos se misturavam à cabeleira brilhante e viçosa. Era uma mulher robusta, cheia, curvas salientes. A pele era ainda jovem, embora se notasse certa idade. Deveria ter uns quarenta anos ou mais. Se os olhos eram verdes e grandes, não era esse o motivo que os tornavam fascinantes, mas a profundidade com que ela os mirava para o seu alvo. Chegava a causar medo. As sobrancelhas finas e arqueadas ajudavam a expressividade dos olhos verdes.

Ela não era o que poderia aparentar. Seus olhos escondiam muita história e talvez fosse por isso que eram penetrantes. Ela os usava como autodefesa. Quem os via, não tinha força de encará-los por muito tempo. Era o seu jeito de intimidar, afastar os possíveis perigos.

Ela tinha nascido numa cidadezinha no nordeste brasileiro. Sua família era toda dessa cidade. Seu pai era um homem teimoso, persistente, corajoso. Sua mãe também não era de correr da briga, embora fosse menos afoita que o marido. A família vivia numa pequena porção de terras, onde cultivavam o necessário para o seu sustento. Tinham uma vaquinha que ajudava no leite para os menores. Os maiores trabalhavam nas lavouras de milho, soja, cana-de-açúcar das redondezas. Trabalho duro do qual não fugiam, porque necessitavam. Ganhavam mal, mas era a única opção naquelas bandas. Iam levando com as dificuldades que a vinha impunha aos poucos, sem poder reclamar muito da sorte.

Dolores tinha uns doze anos quando aconteceu a tragédia. Seu irmãozinho, de dez anos, foi pego roubando fruta na fazenda do coronel Sebastiano, o homem de melhores posses na pequena cidade. Ele era um menino alegre, franzino, magricela. Trabalhava também com o pai nas lavouras quando era época de colheita. Um dia, porém, ele ousou subir nas árvores do coronal Sebastiano, que nem coronel era. Tinha o título por ignorância do povo de lá e das posses que possuía. O homem era também uma peste, como dizia, não era dado a simpatias com os vizinhos. Várias vezes tinha exercido o seu poder de "coronel", fazendo a sua justiça. Por lá, a polícia quase não ia, e quando ia, não questionava muito o que o "coronel" fazia. Isso amedrontava a todos naquele lugar. Ninguém se atrevia a desafiá-lo. Ele ficava no seu canto quieto. Tinha uns empregados mal-encarados e que o ajudavam na sua fazenda e nas suas maldades. O menino, então, cometeu o erro de passar pala cerca da fazendo do velho e subir em suas mangueiras. Quando foi visto, o velho não pensou duas vezes, mandou o tiro.

Se sua intenção foi assustá-lo, conseguiu algo mais grave: o menino foi alvejado no estômago, caindo no mesmo instante da árvore. A morte não tardou muito em chegar. Veio, porém, antes de a família saber o que o menino tinha feito e o que lhe acontecera pela ousadia. Mas a notícia chegou à família.

Dolores estava sentada na porta quando um vizinho chegou com a notícia. O corpo do menino estava do lado de fora da cerca, onde os empregados o deixaram. O pai de Dolores fora lá buscar o corpo e tomar satisfação. Sua mulher, dona Lucinda, ainda tentou deter o marido, pois pressentia a tragédia maior. O marido não deixaria impune aquele ato, e o velho não aceitava insultos. Ele que não se atrevesse a passar pelo portão da fazenda. Infelizmente, era preciso deixar de lado, lamentar apenas. O medo dela era visível porque sozinha não conseguiria criar os outros meninos – três com Dolores.

O marido não queria saber do poder do coronel. Ele lhe tirara um filho, ia até lá para ver se ele era macho mesmo. Aos prantos, ela lhe puxou pelo braço e lhe implorou que não fosse. Os meninos todos choravam desesperados pela perda do irmão e por medo de perder o pai, que estava disposto a enfrentar o homem. Sua honra lhe exigia uma reação e a única reação possível naquele caso era desafiar o homem, enfrentá-lo, mesmo que isso pusesse sua vida em risco.

Ele foi munido da velha espingarda que guardava em casa, deixando para trás a mulher e os três filhos vivos. Iria buscar o que a maldade do velho mandara para outras terras. Voltaria deixando uma lição ao velho.

Lucinda tinha a certeza de que o marido não iria hesitar em atirar no velho. Saíra ele com esse propósito. Se dissera que iria cobrar satisfação, estava mentindo. Sua sede de vingança, sua vontade de matar o coronel era visível em seus olhos verdes e em seu rosto branco e sardento. Ela se ajoelhou diante da imagem de Nossa Senhora Aparecida e pediu que ela a ajudasse, que iluminasse o coração do marido e lhe tirasse o ódio cego da mente. As crianças choravam com a mãe, que não sabia nem se devia abraçá-los. Seu coração era um desespero completo.

Dolores assistia a tudo aquilo com o pensamento inconformado com o ato praticado pelo velho. Como ele fora capaz de fazer aquilo? Só porque seu irmãozinho fora pegar uma manga das tantas que caíam no chão e apodreciam. Era maldade demais para uma menina de doze anos discernir. Ela fora, com aquilo, aprendendo a lidar com a perda. Sabia que aquela não seria a primeira. Sua mãe também sabia que não.

Lucinda, coitada, não pôde ver o filho ser carregado pelo marido, que viera carregado pelos empregados do velho. Ao ver o corpo inerte do marido nos braços de um dos empregados, caiu de joelhos sobre o chão e chorou, chorou em prantos convulsos e de tal desespero que fez paralisar a todos por assistirem o drama daquela mulher ao se tornar viúva. Dolores nunca esqueceu aqueles gritos, aquela cena de ver o homem trazendo seu pai e jogando seu corpo na sala, depois de colocar o do seu irmão.

Ali nasceu uma mulher aos doze anos. Se alguns sucumbem diante da tragédia, alguns nascem dela. Dolores nasceu ali, quando o grito de sua mãe a despertou como o choro da criança a traz à vida. Ela enxugou as lágrimas e assumiu o lugar da mãe. Não tinha tempo para chorar, tinha de ser prática, tinha de cuidar do enterro do pai e do irmão. Se houvesse tempo, choraria mais tarde. A mãe, pobre desgraçada, catatônica, apenas gritava loucamente e perguntava a Deus o porquê daquilo. Como a resposta não lhe vinha, insistia em perguntar, enquanto Dolores mandava o outro irmão, João Pedro, chamar a vizinha mais próxima para lhe ajudar, inclusive a espalhar a notícia, o que duvidava de já não ter corrido meio mundo.

No dia seguinte, pela manhã, Dolores, a mãe e os dois irmãos, João Pedro, de oito anos e Amanda, de seis, enterraram o pai e o irmão. Foi lá que Dolores ficou sabendo como se dera a morte do pai. Disseram que ele chegara à casa do coronel e o chamara, dizendo que ele viera cobrar a morte do filho inocente, que tinha cometido apenas o pecado de mexer numa mangueira que estava repleta de frutas, as quais o velho nem comia. O velho respondeu-lhe que não tinha nada a dizer e que só tinha feito o que deveria, defender o que era seu. Disseram que o pai de Dolores, ao ouvir isso, apontou a espingarda para o velho, dizendo-lhe que ele também tinha ido fazer o que deveria, vingar o filho e honrar seu papel de pai. O velho, indefeso, porque não estava armado só teve tempo de gritar por um dos empregados, que já postos em serviço, atiraram no pai de Dolores, que nem pôde ver quem tinha lhe tirado a vida e a possibilidade de honrar-se como pai.

Se a mãe de Dolores enterrou um marido, e os filhos, um pai, Dolores enterrou a menina que morrera junto dos dois, dando lugar a uma mulher e a uma vingança. Ela jurou, no instante em que a terra de sua mão começava a cobrir o corpo do pai, que faria a justiça que ele não conseguira e limparia a honra que aquele velho achava ter tirado daquela família. Ela jurou com tal convicção de que iria executar o que prometera que suas lágrimas, que quase conseguiram rolar, recolheram-se como se obedecessem a uma ordem.

Cláudio chegou à loja aquele dia um pouco mais tarde. Estava dormindo na casa de seu pai e cedo tivera de deixar Caetano na escola. Assim que chegou, já lhe vieram cheio de coisas para resolver. Como sempre, tudo sobrava para ele. Não sabia por que tinha tantos empregados se eles não conseguiam resolver coisas simples. O que Cláudio não entendia era que seus funcionários, por mais que soubessem resolver determinados problemas, preferiam, antes de agir, procurá-lo para terem certeza da atitude mais correta. Por mais que ele não percebesse, seu olhar reprovador quando alguma coisa dava errada por incompetência de alguém era assustador. Nenhum empregado seu gostaria de ter sobre si aquele olhar castigador. Ele reclamava, mas punha-se a resolver tudo o que de pendengas lhe trouxessem. No fundo, gostava de que tudo estivesse sob seu controle e por isso acabava fazendo, de vez em quando, os trabalhos de alguns empregados. Naquela ocasião, o motivo que o levara cedo para a loja não era grave, por isso rapidamente se viu livre dele.

Depois que resolveu o último dos negócios, foi verificar um material na loja, e dar aquela olhada como sempre fazia. Era uma loja de médio porte, bem frequentada. Era um entra-e-sai muito bom, e ele gostava daquela movimentação toda. Por ali, passava todo o tipo de gente. Às vezes, ele ficava do alto de sua sala olhando o movimento lá embaixo.

Naquele dia, ele desceu para a loja e, junto com o gerente, foram verificar a quantidade de alguns materiais expostos no alto da loja. Fizeram algumas anotações e conversaram sobre novas compras. Do outro lado, na outra extremidade da loja, um homem alto, de pele morena, olhos castanho-escuros, cabelos pretos e lisos olhava discretamente Cláudio, sem que este percebesse. O homem parecia tentar reconhecê-lo de algum lugar. Depois de fazer as últimas anotações, e caminhar rumo à sua sala, notou o homem que o olhava. Ao perceber que era notado, o homem desviou os olhos, mas voltou a olhá-lo logo que Cláudio deixara de tê-lo sob a vista. Cláudio sentiu-se observado novamente e olhou para o homem. Imaginando que fosse algum cliente, fez-lhe um sinal de cumprimento e sorriu sutilmente. Ele sempre fazia isso com os clientes. Era uma simpatia só com todos eles, e por isso, eles voltavam. Aquele homem deveria ser um desses.

O homem continuou a olhar Cláudio. Agora o olhar não parecia ser o de alguém que procura reconhecer uma pessoa. Havia qualquer coisa insinuativa naquele olhar, que causou um risinho em Cláudio quando ele pensou na possibilidade de aquele homem estar lhe paquerando. O homem viu o risinho de Cláudio e ficou um pouco sem jeito e depois, gostou daquilo. Cláudio não pôde evitar que seus pensamentos se voltassem para o passado. Lá repousava uma história linda, mas ela lá mesmo ficaria. Para o presente, vieram apenas as lembranças, nada mais.

O olhar de homem poderia fazê-lo se lembrar de Caetano, mas não o fez, pelo simples fato de que nos olhos de Caetano não havia insinuação, não havia maldade. Eram olhos doces, meninos. Nem nas palavras de Caetano havia maldade, aliás, não acreditava que um dia ele viesse a tê-la. Não conhecera até hoje alguém mais doce, mais inocente e com menos pretensões que o amigo. Caetano, amigo, onde você estaria naquele momento? Como seria possível revê-lo? Um dia ele o veria, nem que fosse quando estivesse velhinho. Riu da ideia. Depois subiu para a sua sala, que ficava no alto da loja, como num mezanino. De frente para a loja, havia uma grande janela de vidro. Quando queria privacidade, fechava as persianas.

Assim que subiu, ele ficou olhando a sua loja, os seus empregados, os seus clientes. O homem que o olhara há pouco continuava na loja e continuava a olhá-lo. Cláudio começou a achar aquilo estranho e incômodo. Se fosse o que estava pensando, não queria aceitar por que nunca dera liberdade para ninguém fazer aquilo, nem deixou transparecer que haveria possibilidades. Ficou também encarando o homem no intuito de assustá-lo. O homem fez-lhe um sinal de cumprimento, virou-se e saiu da loja. "A gente vê cada uma!" Ele não podia deixar de achar aquilo estranho, mas engraçado.

Fechou as persianas e mergulhou nos documentos que tinha de analisar. Ser dono de uma loja implicava analisar documentos, fazer cálculos, fazer ligações. Implicava também, pelo que observara, ser alvo de paqueras estranhas. Ele riu novamente e voltou ao seu trabalho. Ali ele conseguia esquecer um pouco os problemas familiares, mais especificamente suas desavenças com Lúcia, que não aceitara o pedido litigioso de divórcio. Se ela fosse um pouco menos egoísta, pensava ele, teria aceitado o divórcio amigável quando ele lhe pedira. Os dois já não tinham mais nada que pudesse sustentar o casamento. A seu ver, a relutância de Lúcia era puro capricho, como eram várias ações suas que levaram o casamento àquela situação vexatória. Ele, mesmo depois de discussões graves com a esposa, nunca pensou em um divórcio forçado. Sempre acreditou que era possível os dois terminarem tudo em paz, pois tinham o filho e por ele deveriam fazer o que fosse melhor. Para Cláudio, o melhor era o divórcio amigável. Só procurara o litigioso porque Lúcia não deu alternativa.

Capítulo Quinze

O padre começou fechando a porta da entrada da igreja. Era uma porta altíssima e pesada, presa por grandes dobradiças de aço. Era toda entalhada em motivos florais. A igreja não era muito grande, também não era tão pequena. Ele cuidava dela há um ano e pouco, desde que chegara àquela cidadezinha. Celebrava missa todos os domingos ou em ocasiões especiais, como as de homenagem aos mortos. Travou o ferrolho de cima, o de baixo e os dos lados. Depois, foi fechar as janelas, que também eram altas e largas. Abertas, iluminavam a igreja quase sem necessidade da luz ou das velas. Fechou primeiramente as do lado esquerdo, passando em seguida para o lado direito. Fechou uma a uma, lentamente, como se não tivesse pressa. Aliás, ele nunca tinha pressa. Fora ordenado padre há apenas dois anos e logo foi encaminhado àquela cidade, para cuidar da Paróquia São João Batista, na pequena São Jorge, interior do Paraná.

Ele gostava muito de estar ali. Os moradores eram bons frequentadores e a igreja estava sempre cheia nas horas das celebrações. Aos domingos, pela manhã, a igreja era frequentada pelo grupo de jovens, que faziam o catecismo. Eram crianças alegres e vívidas, porém comportadas. Ele quase nunca precisava chamar-lhes a atenção por alguma traquinagem. As beatas que o ajudavam a zelar pela igreja eram muito gentis e isso era bom para, que estava ali há pouco. Assim, conseguia manter com todos uma relação bem amistosa, aproximar-se mais das pessoas. Na verdade, todos já o adoravam. À tardinha, ele dava uma volta pela cidade para se exercitar, e era raro o dia em que não parava várias vezes para conversar com os fiéis. Havia umas ruas bonitas, cercadas de árvores floridas, e poucas ladeiras que lá tinham. Isso amenizava a sua caminhada rotineira. Quase sempre quando voltava, trazia pequenos agrados que lhe davam os frequentadores da igreja. Era o bolo de dona Teresinha, os biscoitos de dona Lurdes, os pãezinhos caseiros de dona Emília. Se dependesse delas, ele já tinha engordado muito, e, por isso mesmo, ele achava necessário dar aquelas caminhadas pela cidade. Era bonito também assistir ao pôr-do-sol, enquanto caminhava. Acompanhava as mudanças das cores que cobriam o céu, enquanto virara uma esquina e outra.

Quando voltava, tomava um banho, rezava um pouco, comia alguma coisa – algo sempre muito leve – e depois se deitava. Costumava dormir muito cedo, assim como os moradores de São Jorge. Cedo também acordava. Não sempre, mas às vezes, praticava caminhadas pela manhã, enquanto a cidade despertava. Vivia uma vida saudável, na medida do possível. Temia que o sedentarismo lhe encurtasse os dias ou lhe impedisse de exercer o sacerdócio.

Naquele dia, ele recebeu logo cedo uma visita, que já fora até costumeira, mas vinha se rareando bastante. Desta vez, o padre Leôncio trazia para ele uma novidade. O padre Leôncio era um sujeito magro, pele escura, ombros largos, olhos castanho-claros, cabelos grisalhos. Deveria ter uns cinquenta anos, embora fosse ainda muito jovial e vivaz. Ele andava meio curvado e tinha a mania de passar a mão no nariz. Cuidava da paróquia da cidade vizinha e sempre que podia, vinha visitar o amigo de cá.

Ele chegara lá pelas dez horas, encontrando o padre Bernardo nos fundos do quintal da igreja, a colher algumas hortaliças, que cultivava para o seu sustento e também para passar o tempo. O padre que cuidava da horta foi recebê-lo, lavando as mãos com a água do regador que tinha o seu lado, para apertar-lhe a mão. Os dois regozijavam-se pelo encontro. Eram amigos há algum tempo, mas não se viam sempre.

O padre Leôncio fora lhe levar a notícia de que muito em breve ele seria transferido para outra paróquia. Não tinha ainda o nome do novo lugar para onde iria dentro de alguns meses. Fora lhe informar e conversar um pouco, como sempre faziam quando se encontravam. O padre acabou ficando para o almoço, pois não tinha, naquele dia, nenhuma tarefa urgente que obrigasse o retorno à sua cidade, que ficava a menos de cinquenta quilômetros dali. Os dois conversaram bastante, relembraram os tempos de seminários, os colegas que junto com eles viveram anos e anos entre aquelas altas paredes do seminário. Saudades sentiram do passado. Lembraram-se também de seus familiares, de épocas até mais remotas, como as de quando estudavam ou as da infância.

Quando o padre Leôncio se despedia, em frente à calçada da igreja, passaram por eles três carolas, que os cumprimentaram e lhes pediram a bênção. Uma delas aproveitou para dar aos dois a mais recente notícia da cidade:

– Nasceu o filho de Marilhinha.

Marilhinha era a professora da escola primária da cidade. Estava grávida e tivera dificuldades com a gravidez. Todos ficaram na torcida de que tudo desse certo com ela e a criança.

– Deus seja louvado! – Dissera o padre, com um largo sorriso nos lábios.

– Amém, padre Bernardo – respondeu a senhora que havia lhe dado a nova.

Ele sempre achava estranho quando alguém o chamava de Bernardo. Por mais que fosse assim tratado há mais de 10 anos, ainda não se acostumara de todo. O nome ainda lhe soava estranho, às vezes. Ele acenou para as mulheres e se voltou para o padre Leôncio. Este apertou a mão do amigo e entrou no carro, ligou-o e seguiu seu caminho, sumindo logo na primeira esquina da rua atijolada.

O padre Bernardo se virou e entrou no seu pequeno quarto, nos fundos da igreja. Lá chegando, foi para dentro da igreja e começou a abrir as janelas. Mais tarde viriam as crianças, que estavam ensaiando uma peça para apresentar na missa do próximo domingo. Quando se viu no centro da igreja, ele parou e começou a olhar em volta. À sua frente, pendia na parede um grande crucifixo de madeira, com a imagem de Cristo esculpida em minuciosos detalhes. Olhou a imagem e os seus pensamentos o reportaram ao passado, levando-o à primeira vez em que vira um grande crucifixo parecido com aquele. Foi há uns dezessete anos, quando ele entrou na Catedral à procura de uma solução para os seus problemas, e viu aquele padre que havia visto há umas semanas. Lembrou-se que sentiu que deveria ser padre naquele momento, visto que sentira que Deus havia lhe enviado um sinal.

Decidiu entrar para o seminário e depois de um tempo passou a ser chamado de Bernardo; não queria mais ser chamado pelo seu nome de batismo, Caetano. Aquele nome lhe remetia a um passado que ele preferia esquecer, lá repousava o seu segredo nefasto. Era um passado que, se ele tentou esquecer, nunca saiu de sua mente, e perturbou-o por muito tempo, como ainda o perturbava, fazendo-o acordar às vezes, no meio da noite, com o corpo suado e lágrimas nos olhos. Era saudade de um tempo que não foi vivido como ele ansiava ou era o medo de uma dor que ele mal experimentara?

A vingança de Dolores ainda não tinha começado, mas ela já vinha planejando algo. Enquanto isso, continuava sua rotina de trabalhar na lavoura junto da mãe e do irmão de oito anos. Tinha agora de trabalhar dobrado, já que o pai e o irmão se foram, e a mãe, debilitada, não conseguia trabalhar. Na verdade, a mãe estava muito doente. Já havia se passado três meses desde que acontecera a tragédia na família, e sua mãe ainda não conseguira se recuperar da perda do marido e do filho. Ela vinha segurando as pontas e temia que a mãe não aguentasse por muito tempo. Ela não teria medo de enfrentar o mundo sozinha, mas tinha os dois irmãos menores, que ainda não tinham condições de sobreviver se algo acontecesse à sua mãe. Tinha uns parentes paras as bandas da Bahia, que estavam muito longe de lá. Por enquanto, ia pedindo a Deus que cuidasse de sua mãe e de seus irmãos e dela também, que lhe desse força porque não iria desamparar a mãe nem os irmãos.

Depois do que acontecera ao seu pai, viu duas vezes o assassino. Passàra por ele uma vez muito próximo. Ela não pôde deixar de olhá-lo com desprezo. Ele, porém, nem sequer reparou no olhar de ódio que ela lhe lançou; viu apenas a menina que crescia dentro do vestidinho florido. Fitou os seios que forçavam o tecido e as pernas que andavam a passos largos. Achou que aquela em breve estaria no ponto, assim como algumas que caíam na sua conversa ou se iludiam com o seu dinheiro e suas promessas.

Ela sentiu que ele a tinha olhado com certa malícia, e perceber aquilo lhe causou um estremecimento justificado. Ela se virou e continuou no seu caminho. O que mais queria era sair dali para não correr o risco de cruzar novamente com aquele homem. Nutria por ele um ódio tão grande, que tinha medo de fazer algo maior que o seu bom senso. Ela sabia que havia dentro de si uma força capaz de fazer o que ela não conseguiria impedir. O ódio, que sua mãe dissera para ela não guardar no coração, dominava-a de tal forma, que ela mudou de repente. De uma hora para a outra, ela esqueceu a infância e o riso. Poucas vezes ela sorria e nunca mais ela brincou com suas bonecas de pano, que ela mesma fizera. Deu-as à sua irmã mais nova. A morte de seu pai e de seu irmão tinha lhe roubado também a adolescência.

O tempo foi passando lentamente, como deveria passar, até que um dia, ela teve de enfrentar mais uma tragédia. Numa manhã de domingo, quando acordou um pouco mais tarde que o normal, ela se deparou com uma cena ainda mais horrenda que a do pai e do irmão mortos no chão da sala: a mãe pendia no galho de uma mangueira, no fundo do quintal, numa corda atada ao pescoço.

Um grito rompeu-lhe o corpo, mas não saiu pela boca, saiu pelo tremor das carnes, saiu pelos poros abertos, saiu pelo silêncio de sua dor. Ela se calou diante do que viu e fez tudo para que os irmãos não vissem a mãe naquele estado. Uma lágrima tentou se formar no canto de seus olhos, no entanto, novamente, não havia tempo para chorar. Choraria um dia mais tarde, quando pudesse. Tinha de ser novamente prática para cuidar dos irmãos e não enlouquecer. Um nó habitava o peito desde a tragédia com o pai e o irmão, e agora esse nó se apertava ainda mais, sufocando-a aos poucos, empurrando-a para um mundo de fraquezas. Entretanto, ela não poderia fraquejar. Ainda não tinha feito o que prometera a si mesma, vingar-se daquele homem cruel.

E ainda tinha os irmãos, aos quais poderia faltar. Ela iria cuidar deles até enquanto pudesse cuidar. Se sua mãe e seu pai não estavam mais ali, cabia a ela fazer isso. Faria com toda a garra que ainda conversava dentro de si.

Cuidou do enterro da mãe e consolou os irmãos pelo tempo necessário, até que a dor se amenizou e os choros cessaram. Quando os viu mais fortezinhos, resolveu que precisava sair dali. Todavia, ela só tinha quinze anos e não poderia fazer muito. Conseguiu, a muito custo, o endereço de uma tia, e escreveu-lhe uma carta contando o acontecido. A tia, condoída, mandou dizer-lhe que poderia recebê-la com os irmãos. Estava morando sozinha e a casa era grande.

Vendeu o pouco de terra que tinha e comprou as passagens para ir embora junto com os irmãos. Foi deixá-los com a tia, que os recebeu bem e disse que ela não precisava se preocupar mais, que eles poderiam ficar com ela e até ajudá-la, já que a idade a limitava. Ela aceitou de muito grado a hospedagem na casa da tia. Lá deixou os irmãos e lhe disse que tinha de voltar, para resolver uns negócios que deixara para trás. A tia concordou, embora achasse muito perigoso ela andar por aquele mundo, sozinha.

Dolores foi sozinha mesmo. Voltou à sua cidade poucos dias depois, pois tinha uma missão a cumprir. Quando chegou à cidade, foi direto à casa do tal coronel. Lá, ela pediu emprego porque sua mãe estava doente e ela precisava ajudá-la. Sabendo que na fazenda do velho, ninguém lembrava mais quem era ela, o velho lhe deu emprego. Não porque queria ajudar a menina pobre ou porque estivesse precisando, mas porque a achou muito graciosa, como ela deixou transparecer, arrumando o vestido que insistia em deixar pender a alça fina, tentando mostrar os seios firmes e jovens, provocando, no velho, um desejo visível. Ela estava com quase dezesseis anos e seu corpo não era mais de uma adolescente, era de uma mulher. Bastava vestir um vestido mais curto ou decotado e sabia o sucesso que fazia. E o sucesso maior, ela sabia, era com o coronel, que não deixava escapar nenhum detalhe. O velho era viúvo e cultivava algumas meninas às escondidas, guardadas pelo ofício de empregadas da fazenda ou de filhas de empregados.

Ela sabia que sua vingança seria ainda mais fácil do que ela imaginava. O velho era um tarado e a sua sede sexual seria a sua isca. Ela não esperou muito tempo. Na primeira noite, ela dormiu lá pretextando não conseguir voltar para casa. O velho lhe mandara dormir num dos quartos onde ficavam as empregadas. Mandou que ela dormisse lá sozinha. Ela sabia o que lhe esperava à noite.

Não tardou de chegar a hora de o velho entrar pela porta que ela deixara só encostada. Ele entrou silenciosamente e, vendo-a deitada, passou-lhe a mão pelo corpo liso e firme. Ela sentiu um nojo tal grande, que quase pôs tudo a perder, e teve de fazer muito esforço para não vomitar ali mesmo. Conteve-se e deixou que o velho a tocasse e começasse a se sentir dono dela. Ela queria que ele manifestasse aquele sentimento. Queria ver nos olhos dele a ambição estampada.

Ele foi levantando o seu vestido lentamente, enquanto lhe acariciava a perna. Então, ela fingiu estar acordando. Abriu os olhos e olhou para ele como se o chamasse, permitindo-lhe tocá-la. Ela pôde, mesmo com pouca luz, visar o brilho de poder que se instalara nos olhos dele. Era aquilo que ela queria ver. Para aumentá-lo, ela ergueu o corpo como em espreguiçada e o tornou mais saliente aos olhos do velho. Ele então não mais a acariciou, avançou sobre ela, beijando-a vorazmente. Ela, com um misto de nojo e ódio, disfarçou tudo com um sorriso sensual, vulgar, convincente, de modo que fez o velho se sentir ainda mais poderoso. Ela foi virando o corpo para o lado, insinuando que queria ficar sobre ele, que, imediatamente, permitiu-lhe a mudança de posição.

Estando ela sobre o velho, começou a abrir-lhe a calça e a tirá-la lentamente, como se estivesse fazendo um jogo de sedução. Ele estava adorando aquilo. Se o olhasse bem, talvez ele estivesse se babando. Ela o atingira na veia, fazendo-o acreditar que ela o queria, pois sabia que as meninas que ele pegava faziam com ele sem desejo, apenas para satisfazer o desejo dele, não o delas. Ela quis lhe dar a impressão de que queria fazer aquilo com ele. Isso o envaideceu a ponto de ela passar a tomar conta da situação toda. Ele estava entregue ao desejo do sexo. Quando o viu completamente nu, ela se despiu também para que ele contemplasse a sua beleza juvenil, para que a desejasse ainda mais, de modo a sentir que morreria se a não possuísse. Sentada sobre as pernas dele, ela acariciava os seios e depois levava seus dedinhos até a boca dele, fazendo-o umedecê-los para que ela acariciasse seus seios novamente, com os dedos molhados. Ela via no rosto e principalmente nos olhos dele o prazer que ele sentia só de achar que iria possuir aquele corpo jovem, belo.

Para dar ao velho, ainda mais, a sensação da aventura sexual, ela pegou uma corda que estava ao pé da cama e fez menção de amarrá-lo na cama velha. Temeu que ele não deixasse fazer isso, mas ele quase que lhe pediu. Ela então o amarrou pelos dois braços, imobilizando-o. Imobilizado, ela começou a acariciar o rosto dele, passando a mão por ele e depois a levando aos seus seios. Depois, ela pegou um pedaço de pano e, num gesto rápido, amordaçou o velho, dizendo em seguida:

— Eu vou fazer isso senão os seus gritos de prazer vão acordar a cidade inteira.

Então ele se deliciou com aquilo, movendo o corpo em ato sexual.

Ela viu que estava tudo pronto. Abaixou-se e pegou, debaixo da cama, uma faca bem afiada, que ali tinha guardado para a hora mais importante de sua vida. Quando o velho viu a faca, um medo percorreu-lhe o corpo. Seus olhos giraram de medo. Ela sentiu que seu peito inflava de prazer. Ela nunca sentiu tanto gosto pela vida, tanta vontade de gritar de felicidade. Aqueles olhos assustados eram tudo o que ela queria ver. Se eles estavam assustados, ficaram mais quando ela começou a falar no ouvido dele:

— Se o senhor está sentindo prazer, o meu, posso garantir, é mil vezes maior.

Ele nada entendeu, até que ela lhe revelou a senha:

— O senhor se lembra de um menino que o senhor matou porque ele subiu numa de suas mangueiras? O senhor se lembra também do pai desse menino que o seu empregado mandou matar? Claro que lembra! O senhor só não deve estar lembrado é da filha que ele tinha, uma menina de doze anos, na época, mas que hoje tem dezesseis e está em cima do senhor para vingar a maldade que o senhor fez contra minha família. Sabe a minha mãe? Ela se matou porque não suportou perder o filho e o marido ao mesmo tempo. Isso significa que o senhor também é responsável pela morte dela, seu desgraçado. – Foi nesse instante que os olhos dela revelaram todo o ódio que sentia.

Se fosse possível, eles teriam saltado da órbita e executado o plano dela sozinhos. Não foi preciso, ela cumpriu o prometido sem que ninguém a ajudasse.

Olhou mais alguns instantes para o velho, para vê-lo se espernear na tentativa vã de se soltar. Precisava ver aquilo antes que fizesse o trabalho final. Não suportando mais saber que ele estava vivo ainda, ela cortou-lhe primeiro o pênis, fazendo-o gritar sufocado pelo pano. Depois de jogar o membro do lado de seu rosto, para que ele visse, ela desferiu sabe lá quantas facadas na direção de seu peito esquerdo. A faca afiada entrava com uma facilidade que se poderia jurar que não era num corpo, senão num travesseiro de plumas. Foram várias e várias. Ela só achou que estava na hora de parar, quando sentiu que a raiva já não a dominava tanto, pois o corpo dele, também, já não mais se movia em parte alguma.

Ela então saiu de cima dele, limpou-se rapidamente com uns panos velhos que havia no quarto, vestiu sua roupa e, com muito cuidado, deixou a fazenda sem que ninguém a visse. Foi a última vez que ela pisou naquele lugar. Também não precisava mais voltar ali. O que tinha de fazer há quatro anos, estava feito. Bem feito!

O padre Bernardo se sentia muito tranquilo na cidadezinha para a qual foi destinado. Parte do seu sossego começou quando ele fugiu de Cláudio e entrou no seminário. Lá, ele pôde se ver longe do pecado a que parecia destinado se permanecesse perto do amigo. A distância o faria refletir e o ensinaria a dominar seus pensamentos. Sim, os pensamentos, pois da ação já estava protegido, uma vez que estava muito longe de Cláudio. Os pensamentos carregavam ainda a marca daquele sentimento que ele condenou. Por isso, seu trabalho era dominá-los. Isso ele conseguiria; o ambiente sacro do seminário, a missão de todos os seminaristas, que buscavam o recanto da paz divina, serviam de alento para o jovem Caetano.

Porém, se havia paz naquele lugar, ela repousava em sua esperança de um dia conseguir se ver livre daquele sentimento. Isso porque mesmo que o tempo transcorresse, a cada instante e apagasse lembranças, ideias e medos, não conseguiria ainda apagar o carinho especial que ele nutria pelo amigo, nem o desejo que sentia de tê-lo nos braços, de beijá-lo, de acariciar-lhe os cabelos negros. Além disso, não podia dizer que o seminário era um lugar distante do pecado.

Havia lá um garoto chamado Alberto. Era um menino de 15 anos, pele morena, dentes brancos e alinhados, fartos lábios e um sedutor olhar de cor verde. Seu corpo lembrava o corpo de Cláudio, que era forte e másculo. A masculinidade de Alberto incomodava Caetano. Era por demais provocante ver aquele jovem passar por ele, olhando-o de uma forma que nenhum homem olhava para outro. Ele sabia que Caetano tinha medo da sua forma de olhar, e por isso parecia provocá-lo ainda mais. Não era apenas isso, quando possível, tirava a camisa perto dele e o encarava, como se o convidasse para algo proibido.

Às vezes, quando tinham de cuidar da horta que cultivavam nos fundos do seminário, eles trabalhavam com o dorso nu, por causa do calor que fazia naquela época do ano. Mesmo com esse calor incômodo, Caetano se cobria sempre. Acreditava que seu corpo era uma porta de entrada para pensamentos pecaminosos, assim como eram todos os corpos humanos. Não que se considerasse bonito, embora o fosse e ficasse mais a cada mudança física pela qual passava, mas porque temia incitar algum jovem em sensações que ele havia experimentado e o fizera sofrer. Se Alberto alguma vez pensou que seu corpo poderia ser uma passagem para o pecado, não deu importância para isso – ou talvez o expusesse de propósito, pois seu olhar era insinuador demais para uma pessoa inocente.

O tormento de Caetano em relação a Alberto se intensificou no momento em que percebeu que o jovem moreno de olhos verdes parecia olhar somente para ele. Nunca vira Alberto olhar para outro garoto. Aquilo o deixou ainda mais alerta. Ele queria afastar aquele garoto o quanto antes dele, porque não queria que nada o interferisse na sua missão. A forma de Alberto olhá-lo era a pior das interferências, principalmente, porque ele lembrava Cláudio. Tranquilizava-o, contudo, saber que Alberto apenas o olhava e se insinuava. Tudo indicava que ele não tinha intenção outra a não ser ficar provocando-o.

Para sua sorte, ele não dormia no mesmo quarto de Alberto, embora os dormitórios fossem poucos e isso obrigasse alguns seminaristas a dividirem um mesmo espaço. Embora nunca tivesse visto nada, Caetano sabia de pequenas histórias de meninos que se tocavam à noite, enquanto os outros dormiam. Seu medo era alimentado por esses comentários. Como agiam com muita discrição, ele nunca soube os reais motivos que levavam alguns garotos a trocarem de dormitórios. Sempre que isso acontecia, algum garoto acabava abrindo a boca e confessado que a separação se dava por eles terem se tocado.

Embora vivesse atormentado pelos olhares de Alberto e pela sua presença física, tranquilo ele ficou por muito tempo já que o rapaz não havia ainda sequer falado com ele. Sua paz não durou tanto tempo quanto ele queria que durasse. Um dia, foi surpreendido pela notícia de que um garoto do quarto teria de trocar a cama com um garoto de outro dormitório. Surpreso não ficou por causa da possibilidade da troca, mas de quem faria a troca e passaria a dormir no seu dormitório, ao lado de sua cama – Alberto.

Quando ele ouviu da boca do padre o nome de Alberto e o viu entrando no dormitório depois da notícia dada, uma perturbação invadiu o jovem Caetano de tal forma, que ele relutou bastante para não transparecer o que aquela informação havia lhe causado. Não poderia ressumbrar o medo que sentia a ninguém, principalmente ao novo companheiro de quarto. Se o seu medo de ter Alberto no mesmo quarto era grande, este aumentou quando ele soube que o menino havia se oferecido para ter a cama trocada.

Essa ação deixou clara a sua intenção. Ele nada pôde fazer a não ser ficar quieto, rezando para que tudo não passasse de impressão sua. De repente nem era o que pensava, se considerasse que o menino não havia ainda nem se dirigido a ele. Talvez fosse esse medo fruto das lembranças de Cláudio.

Naquela noite, ele quase não dormiu. De certa forma, esperou que o menino viesse à sua cama e o tocasse, como previra ao descobrir que ele havia se oferecido para dormir lá. O menino, porém, nada fez – pelo contrário: manteve-se no seu lugar por muito tempo. Seu comportamento, depois que foi para o quarto onde Caetano dormia, era de desinteresse por qualquer atitude lasciva, embora seu olhar ainda perseguisse Caetano, e a exposição de seu corpo fosse mais comum. Certa vez, quando Caetano estava no banho, ele se aproximou em direção ao chuveiro do lado. Nenhum menino tomava banho completamente nu. Caetano não usava camisa para se banhar porque achou que seria mal interpretado. O menino, contudo, ao vê-lo sozinho no banheiro, despiu-se por completo e o encarou.

Caetano não soube o que fazer para controlar seus batimentos cardíacos. Não estava desconcertado porque sentia pelo menino alguma atração. Ele sabia que não era isso, pois experimentara essa sensação quando estava perto de Cláudio. Era um medo natural de que fossem pegos, de que o interpretasse diferente de suas reais intenções. Ele sempre fora o exemplo a ser seguido naquele seminário e pretendia ser assim até deixá-lo. Os elogios eram constantes no tocante à sua conduta, e todos os outros meninos o tinham com muito respeito, chegando, alguns, a se aconselhar com ele. Alberto significava a possibilidade de tudo isso ir por água abaixo. Sabia que se fosse pego numa situação daquela, não teria mais o crédito que conquistara com esforço e concentração.

O menino, porém, estava lá no banheiro, nu e a contemplá-lo insinuantemente. Ele, no seu lugar, continuou seu banho, apressando-o o mais que pode sem levantar suspeitas de que estava com pressa. Queria mostrar para Alberto que a sua presença e a sua exposição não lhe causavam nada. Infelizmente, Caetano não conseguia desviar completamente o olhar. Parecia que queria analisar o que Alberto fazia, na tentativa de se defender caso ele fizesse algo de atrevido, e isso o fazia olhá-lo.

Espantado ele ficou quando percebeu a excitação do menino, que acariciava disfarçadamente seu sexo enrijecido. Aquele ato lhe causou total constrangimento e ele foi perdendo o controle de si, e quase caiu. A atitude de Alberto tinha ido além do esperado, estava claro o que ele queria. O medo havia feito Caetano desmaiar no chuveiro.

Capítulo Dezesseis

urgar, às vezes, os sentimentos que guardamos em nós é necessário. A purgação pode ser feita por um grito, algumas palavras, gestos. Guardar é que não se pode porque os sentimentos se enraízam, crescem, sufocam. Às vezes, não bastam palavras, gestos ou um grito, é necessária uma ação maior, mais certa.

Assim foi a purgação dos sentimentos de Dolores. Ela os guardou por quase quatro anos até que um dia teve a oportunidade de dar fim àquele sofrimento. Seus pais nunca lhe incitaram à violência e até a castigavam quando ela batia em algum dos irmãos, o que era raro. A violência nasceu, brotou nela, quando viu a violência com que seu pai e seu irmão deixaram este mundo. A brutalidade e a maldade praticadas pelo velho coronel a impeliram para a vingança. O seu peito foi tomado de um ódio repentino e gradativo. Tentou até, em certos momentos, esquecer aquele sentimento dilacerante, mas uma força maior a dominava e a fazia persistir em dar cabo ao assassino. Não podia deixar incólume aquele ato desumano. Não podia deixar no sorriso daquele homem a certeza de sua lei. Era preciso mostrar-lhe que a família a qual ele dilacerou não se esfacelara por completo. Restara no escaninho de um coração adolescente uma réstia de ódio, capaz de praticar os atos mais sórdidos.

Infelizmente, era assim. Se ela se arrependeu, não demonstrou no início. O seu sorriso demonstrava a realização de um sonho, um desejo. Quando retornou à casa de sua tia, seu semblante não era mais aquele tristonho. Um brilho emanava de seus olhos e o seu rosto também se iluminara

A tia até comentou que a considerava mais forte, mais sorridente.

Ela disse que aquilo se devia ao fato de tê-la encontrado, o que não deixava de ser verdade, pois a tia lhe proporcionara um pouco de paz, cuidando de seus irmãos, que estavam mais alegrezinhos. A tia também estava feliz por tê-los por perto, porque eles lhe faziam companhia. Seus filhos já tinham se ido com seus cônjuges cuidar de suas vidas, e ela ficara só. Ainda tinha idade para se cuidar sozinha, mas não era uma mulher de ficar só. Gostava de companhia, e muito feliz ficou quando recebera a carta da sobrinha, de quem há muito não tinha notícias. Infelizmente, a carta trazia consigo más notícias, a morte de sua irmã, que há tempos tinha deixado a família, quando se casara com o pai de Dolores. A tia feliz ficou por ajudar os sobrinhos, que eram boas crianças. Infelizmente, não havia mais tempo de pô-los na escola, porque chegaram ali em setembro. Matriculá-los-ia no ano seguinte.

Dolores, contudo, por mais que lhe fosse boa a tia, sentia-se incomodada por estar ali. Não tinha outra opção, no entanto, não gostava muito de invadir a vida da tia, embora esta lhe dissesse que era um prazer tê-los com ela. Perguntava muito sobre sua irmã, que deixara a vida tão tragicamente, e, com lágrimas, ouvia as narrações da menina, que já não era mais uma menina. Tornara-se uma mulher forte, bonita. Os homens a seguiam quando ela passava. Incomodava-se com o assédio, mas nada podia fazer. Era natural que eles a olhassem daquela forma. Tinha de conviver com aquilo por muito tempo.

Houve um dia em que ela deixou a casa da tia. O motivo foi simples, soube que a polícia procurava por ela. Qual seria o motivo? Ela sabia que deveria ser a morte do velho. Como alguém chegou à conclusão de que foi ela a dar cabo àquele desgraçado? Imaginou que tivesse feito tudo muito certinho, sem levantar suspeitas. Alguém com certeza a teria reconhecido no curto tempo em que trabalhou na casa do velho. Só podia ser isso. Ela mesma teria pensando nessa hipótese, mas acreditava que nunca chegariam até ela. Sem que a tia soubesse do que estava acontecendo, ela arrumou suas coisas e deixou-lhe um bilhete explicando tudo, e sumiu no mundo.

Ela rodou bastante à procura de um lugar para se esconder. Encontrou um lugar onde relutou entrar, mas foi o mais seguro. Já tinha andado muito, escondendo-se em tudo quanto era tipo de lugar. Agora tinha de parar um pouco. Estava em Porto Velho, às portas de um prostíbulo. Estava com dezessete anos, quase dezoito. Tentara viver uma vida normal pelos lugares por onde passou, mas não conseguiu êxito. Então continuava a procurar um lugar para viver em paz. A polícia já não tinha mais sinal de sua existência, pensava, embora ainda temesse ser pega em algum lugar. Nunca soube de fato se a polícia a procurava pelo crime do velho. Não quis ficar para saber o que era, sua vida estava em jogo.

Entrou na casa que foi recomendada por uma menina que conhecera assim que chegou a Porto Velho. O prostíbulo ficava próximo a um garimpo. A frequência era grande e a dona da casa precisava de mais meninas. E uma bonita como aquela custava caro. Relutou, porém, teve de ceder. Não tinha mais ideia para onde pudesse ir. Dinheiro já não tinha mais nenhum. Não queria mendigar também pelas ruas da cidade. Iria para aquele lugar, juntaria um pouco de dinheiro e iria embora. Se relutou pela moral que tivera da mãe de guardar seu corpo, perdera pela necessidade e pelo desespero.

Conversou com a dona da casa e disse que queria ficar. Não via outra alternativa. A mulher até lhe fora gentil, dizendo que esperava que ela se acostumasse primeiro ao ambiente para poder começar a trabalhar. Comida não lhe faltaria nem um lugar para dormir. Agradeceu, mas lhe disse que poderia iniciar quando ela quisesse. Se tinha de fazer aquilo, a sua coragem tinha desaparecido na hora em que decidiu entrar naquela casa.

À noite, ela foi a mais cara, a mais requisitada. Contudo, só atendeu a um cliente, pois a dona da casa cobrara um alto preço por ela ser virgem, e não era justo dividi-la com outro. Ela experimentou o sexo pela primeira vez e não gostara. Não era só o sexo que ela fizera na vida sem gostar. Fora obrigada a fazer tanta coisa sem gostar, que o sexo lhe pareceu normal. Seria como roubar pela primeira vez, correndo o risco de ser pega.

E sua vida se iniciou naquela casa. Por lá ela ficou muito tempo, vivendo da exploração de seu corpo, que era belo e lhe rendia muito. Tinha juntado um dinheirinho bom – não muita coisa, mas o suficiente para conseguir seguir uma vida normal. Assim que achasse que era hora, deixaria o prostíbulo. Conseguiria sobreviver com o que juntara e muito provavelmente conseguiria viver honestamente. Iria tentar qualquer dia desses. Se tinha planos de ficar ainda por ali mais algum tempo, teve de antecipar sua partida, pois a polícia fechou o estabelecimento, levando a dona da casa à prisão por exploração de mulheres.

Antes mesmo que a polícia adentrasse o estabelecimento, ela já tinha arrumado suas coisas e partido. Não poderia mostrar seu rosto assim gratuitamente. Daquele lugar, tentou levar apenas o dinheiro. As lembranças queria deixar para trás.

Cláudio não imaginou em nenhum momento que o homem que o olhara na loja fosse um dia encontrá-lo num parque infantil. De longe, percebeu que o homem mirava para ele os olhos curiosos. Sentiu vontade de ir até ele e perguntar o que queria, mas estava com o filho e não queria expô-la a nada daquele tipo. O homem acompanhava também um garotinho, que deveria ter a mesma idade de seu filho. Seria aquele homem alguém de sua infância? Alguém que ele conhecera no passado e do qual não se lembrava mais? O homem estaria fazendo um reconhecimento?

Era possível, mas achava estranho o modo como ele o olhava. Fugiu daqueles olhos por várias vezes, e sempre se sentia observado. Enquanto seu filho brincava num dos brinquedos, ele ficou olhando também, fazendo o homem ver que ele sabia que estava sendo olhado. Tentava, porém, evitar lhe transmitir a sensação de que estava gostando daquilo. Se o homem percebeu que ele sabia que estava sendo observado, não fez a menor menção de parar de olhá-lo. Cláudio sentiu vontade de se aproximar e perguntar quem ele era e o que queria, porém, ficou no seu lugar. Não iria fazer nada por enquanto, apenas se aquelas olhadas o incitassem a procurar uma resposta mais clara.

O homem, todavia, munido de coragem – foi visível o seu jeito de levantar diante da vontade de enfrentar aquilo de frente –, veio lentamente em direção a Cláudio, enquanto os meninos brincavam nos brinquedos. Chegou perto de Cláudio e fez sinal de cumprimento. Os dois, contudo, estavam nervosos; o homem muito mais.

– Oi – disse temeroso quando chegou perto de Cláudio.

– Oi – respondeu ele secamente.

– Você... é dono da Caetano Material de Construção, né? – O homem perguntou.

Ele apenas ouviu e fez sinal que sim. O homem continuou:

– É, eu te vi lá. Desculpe se o constrangi por te olhar. Não tive essa intenção.

Ele olhava o homem, que parecia muito nervoso e temeroso de sua reação.

– Eu vou lhe ser bem sincero e só te peço, por favor, que seja tranquilo.

Cláudio esperou que ele continuasse. Temeu o que ele fosse falar, mas tinha certeza de que não faria nada que viesse a constranger nenhum dos dois.

– Eu achei você muito interessante, só isso. Desculpa se te constrangi com os meus olhares, não me entenda mal. Não quero muito, só dizer que te achei interessante. Se você não curte isso, me desculpa. – No olhar do homem havia sinceridade e medo, e havia também vontade, desejo.

Cláudio olhou aquele jeito tímido do homem. Lembrou-se de Caetano, que era mais discreto, mais tímido ainda, a ponto de nunca insinuar nada. O passado o visitara de repente, sacudindo-o e fazendo-o lembrar-se de seus atos de outrora. Ele não sabia o que fazer naquela hora. Com Caetano foi diferente, muito diferente. Os dois eram crianças, praticamente, não entendiam com precisão o que um envolvimento daquele tipo significava de fato. Aquilo estava enterrado muito longe. Nada sobreviveu senão as lembranças... e uma saudade.

Olhou o homem, sem querer intimidá-lo:

– Desculpa, mas não curto.

O homem se sentiu envergonhado pelo que tinha feito.

– Mas admiro a sua coragem de ter vindo me dizer isso. – Ele sabia do que estava falando.

No passado, quando via os olhos de Caetano seguindo-o discretamente, sem que ele tivesse coragem de dizer ou fazer algo, imaginava o que se passava na mente do amigo. Não gostava de vê-lo perturbado com aquele sentimento sufocado pelo medo. Foi por isso que...

O homem o olhou mais uma vez e fez menção de sair:

– De qualquer forma, foi um prazer conhecê-lo. Daniel – e ofertou-lhe a mão.

Cláudio a apertou e fez sinal afirmativo:

– Cláudio.

E o homem se foi, deixando Cláudio com seus pensamentos regressos. Saiu dali e foi para a sua infância, no tempo em que aqueles sentimentos eram menos assustadores, mais livres. Soube com muita naturalidade enfrentar os sentimentos de Caetano e o seus também. Era tudo fácil quando o mundo era só dos dois e lá ninguém adentrava. Infelizmente, o mundo dos dois durou muito pouco, pois sua mãe o desfizera quando os viu em sua cama, abraçados.

Mesmo quando o homem se afastou e foi se juntar ao garotinho que o acompanhava, ele ainda o olhou mais algumas vezes. Era estranho aquilo. Não soube explicar a si mesmo o que tinha sentido em relação ao homem. Talvez uma pena, mas pena lhe pareceu depreciativo demais. Soube apenas que sentiu muito pelo homem, porque não o condenou em momento algum, e como disse, admirara sua coragem de assumir que o estava paquerando. Ele parecia um sujeito legal, principalmente porque parecia ter com o garotinho – seu filho, provavelmente – uma dedicação admirável. Ele não entendia os homens que não se dedicavam aos seus filhos. Ele vivia para o dele, participava ativamente de sua vida, ao contrário de Lúcia, que nem sempre podia se dedicar a Caetano.

Caetano, seu filho, voltou para junto dele e os dois começaram a deixar o parque. O homem foi seguindo-o com os olhos, e Cláudio dessa vez não se sentiu constrangido nem observado. Permitiu que o homem o contemplasse, enquanto se afastava à procura do carro, que estava mais à frente. Colocou o filho no carro, arrumou-o, entrou, ligou o carro, fez a manobra para tirá-lo do estacionamento e se foi.

No parque, o homem continuou a olhá-lo, até que não viu mais o carro. Deu um sorriso feliz e malicioso, depois se voltou para o garotinho que o acompanhava.

Caetano, o amigo de Cláudio, foi atendido pelos padres e colegas, foi encaminhado para a enfermaria, onde ficou sob observação. Ninguém soube ao certo o que havia acontecido, porque Alberto, o seminarista que estava no banho quando Caetano desmaiou, disse que ele simplesmente caiu enquanto tomava banho.

Aquela declaração feita por Alberto preocupou ainda mais Caetano. Apenas os dois sabiam o real motivo do desmaio. Alberto tinha a garantia de que Caetano não abriria a boca para dizer o porquê de seu desmaio, e Caetano sabia que ninguém saberia o motivo porque Alberto não iria contar o seu atrevimento. De certa forma, os dois passaram a dividir um segredo. Além disso, Caetano, segundo os fatos ocorridos, devia muito a Alberto por tê-lo salvado, sendo ágil ao chamar os padres e a carregá-lo no colo em busca de socorro. Quando soube que fora carregado no colo, o coração de Caetano acelerou novamente. O menino havia se aproveitado de sua situação para tocá-lo. Essa aproximação de corpos, por mais que tivesse acontecido numa situação de socorro, era motivo de preocupação para Caetano. Ele não queria que o menino o tocasse de forma alguma. Infelizmente, não poderia fazer nada pelo que já havia acontecido. Faltava-lhe, porém, agradecer ao seu salvador. Isso iria lhe custar muito esforço, não pelo fato de ele ser ingrato, mas porque o ato de agradecer o colocaria numa situação de intimidade com Alberto.

Todavia, Caetano enfrentou seus medos e, quando teve a oportunidade de estar a sós com Alberto, chamou-o para uma conversa. Estavam na biblioteca, e o menino, quando viu Caetano fazendo-lhe aceno, foi até a mesa dele.

— Eu queria saber por que você fez aquilo no banheiro — disse com voz firme, como se não quisesse dar margem a qualquer possibilidade de fuga daquela conversa.

— Não foi nada, Caetano. Eu só estava tomando meu banho, nu. Não tenho medo de expor meu corpo. Acho-o bonito e gosto de tomar banho sem roupas, só isso. — Havia um cinismo no rosto e nas palavras de Alberto, que deixou Caetano sem ter mais o que dizer.

O menino, ciente de que havia provocado ainda mais o companheiro de quarto, voltou para a sua mesa, regozijando-se pelo olhar perseguidor e incrédulo de Caetano, que só se voltou para os livros quando o garoto se sentou à mesa e voltou a estudar.

Aquela frase insinuante lhe causou mais medo. O que ele queria dizer ao pronunciar o seu nome? Ouvir da boca de Alberto a palavra "Caetano" lhe soava como uma cumplicidade existente entre os dois. E a declaração de que nada havia acontecido? Como ousava negar que não estava simplesmente tomando banho, mas exibindo-se todo para ele? Por que não lhe dissera o que tencionava com aquela exibição gratuita? E seu corpo... seu corpo não era... Era, sim, era belo, provocante, sensual. Queria afastar de sua mente a cena da exibição e, principalmente, a cena ridícula de seu desmaio. Como se mostrara fraco caindo como uma mocinha virgem! Sentia uma sensação terrível de que Alberto estava acima dele, mais forte, no comando. Precisava urgentemente se livrar daquela situação. Como iria se livrar dela? E o que viria pela frente? Quais os próximos passos do cínico Alberto?

Na noite seguinte, mais especificamente a quadragésima depois que Alberto passou a dormir ao lado de sua cama, Caetano foi surpreendido pela mão de Alberto lhe acariciando o corpo enquanto este achava que ele dormia. Ele nada fez enquanto o menino o acariciava. A escuridão do quarto lhe permitia esconder as reações naturais ao ser tocado por Alberto. Embora entrasse uma réstia de luz pelo vidro da janela ao alto, o seu rosto estava na escuridão e por isso ele pôde fingir que estava dormindo sem Alberto perceber. Ele passava a mão por cima do sexo de Caetano e a cada instante em que o acariciava e não percebia nenhum sinal de este acordar, intensificava seus movimentos. O medo de Caetano era o de se excitar naquele instante e com isso dar a impressão de que estava gostando. Ele rezava numa intensidade incrível que quase o levou a um novo desmaio. O esforço que fez para não se excitar com aquele toque foi a maior luta que ele já havia travado consigo mesmo. Sua vontade era de gritar para que tirassem Alberto dali e para que todos percebessem que ele era uma vítima daquela situação.

Assim como as suas orações o mantiveram sem reação física ao toque de Alberto, seu corpo também paralisou de forma que ele não conseguia se mover. A sua imobilidade permitiu que Alberto continuasse no seu propósito. Os segundos pareciam minutos; os minutos, horas e as horas, dias. Como ele, nos seus pensamentos, pediu para que Alberto o deixasse em paz, e como fez força para se mover, sem, contudo, obter êxito.

— Foi assim que eu cheguei aqui, menina — Dolores disse, colocando a xícara de café sobre a mesa.

Elizabeth a olhou e não acreditou naquela história. Meu Deus, que loucura aquela mulher viveu! E como ela ainda parecia ter força para enfrentar o resto da vida? Sentiu-se um pouco contagiada pela esperança que emanava daquela mulher.

Ela tinha lhe contado tudo sobre si, como perdera o pai, o irmão, a mãe, como fizera sua vingança, como sobrevivera depois disso, como havia chegado a Manaus, como havia chegado àquele lugar onde agora a recebia. Sua história era um exemplo de persistência e coragem. Elizabeth não acreditou que tivesse coragem de seguir o caminho que ela havia cruzado. Dolores foi muito forte em sua vida.

Dolores contou-lhe:

— Quando eu saí de Porto Velho, fugindo, e com medo da polícia me encontrar, eu tinha um dinheirinho e queria viver honestamente. Às vezes, eu pensava em como a mamãe se sentiria se soubesse que eu estava levando uma vida daquela. De lá, eu consegui, com o dinheiro que eu tinha, ir para Manaus. Lá eu consegui um lugarzinho para morar, e também um emprego de zeladora num supermercado. Trabalhava muito, mas era mais honesto que aquela vida que eu tinha. Trabalhei por mais ou menos um ano e meio, até que conheci uma garota no supermercado e a gente passou a dividir o quarto, pra diminuir as contas. Descobri que ela era garota de programa. Não fiz nada, porque não tinha nada a ver com a vida dela. Nesse período, eu acabei voltando a fazer programa. Mas era diferente, eu saía com quem eu quisesse. Sei, é difícil para você entender isso, mas eu via aquilo de forma diferente. Aí eu juntei mais uma graninha. Não tinha quase nenhum gasto, nem ela. Depois a gente se mudou para um apartamento, uma coisa melhor. Tinha dois quartos e aí a gente poderia ter mais liberdade. Foi aí que a gente teve a ideia de abrir uma casa, como aquela lá de Porto Velho. E foi o que a gente fez. Arranjamos umas meninas que trabalhavam nas ruas e levamos elas para uma casa que alugamos. Para disfarçar bem o negócio, construímos um pequeno bar na frente da casa, com sinuca, tudo direitinho. Os homens que frequentavam pagavam pelas meninas e levavam elas para os quartos que tinham na casa. Aos poucos, aquilo foi crescendo, aumentando, até que um dia a polícia bateu na nossa porta. Só que nós fomos mais espertas. Os homens da polícia ficaram nossos fregueses. Depois, a gente foi atendendo homens mais importantes, mais ricos. Isso durou muito tempo, a gente aumentou a casa, e ganhamos um bom dinheiro. Um dia, a polícia fechou o negócio de vez e a gente teve de fugir. Não sei pra onde minha amiga foi, mas eu estou aqui. Consegui chegar até aqui. Havia uma ordem de prisão para mim. Estou aqui há um ano, vivendo do dinheiro que eu consegui ajuntar. Estou planejando ir para Rio Branco. Quero tentar a vida lá. Acho que ninguém mais vai me procurar, afinal, o meu crime não é grande. Estou planejando tudo com um homem aí, que vai conseguir me tirar daqui. Vou tentar viver uma vida decente agora. Já errei muito. Estou envelhecendo.

Elizabeth ficou olhando para aquela mulher. Como ela denotava a experiência que tinha vivido. Seu rosto trazia as marcas disso. Ela deveria ser muito mais jovem do que o seu semblante estampava. Sentiu pena dela. Ainda não tinha entendido por que ela a tinha recolhido, sem conhecê-la.

– Quando eu te vi, – continuou ela – eu me vi. Você parecia assustada e desesperada, como se não tivesse um lugar, como se estivesse fugindo. Por isso, eu achei por bem cuidar de você. Não sei se fiz certo ou errado, mas fiz. – Ela tinha lágrimas nos olhos, mas talvez todo o sofrimento pelo qual passara não permitia que elas corressem por seu rosto.

– Eu também estou fugindo – ela teve coragem de dizer.

– Entendo. Se der, vamos sair juntas daqui. Talvez a gente consiga algo em Rio Branco.

A partir daquele momento, houve um pacto entre as duas mulheres. Elizabeth passou a se sentir responsável também por ela, em retribuição ao que ela estava lhe fazendo. As duas estavam em situações parecidas. Tinham de agir juntas, tinham de recomeçar.

– Seu nome não é Isabel, é?

– Não, é Elizabeth. Eu disse Isabel porque tinha medo de ser reconhecida.

– Não se preocupe, pois ninguém vai nos achar por aqui. Em breve, o meu amigo volta e nos tira daqui.

Elizabeth rezou por isso. Queria viver longe daquele fantasma de que seria pega a qualquer momento. Tomara que tudo desse certo.

– Seu nome é Dolores mesmo?

– É. Nunca quis mudar, embora, durante o tempo em que eu estava em Manaus, os meus clientes me chamavam de Madame Dolores, a cafetina.

As duas não puderam evitar o riso. Aquilo também era passado. O futuro estava por vir, e viria com boas novas. Elizabeth sentiu uma pontinha de esperança no fundo de sua alma. Ela pediu tanto a Deus que desse tudo certo, tanto.

– Esse meu amigo foi meu cliente em Manaus. Era um bom frequentador. Muito bonito. Tinha tudo pra ter encontrado uma mulher e viver bem com ela, mas era militar e vivia se mudando. Passava muito pouco tempo em um lugar só. Por isso, encontrava o prazer com as minhas meninas. Nos tornamos amigos. Ele prometeu que vai me ajudar. É só a gente esperar por ele. Daqui umas semanas, ele chega.

Elizabeth ficou olhando, enquanto ela falava orgulhosamente do amigo. Teria ela uma paixão por ele? Aquela mulher algum dia sentira paixão por alguém? Amara alguém? Com certeza, um dia ela amou um homem, que poderia ser esse amigo. Qual era mesmo o nome dele?

– Bruno é o nome dele. Você vai gostar dele. Ele é muito bonito.

Elizabeth ficou imaginando como seria aquele homem. Por que ele seria bonito? Teria os olhos de Pedro, seus braços, seus cabelos lisos, seus lábios grossos e vermelhos? O que faria dele um homem bonito? Talvez os olhos apaixonados de Dolores. É, poderia ser isso, os olhos apaixonados de Dolores.

– Você deve estar se perguntando se eu sou apaixonada por ele, não é? Mas não sou. Somos apenas amigos, mesmo. Eu era apaixonada pelo amigo dele, que era casado, infelizmente. Mas isso é passado e do passado eu não quero nem notícia. É melhor a gente pensar no futuro, que está próximo, muito próximo.

As duas trocaram um olhar de cumplicidade tal que fez Elizabeth derramar algumas lágrimas. Como ela precisava de um olhar protetor. Como ela precisava se sentir segura. Sua segurança atendia pelos nomes de Bruno, o desconhecido, e Madame Dolores, a cafetina, agora apenas Dolores. O que o futuro lhe reservava? Só vivendo para saber, só vivendo.

No dia seguinte, Caetano não sabia se contava aos padres ou se guardava em segredo o que tinha acontecido no quarto dele na noite anterior. Se guardasse o segredo, corria o risco de ser tocado novamente por Alberto, que, no dia seguinte, o olhou com mais cumplicidade do que expressava antes. Aquilo estava tomando uma proporção preocupante. Ele precisava tomar uma decisão e acabar com aquilo. Pensou em falar com Alberto e lhe pedir para não mais fazer o que ele fizera. Achava que isso, além de não funcionar, podia criar com o garoto mais uma intimidade, porque, conversando com ele, demonstraria que estava acordado enquanto ele o tocava. Caetano tinha medo de Alberto achar que ele tinha ficado quieto porque estava gostando. Seus pensamentos eram um turbilhão de medos e angústias. Ele queria se libertar daquele segredo, porquanto era muito ruim ter de sofrer em silêncio. Enfrentara isso com Cláudio, não queria passar por aquilo novamente.

Naquela tarde, ele procurou o padre Gustavo e lhe contou tudo, pedindo que alguma atitude fosse tomada. Por ter o respeito de todos pela sua conduta, os superiores não hesitaram em acreditar em Caetano. Sem levantar suspeita alguma, a pedido do próprio Caetano, Alberto foi mudado de quarto. Se ele voltasse a perturbar Caetano, teria de conversar com os padres e seria punido por suas atitudes.

Depois de ser retirado do dormitório de Caetano, Alberto o deixou um pouco mais em paz, embora não o tivesse esquecido de vez. Ele sabia que tinha deixado o quarto porque Caetano havia contado tudo aos padres. Contudo, achou estranho que os padres não o tivessem procurado. Por que motivo Caetano não pediu que o punissem? Por que ele estava lhe protegendo? Ficou inquieto com o que Caetano estava pensando sobre tudo aquilo. Assim que pudesse, tiraria suas dúvidas.

E houve um momento em que a chance de Alberto tirar suas dúvidas a respeito de Caetano aconteceu. Os dois estavam na horta, fazendo seus trabalhos rotineiros. Terminando de plantar as mudas de tomates, Caetano foi buscar o regador, que estava próximo a uma casinha onde se guardavam os instrumentos todos. A casinha era um pouco afastada e de lá pouco dava para se ver. Quando ele estava já na porta da casinha e fez menção de entrar para pegar o regador, sentiu as mãos de Alberto lhe cercando a cintura, puxando-o para trás, e o pressionando contra seu corpo suado e quente. Caetano pensou em gritar, mas foi contido pelo susto, que só lhe permitiu soltar um gemido fraco.

Nesse instante, Alberto, com muita força, fez com que Caetano se virasse de frente e o encarasse. Os dois ficaram frente a frente e seus olhos pareceram tocar um no outro. Os de Caetano eram a pura expressão do medo, enquanto os de Alberto denotavam desejo e satisfação, poder.

— Eu sei que você gostou de eu ter ido à sua cama aquela noite, Caetano. Eu sei que você tem desejo de me tocar também. — Ele falava com um cinismo, que causou náusea em Caetano, que lhe trouxe à mente as lembranças de Paulo agarrando-o à força, obrigando-o a tocá-lo.

Pensou em gritar, mas temeu. Resolveu cuidar daquilo ali mesmo. Reunindo forças para afastar Alberto de si, ele foi surpreendido por um beijo forçado, úmido e quente. Sua reação teria sido a da repulsa, se o beijo não o tivesse levado ao beijo de Cláudio. Embora o beijo de Alberto fosse forçado, havia algo que o fazia se lembrar do beijo de Cláudio. Essa lembrança, por fração de segundos, impediu-o de empurrá-lo imediatamente. Contudo, a mesma lembrança fê-lo afastar-se de Alberto o mais rápido possível. Ele encontrou forças descomunais e o empurrou, fazendo-o cair no chão.

— Você nunca mais se aproxime de mim, seu desgraçado. Dessa vez, eu não vou só contar para os padres, eu mesmo vou quebrar a sua cara, nem que eu seja expulso daqui. — Ele gritou comedidamente, expressando muito mais o ódio que estava sentindo do que produzindo barulho com suas palavras, como se quisesse gritar só para ele e mais ninguém, pois não queria que ninguém soubesse daquele episódio deplorável.

Infelizmente, Caetano não pôde esconder o fato visto pelo padre Gustavo, que os vigiava de longe, sem que pudesse ser visto.

No dia seguinte, Alberto foi mudado de seminário. Alguns disseram que ele tinha sido expulso, embora nunca tenha havido confirmação disso. Se fora expulso ou não, o importante era que Caetano estava livre daquela ameaça e ainda gozava de respeito por todos naquele lugar.

Capítulo Dezessete

O padre Bernardo encerrou a missa, dizendo a todos que em breve seria transferido para outro lugar. Os fiéis manifestaram em uníssono a tristeza de perdê-lo. Talvez ele um dia voltasse, mas isso era quase improvável. Ele ainda não sabia para onde ia, e também não tinha interesse de saber. Estava ali para os trabalhos de Deus, e os faria independente de quaisquer coisas. Assim que se despediu dos fiéis, ele cumprimentou alguns que vieram lhe pedir a bênção pessoalmente. As pessoas eram fantásticas com seus sorrisos, seus brilhos. Ele gostava de olhá-las, de senti-las apertando sua mão ou abraçando. O que era mais interessante em sua missão era poder dizer às pessoas aquilo que elas queriam ouvir, mensagens de esperança, de que Deus estava com todos, ajudando-os carregar o fardo. Era magnífico ver nos olhos delas quando a esperança as dominava, tornando-as mais fulgurantes.

Ele cumprimentou a cada um e depois se dirigiu para o confessionário. Lá, ele ouvia histórias não de pecados, mas de vidas – vidas que poderiam estar atormentadas, mas vidas. Isso era fascinante. Em cada história ele sentia as pessoas, como elas eram vivas, como elas tentavam superar, como elas tinham forças e não se davam conta. Às vezes, lamentavam porque não viam a solução ali dentro de si, dentro de seu coração uma força pulsante pedindo para sair. Algumas insistiam em lamentar, em chorar, e rogar a Deus. Mas Deus já lhe tinha dado o principal, a vida, a capacidade sublime de poder ser, fazer, tornar. As pessoas não se davam conta do quanto já possuíam. Reclamavam dos pecados, pediam perdão, martirizavam-se deveras. Ele então lhe dava as lições, orientava-as. Elas recuperavam a leveza da vida.

Era esse o seu ofício, o seu sacerdócio. E gostava muito. Se tinha de ir-se dali, era porque Deus lhe designava uma nova missão, um novo povo para abençoar, orientar. Ele gostava de peregrinar.

Quando terminou o seu trabalho e já se preparava para fechar a igreja, o padre Leôncio adentrou pela porta principal, desejando bênçãos. Vinha com um envelope na mão. Deveria ser a sua correspondência, indicando o lugar para onde ele iria. Estava um pouco ansioso para saber logo. Esperava que o novo lugar fosse tão bom quanto aquela cidadezinha aconchegante, com seus habitantes tranquilos e simpáticos. Não gostaria de ir para um lugar muito agitado, confuso. Gostava das cidadezinhas pequenas e distantes. Lá, tinha a impressão de que as pessoas eram mais humanas, mais próximas, mais pessoas. Nas cidades grandes, as pessoas pareciam ser diferentes umas das outras, pois era notória a indiferença que elas emanavam quando estavam próximas. Não se conheciam e pareciam não desejarem se conhecer nunca.

– Bom dia, padre – cumprimentou-o o padre Leôncio.

– Bom dia, padre. Deus esteja convosco.

O padre agradeceu. Em seguida, entregou-lhe o envelope.

Ele abriu e o leu em silêncio. Era sim a ordem para a transferência. O padre que cuidava de uma paróquia, na cidade para onde iria, havia morrido e a igreja tinha excelentes recomendações a seu respeito. Em alguns dias iria para Rio Branco, no Acre. Não pôde conter o susto que levou. Não estava preparado ainda para ir para aquele lugar, onde morava o seu velho amigo de escola. Tinha medo de vê-lo. Se durante muito pediu para vê-lo, agora pedia para nunca mais encontrá-lo. Não poderia revê-lo depois de tanto tempo, quase vinte anos. Controlou-se para não demonstrar nenhuma suspeita.

— Então, vai para onde?

— Rio Branco, no Acre.

— Veja que bom! Não é onde você nasceu? — O padre manifestou a felicidade que ele não estava sentindo.

— Não, sou de Cruzeiro do Sul, mas é no mesmo Estado.

— Vai poder rever seus pais. Há quanto tempo não os vê?

— Acho que uns cinco anos.

Ele respondia, mas seus pensamentos estavam longe. Ele não queria sair dali e ir para aquele lugar. Ou estaria exagerando? O tempo já fora bastante. Ou não? Ainda restaria em Cláudio alguma lembrança daquela época? Ainda haveria Cláudio na face dessa terra? Nunca mais ouvira falar dele. Também não o procurara mais, desde que decidira entrar para o seminário. Esperou que ele lhe enviasse uma carta, assim que foi para Rio Branco, já que não conseguiram se despedir, porém nem isso ele fez, como se tivesse querido ir, o que tinha deixado claro quando falava em morar com seu pai. Depois que ele se foi, não soubera mais nada dele. A única pessoa que poderia lhe dar alguma informação era a mãe de Cláudio, mas não iria visitar aquela mulher.

Então, se não houve mais notícias dele em dezoito anos, era porque assim Deus queria. Agora, com certeza, estava lhe dando mais uma possibilidade de fazer algo importante. Seria uma missão com as outras. Por que aquele medo? Não havia motivo para medos. Tinha de cumprir sua missão, era isso que importava.

Levantou o rosto e fitou o padre Leôncio, soltando um sorriso largo.

— É. Vou poder ver minha mãe e meu pai. Isso é muito bom.

Os dois riram e juntos, fecharam a igreja. Fecharam-na assim como estavam fechando os segredos de Caetano, o padre Bernardo.

— É a dona Suzy, Isabel! — Cristina entrou na sala, anunciando.

Em seguida, uma mulher de pele clara, cabelos ondulados e castanho-escuros, olhos puxados e um farto sorriso nos lábios adentrou a sala. Era Suzy, sua cunhada, irmã de Bruno. Ela, como sempre, era só sorrisos. Isabel não se lembrava de ter visto um dia Suzy sem rir, sem espalhar a sua alegria. Andava sempre muito despojada, embora fosse elegante. Usava uma blusa de malha fria branca e uma calça jeans um pouco frouxa e saltos altos pretos. Trazia nos ombros uma bolsa prateada de tamanho meio exagerado. Assim que as gêmeas deram pela presença da tia, vieram correndo abraçá-las.

Era uma gritaria só. Isabel não sabia quem gritava mais, se as meninas ou Suzy. Depois de abraçar as meninas, ela deu um abraço forte em Isabel.

— Você já foi visitar Dolores? Eu fiquei sabendo agora pouco. Será que ela está bem?

– Sim. Aquela moça que morava com ela me ligou e disse que ela está bem. Perguntei se tinha algo que eu pudesse fazer, e ela me disse que não. Fiquei de visitá-la. Podemos ir juntas.

Suzy adorou a ideia. Adorava andar com Isabel. As duas se davam muito bem, desde a época em que ela começou a namorar Bruno. Suzy sentou-se no sofá, enquanto as meninas voltaram para o quarto.

— Hoje faz um ano, Suzy – junto da declaração vieram as lágrimas.

Suzy fez que sim com a cabeça e esboçou um sorriso triste. Ela sabia o quanto Bruno tinha sido importante para Isabel, e sabia também do amor que ela sentia por seu irmão.

— Não vamos nos lembrar dele com essa tristeza, Isabel, mesmo sendo o sentimento o que sentimos – lágrimas também vieram aos olhos de Suzy.

Contudo, Suzy sabia que não eram as lágrimas que fariam amenizar aquela dor de saudade. Era preciso não esquecê-lo, mas lembrar com menos dor, com menos intensidade. Para ela, que perdera um irmão, a dor doía, mas não tanto; para Isabel, que perdera o homem de sua vida, o pai de suas filhas, a dor doía mais forte e parecia não querer se dissipar tão cedo. O semblante dela era ainda penoso, quando se viam refletidas nele as lembranças de Bruno.

Embora estivesse fazendo um ano que Bruno as tinha deixado, Suzy procurou não se lembrar daquilo, ou pelo menos não ficar se martirizando, com as lembranças constantes. Havia coisas mais alegres sobre as quais poderiam conversar.

— Mas não pensemos nisso, sim? – Ela lançou para Isabel um olhar tão confortante, que impossível foi ela não se convencer de que era preciso esquecer por alguns instantes aquela dor, que só doía quando lembrada.

Conversaram sobre roupas, filmes, as amigas em comum, tudo que era possível quando se estava perto de Suzy. Ela era um baú de informações e assuntos. Não havia ninguém que ficasse calado perto dela. Enquanto as duas conversavam, as meninas voltaram do quarto e ficaram brincando na sala, correndo, às vezes, de um lado para o outro.

Se a conversa sobre futilidades estava afastando Isabel de suas lembranças e saudades, seu pensamento persistia em trazê-la de volta à realidade da perda que sofrera e da futura perda que poderia sofrer. Dolores não tinha mais idade para suportar um enfarto. Embora não estivesse mal, Isabel tinha medo de perdê-la. Dolores não era apenas a mulher que lhe estendera a mão e a trouxera para Rio Branco, dando-lhe comida e companhia, era a mulher que lhe apresentara Bruno, o pai de suas filhas, o homem que ela amara com verdade, o homem que foi seu porto seguro para sempre, porque, mesmo depois de sua morte, ele deixou ficar a proteção. Ela tinha uma boa casa, recebia a pensão deixada e a única coisa que lhe faltava era ele. Claro que se pudesse escolher, preferia a pobreza à falta dele.

Enquanto Suzy esbravejava, como era seu jeito eloquente de se expressar, Isabel começou a fugir da sala. Seus pensamentos foram parar no passado, até o ponto em que conheceu Dolores. De repente, interrompeu Suzy:

— Estou muito preocupada com Dolores. Ela não tem mais idade, Suzy. Já sofreu tanto nessa vida que eu tenho certeza de que as forças dela não são mais suficientes.

Suzy não conhecia a história de Dolores por inteira, só sabia que ela sofreu com fome, a morte dos pais e de um irmão. Isso lhe parecia bastante para as suas referências, uma vez que para ela nada nunca faltou.

– Quando nós vamos ver Dolores? – Perguntou Suzy.

– O hospital tem horários de visita. Tem que ser nessa hora. Quero que você vá comigo.

– Claro. A gente liga antes para Ritinha e combina direitinho. Ela está com Dolores o tempo todo, né?

Embora estivesse entretida com a conversa com a cunhada, seus pensamentos escapavam de vez em quando. Suzy percebia, mas não queria dizer nada. Não queria tocar naquele assunto. De repente, Isabel quisesse pensar nele sozinha. Se quisesse que ela se envolvesse, já teria falado, uma vez que as duas não escondiam nada uma da outra, e também respeitavam o resguardo individual. Continuou na conversa, que não durou muito – Suzy tinha um compromisso. Ela se despediu da cunhada, encheu as meninas de beijo e se foi, deixando para trás Isabel e seus pensamentos tristonhos.

Foi só Suzy sair para que ela se voltasse para a sua vida e a morte de Bruno, seu querido esposo, amigo fiel de Dolores. Seus pensamentos percorreram o passado novamente, e ela relembrou o dia em que o viu pela primeira vez.

Ele era do exército e era também piloto. Tinha ido fazer uma missão em Cruzeiro do Sul, mas conseguira um jeito de ir até onde estava Dolores. Foi ele e o copiloto no aviãozinho do exército. De lá, ele iria para outro município, este, mais perto de Rio Branco. Era um plano perfeito. Ninguém sabia que ele iria levar as três, Dolores, Isabel e Ritinha. Ele só não conhecia a tal de Isabel, aliás, ela entrara no plano muito recentemente.

Quando ele aterrissou na pequena pista meio improvisada, elas já o esperavam. De longe, reconheceu Dolores e Ritinha, a quem já tinha visto duas vezes. A outra só poderia ser Isabel, a menina que ela havia encontrado e que estava precisando de ajuda. Ao chegar perto, abraçou a amiga, cumprimentou Ritinha e contemplou Isabel. Nossa, como era ela linda naqueles cabelos loiros e curtos. E aqueles olhos, aquela boca, aquele sorriso. Dolores olhou para ele vendo tudo o que ele estava pensando. Conhecia Bruno e não era de agora.

– Essa é a Isabel.

– É um prazer, menina linda! – Ele era daquele jeito, charmoso, encantador.

Isabel, tímida, baixou um pouco rosto. Ele o levantou e disse:

– Um rosto lindo desse não pode jamais baixar para olhar o chão. Deve olhar sempre para frente.

Elas riram da forma de ele falar com Isabel.

Foi assim que ela o conheceu. Teve a melhor impressão dele, não só pelo seu comportamento, seu cavalheirismo, sua gentileza, mas pelo seu porte, sua beleza. Ele era muito bonito, e dentro daquela farda, parecia um príncipe. Tinha braços fortes, rosto masculamente expressivo, sorriso encantador e dentes perfeitos. Olhinhos miúdos e sedutores, que a seguiram até o lugar para onde foram.

Eles embarcaram no avião e alçaram voo. Durante o trajeto, que não era muito longo, ele quase não conversou, mas olhava Isabel de vez em quando. Dolores ficava olhando discretamente, para não assustar a nenhum dos dois. Ela nunca se enganava com os homens, e pelo que conhecia de Bruno, aquele olhar não era de desejo como ele manifestava pelas meninas que trabalhavam com ela em Manaus. Era um olhar diferente, carinhoso, protetor. Estará ele se apaixonando pela primeira vez? Talvez fosse isso, ou talvez fosse simplesmente o fato de ele ter mudado um pouco mais e o seu olhar não ser mais o mesmo. Fazia tempo que não o via e os homens mudam, embora sempre previsivelmente. Isso dava a Dolores a certeza de que estava interpretando o olhar de Bruno corretamente. Sim, havia qualquer coisa de novo no olhar daquele jovem. Ela tinha certeza disso.

Quando chegaram ao tal lugar, ele se despediu delas e se foi. Se pudesse, ficaria um pouco mais com elas, principalmente com a tal Isabel, que era linda. Contudo, não tinha tempo para isso. Precisavam voltar com o avião logo, caso contrário, poderiam se complicar. De qualquer forma, daria um jeito de vê-las em Rio Branco, assim que lá elas chegassem. Ao se despedir de Isabel, ele lhe deu um abraço, e beijou-lhe o rosto. Assim ela sentiu os lábios dele pela primeira vez. Pensou que fosse sentir nojo quando um homem se aproximasse dela, mas dele não. Ele tinha a capacidade incrível de fazê-la mudar seus conceitos.

Então ele se foi e elas foram pegar o carro que as esperava. Em breve, estariam em Rio Branco e o futuro delas começaria.

Isabel voltou a ver Bruno umas duas semanas depois, quando ele foi visitá-las na modesta casa que elas alugaram, num bairro periférico de Rio Branco. Moravam as três e já procuravam uma forma de ganhar dinheiro. Isabel enfrentou um problema: não tinha documentos. Dolores entrou em contato com um sujeito, amigo seu, que trabalhava num cartório, procurando saber como ele poderia ajudá-la. Uns dois meses depois, Elizabeth dava lugar ao surgimento de Isabel da Silva Muniz, conforme constava em sua nova certidão de nascimento, com a qual pôde tirar documentos sem se preocupar.

Quando Bruno foi visitá-las, ela estava lá. Infelizmente, ele não levava consigo uma boa notícia. Seria transferido para o Rio de Janeiro e só voltaria dali a dois anos. Então ela não pôde conhecê-lo direito. Ele, em breve, iria embora e, quem sabe, quando voltasse, estivesse casado. Isabel não podia esconder que tinha gostado de Bruno. Estivera com ele muito pouco, mas tinha guardado dele a melhor impressão. Na verdade, não apenas a impressão, uma paixonite havia nascido naquele curto contato. O que Bruno representou para Isabel desde que o conhecera e depois do que ele lhe fez, foi a figura de um protetor. Ela precisava, desde que fugira de Cruzeiro, de alguém que lhe protegesse ou lhe desse a impressão de segurança. Dolores fizera isso, mas por ela não pôde se apaixonar. Bruno tinha aquela forma carinhosa e ao mesmo tempo sedutora de olhar. Seus olhos pareciam penetrar nos pensamentos de quem ele olhava. Essa penetração não dava a sensação de invasão. Para ela, significava que ele gostava dela e que a queria proteger, como já havia feito.

Quando Dolores conversou com ele sobre sua vida, ele declarou que estava com vontade de sossegar o coração. Não estava mais com vontade de ficar com todas as mulheres e, no fim das contas, não ficar com nenhuma.

— Está pensando em se casar, Bruno? — Ela lhe perguntou.

– Quem sabe, quem sabe – ele respondeu com um sorriso misterioso nos lábios.

Neste momento, Isabel não estava com eles na sala, ouvia de onde estava. De repente, tudo que dizia respeito a ele, despertava-lhe interesse. Seu interesse cresceu muito, quando Dolores falou seu nome:

– Acho que Isabel gostou de você.

A senhora disse isso com certo ar de alcoviteira. Ela tinha reais intenções ela de que os dois pudessem ficar juntos. Seria maravilhoso para todos: Bruno levaria uma vida mais séria, regrada e Isabel constituiria sua família, podendo, desta forma, esquecer os traumas do passado. Bruno era o homem ideal para fazê-la esquecer o que sofrera e desfazer a impressão que passou a ter dos homens. Dolores acreditava na verdade de Bruno, porque ele nunca lhe faltara com a palavra. Tinha-o já como um filho.

A surpresa de Dolores foi quando ele respondeu:

– Acho que também gostei dela.

Não foi só Dolores que ficou pasmada com a "coincidência" daquele diálogo. Isabel, que ouvia atrás da porta, ficou com o coração no peito, ao ouvir de Bruno, que ele lhe tinha gosto.

– E digo mais: tenho interesses sérios com ela. Como já te falei, cansei de pular de galho em galho.

Ele era ainda jovem, mas andava pensando em casamento, e tinha pensando nisso só depois que conheceu Isabel. Confessara a Dolores, pedindo-lhe, inclusive, que ela guardasse Isabel para ele, que tinha intenção de se casar com ela quando voltasse. Dolores não pôde deixar de rir da arrumação de Bruno, que a interrompeu e lhe dissera que não estava brincando. Voltaria em dois anos e se casaria com Isabel. Que ela esperasse. Ela, do outro lado da sala, ouvia as brincadeiras dele, e não deixava de sonhar com essa realidade. Aqueles olhinhos miúdos dele a fitavam com desejo. Ela se sentia envergonhada, mas gostava de saber que ele a olhava.

– Não estou brincando – foi a última frase dele, quando se despediu de Dolores.

Depois Ritinha e Isabel entraram na sala. Dolores as tinha chamado para que se despedissem de Bruno. Quando ele se despediu delas, fizera questão de se despedir pessoalmente de Isabel. Chamou-a até a rua, onde estava o carro que estava usando, e disse-lhe, enquanto acariciava o rosto dela:

– O que eu disse a Dolores não é brincadeira. Quando eu voltar daqui a dois anos, eu quero me casar com você. Você aceita e me espera?

Ela riu e disse que sim, mas não deu muita importância para aquela proposta. Dois anos era muito tempo e nada do que ele ou ela prometiam perduraria por tanto tempo. Ele, com certeza, conheceria um monte de mulheres no Rio de Janeiro, e ela logo sairia de seus pensamentos. Mesmo assim, ela disse que iria esperar por ele.

Ele então lhe deu um beijo terno, delicado, ao qual ela correspondeu com doçura. Era a primeira vez que sentia os lábios de um homem depois do que acontecera. Adorou que fosse pelos lábios dele que ela voltou a ser beijada.

Ele deu-lhe depois um beijo na testa e se foi.

Ela só voltou a vê-lo dois anos depois, quando ele voltou e foi encontrá-las. Elizabeth ainda não tinha casado e, estranhamente, estava esperando por ele, embora, sem muita esperança. Dolores lhe confessou que a menina realmente não tinha se envolvido com ninguém. Estava preocupada apenas em trabalhar, terminar os estudos. Ele, por sua vez, contou-lhe que tinha saído com uma mulher no Rio de Janeiro, mas que não fizera nada com ela, porque havia prometido se casar quando retornasse ao Acre. Dolores achou aquilo lindo, porém, duvidou da veracidade dos fatos. O importante, contudo, era que ele estava de volta e queria ainda se casar com Isabel. E não estava mentindo. Queria mesmo.

Ela aceitou porque, durante os dois anos, esperou por ele. Nunca entendeu por que fizera aquilo, mas esperou por ele por todo aquele tempo.

Os dois se casaram num sábado à tarde, na casa que ele havia comprado em Rio Branco, onde pretendia ficar para sempre. Tinha negociado com o exército e pretendia ficar lá de forma permanente. Se não houvesse jeito, levaria a esposa consigo. No casamento, ela usou um lindo vestido branco, bordado em motivos de flores. Um pequeno véu cobria o seu rostinho feliz. Ela pensou em como seria importante para a sua mãe vê-la se casando com aquele homem maravilhoso. A isso se deveu a lágrima que rolou de seu rosto, durante o casamento.

Dois anos depois, os dois foram morar em Santa Catarina, cidade natal dele. Lá, ela conheceu Suzy, com quem fez amizade e sem a qual ela não conseguia mais viver. Tanto era, que Suzy veio para Rio Branco, quando eles voltaram para ficar ali de vez. As crianças só vieram alguns anos depois e vieram em dose dupla. Ela nunca o viu tão feliz. Se tinha vontade de ter um filho homem, sua vontade se foi quando ele viu as duas meninas. Era louco pelas filhas e pela mãe delas. Viviam muito bem com o que ele ganhava e com o negócio que ela estava abrindo junto com Suzy, que, depois, deixou tudo por conta de Isabel, indo fazer outra coisa.

No entanto, a felicidade só durou até 2007, quando aquele acidente o levou para sempre. Ela nunca mais foi feliz como antes. Por mais que tivesse as filhas, a falta de Bruno era muito dolorosa. Viveu com ele por muito tempo e tinha se acostumado a ele. Foi muito duro conviver com a sua perda, e ela só conseguiu porque tinha Suzy, Ritinha, Dolores e as filhas gêmeas ao seu lado. Conseguira viver e sobreviver de algum modo a tudo aquilo e criava as filhas do jeito que ele gostaria que ela fizesse.

Vivia feliz, embora sentisse muita falta dele, aquele louco imprevisível que a fez esperar dois anos para se casar com ele. Ria sempre que se lembrava de suas loucuras. E foi uma dessas loucuras que deu fim à sua vida, e a deixara viúva.

Agora viviam somente ela e as filhas. Como se não bastasse a morte de Bruno, Dolores estava entre a vida e a morte, conforme informara Ritinha quando ligou para dizer-lhe a que horas elas poderiam visitá-la. Estava na torcida por Dolores. Devia tanto àquela mulher que se tornara sua mãe. Ela não poderia deixá-la. Bruno já tinha feito isso. Será que ela suportaria mais uma perda? Esperava que sim, já que tinha medo de que Dolores não resistisse.

Capítulo Dezoito

láudio voltou para casa pensativo. Não tirava da cabeça aquele homem que fora falar com ele. Tentava fazer análises da situação, e não encontrava uma resposta do que queria saber. Ele nunca se envolvera com outro homem que não Caetano, mas isso foi quando era adolescente – não contava. Amara Lúcia do jeito que uma mulher queria ser amada. Não havia nada de errado com ele. Por que aquele homem viera exatamente à procura dele? Aquilo só fizera reacender as imagens do seu passado, as quais não queria esquecer, também não queria reviver. Eram apenas lembranças e seu lugar era no passado.

Cláudio ficou perturbado com o rapaz, cujo nome... ele nem lembrava mais. Como não estivesse gostando daquela situação, tentou afastar os pensamentos de sua mente, concentrando-se em outras coisas. O quê? Por enquanto tudo estava nos conformes. Lúcia não tinha feito mais nenhuma daquelas cenas e parecia até conformada. Pudera, sua mãe estava com ela direto, conversando, aconselhando. A própria Lúcia tinha a convicção de que ela mesma fora responsável por aquilo. Ela conhecia bem o marido a ponto de saber que, se ele havia decidido assim, não tinha mais volta. Ele era complacente até demais com ela, e a tomada daquela decisão era sinal de que, para ele, não haveria mais volta.

Ele passou a curtir, com essa separação, mais o filho. Passava mais tempo com ele e com seu pai, de quem tinha se afastado por causa das brigas constantes que vinha tendo com Lúcia. Não gostava de inserir seu pai em nenhuma de suas brigas, principalmente quando sua esposa estava no meio. Ela não poupava em ofensas, e seu pai não merecia ouvir uma palavra ofensiva sequer.

O pai já tinha preocupação demais com o irmão que havia sumido e que ainda não tinha dado notícias. Não dava para preocupá-lo mais. Agora ele estava um pouco melhor, porque tinha a companhia do neto. Os dois davam-se muito bem e Cláudio sentia que estava fazendo um bem ao pai, indo morar lá, uma vez que o velho estava só desde que o irmão se foi e a mulher morrera. Viviam os três agora muito bem. Seu pai não falava mais tanto no irmão, Caetano curtia a casa do avô e as brincadeiras que ele inventava. E Cláudio, Cláudio tinha seus pensamentos voltados para uma época longínqua.

Se ela estava longínqua, veio à tona quando ele chegou ao seu escritório, no dia seguinte. Assim que entrara em sua sala, havia para ele uma correspondência. Uma carta, cujo remetente era o tal Daniel. Uma curiosidade invadiu-lhe o corpo e ele avançou rapidamente sobre o envelope. O que aquele homem ainda queria? Será que ele não tinha sido claro? Para saber o que ele queria, bastava abrir o envelope... E se não abrisse e simplesmente o jogasse fora? Talvez fosse essa a melhor forma de lidar com aquela situação. Entretanto, a curiosidade foi mais forte. Abriu-o.

Não era propriamente uma carta, um bilhete, talvez. Nele, Daniel iniciava pedindo desculpas pela ousadia de tê-lo procurado. Depois, dizia que fizera aquilo porque precisava expor o que sentia e que não tinha vergonha do seu sentimento. Tinha achado Cláudio muito bonito e sentira por ele uma atração. No fim do texto, propunha que, se Cláudio estivesse interessado em conversar simplesmente, que fosse encontrá-lo. Deixou o endereço e o horário.

Ele não pôde acreditar naquilo. Era demais para ele. Não tinha intenções de envolvimento com ninguém, muito menos com um homem. Aquilo estava fora de cogitação. Não podia, não podia. Ou podia? De repente, a conversa seria boa para ele, para elucidar mais algumas coisas, para obter respostas que muitas vezes tinha procurado. Não, aquilo era loucura! Jogou o envelope dentro da lixeirazinha, ao lado de sua mesa. Depois, pegou-o de volta e o colocou no bolso. Não era bom deixar aquele bilhete ali, no lixo de seu escritório, alguém poderia lê-lo.

Para afastar de sua mente os pensamentos que o perturbavam, dedicou-se ao trabalho. Enfiou a cara nas atividades daquele dia e tentou afastar a proposta de Daniel.

Isabel e Suzy chegaram ao hospital às seis horas da tarde. Procuraram o lugar onde Dolores estava e foram para lá. Ela não estava muito bem. Estava sedada e Ritinha lhes disse que o médico fora sincero, dizendo que ela estava muito mal. Se tivesse mais um ataque daquele, não resistiria. Por hora, dormia tranquila por causa dos remédios. Estava muito debilitada, embora fosse ainda jovem e parecesse ter força suficiente para viver mais 30 anos. Seu rosto estava sereno, nem parecia que tinha sofrido tanto.

Elas ficaram um pouco olhando para Dolores dormindo, depois saíram da sala e conversaram um pouco lá fora, no corredor. Todas estavam preocupadas, mas Isabel parecia estar mais ainda. Dolores lhe devolveu a esperança e ainda lhe trouxera o homem que lhe deu duas filhas e a fizera feliz enquanto pôde. Devia muito a ela. Era sua mãe que estava ali. A verdadeira, infelizmente, ela não viu mais, dela não tinha notícias. Por isso, ela sentia por Dolores, que estava frágil, contando com a piedade de Deus.

A preocupação em seu rosto era notória. Suzy percebeu seu estado, mas evitou fazer comentários. Não queria arrancar sentimentos guardados ali, que precisavam ser esquecidos. Apenas conversava normalmente sobre outros assuntos. Isabel insistiu com Ritinha para ficar lá aquela noite, enquanto ela descansava, porém, Ritinha lhe disse que não haveria necessidade, que ela poderia ficar lá sem problemas e, ainda que, se houvesse alguma complicação, chamaria por um das duas para ajudá-la. Isabel e Suzy se despediram de Ritinha, que ficou no hospital, e foram para casa.

Quando estavam no estacionamento, o telefone de Isabel tocou. Era Ritinha. Seu coração antecipou-se e ela encheu os olhos de lágrimas. Estava certa. Dolores tinha partido. E partido também estava seu coração. Que lástima, Senhor! Por que levava Dolores agora? O que ela fizera para merecer tantas perdas? Por que era tão castigada? Seria ainda resquícios do crime que cometera? Se era, Senhor, levasse a última dor sua, libertasse-a dos castigos que tanto lhe custavam. Ela fez um gesto para Suzy, que compreendeu o que acontecera. As duas se abraçaram e voltaram para o hospital.

Chegando lá, encontraram Ritinha aos prantos. As três se abraçaram e passaram assim um bom tempo, até que a calma reinasse um pouco naquele turbilhão de dores e desesperos. Quando se soltaram, um silêncio se fez no ambiente, como se fizessem, mesmo sem combinar, uma homenagem à Dolores, que era merecedora de todas as homenagens.

Depois que o silêncio se tornou torturante também, elas recuperaram um pouco a tranquilidade e tentaram cuidar do que deviam cuidar diante do que estavam enfrentando. Foram as três procurar os serviços funerários e resolver o que tinham de resolver. Havia muito trabalho pela frente, muito.

Depois que recebeu o bilhete de Daniel, Cláudio só conseguiu sossegar quando viu o rapaz sentar-se à sua frente. Ele estava bem vestido e perfumado! Cláudio notou, pela primeira vez, que ele era um homem bonito, muito bonito. Não tinha reparado na outra vez, porque outras preocupações o ocuparam. Quando Daniel chegou, ele não acreditou que tinha ido ao tal encontro. Tivera coragem mesmo ou aquilo era um sonho? Se era sonho ou não, Daniel estava à sua frente com um farto sorriso tímido.

Primeiramente, os dois nada disseram, deixando que reinasse o silêncio. Nenhum dos dois conseguiu falar absolutamente nada, por pelo menos um minuto. Depois, riram um para o outro, na intenção de descontrair o clima estranho que se formara naquela hora. Daniel, um pouco mais seguro que Cláudio, quebrou o silêncio.

– Eu tinha quase certeza de que você vinha. – Pensou que aquilo poderia soar arrogante, mas era uma verdade.

Cláudio não gostou do comentário, mas teve de admitir para si mesmo que o rapaz estava certo.

– Você ficou muito preocupado com a minha aproximação ontem. Por isso eu sugeri a gente conversar. Não quero que você fique grilado.

O que Cláudio fazia era observá-lo, estudá-lo. Olhou-o de cima a baixo, procurando encontrar alguma coisa que explicasse tudo o que estava acontecendo. Os dois estavam num barzinho discreto. Ninguém que os visse ali desconfiaria de nada. Ele continuou analisando Daniel sem nada falar.

– É... eu fiquei... – meio nervoso – eu nunca...

– Sei. E acho que forcei a barra. Me desculpe mais uma vez. Acho que teria sido melhor se eu não tivesse sugerido esse encontro.

Cláudio preferiu ficar calado. A palavra "encontro" lhe soou estanho. Aquilo era um encontro? Ficou mais nervoso ainda. Não era um encontro, era uma conversa. Se era uma conversa, por que ele fora tão arrumado? Fizera a farta barba que azulava seu rosto, pôs uma roupa simples, mas elegante, passara um perfume especial. O que ele queria com aquilo? Quando pensou no que já tinha feito, ficou sem graça, aliás, estava sem graça desde que Daniel chegara.

– Não, não pense isso. Eu vim... porque... porque... eu fiquei muito curioso e... e... achei que deveria vir... você foi corajoso e não fez nada de mal.

Será que era aquilo mesmo? Ele não estava se enganando? Sim, estava. Ele tinha algo a mais que curiosidade ou respeito pelo homem. Fora movido por uma vontade de vê-lo, de olhá-lo nos olhos e de analisar o que sentiria ao ficar frente a frente com o estranho. Bem, agora estava frente a frente com ele. E agora? Um medo maior ainda o dominou por alguns instantes. Ele ficou calado.

– Você é muito gentil, sabia? Olha, se você preferir, a gente pode se despedir agora... ou ir para um lugar mais discreto. Acho que você deve estar preocupado com o público.

Seria? Tinha bastante gente no barzinho, mas ninguém nem tinha dado conta dos dois. Ou teria? E se alguém estivesse espreitando os dois? E se chegasse um conhecido e não entendesse aquele encontro? Era melhor terminar aquilo ou ir para outro lugar um pouco mais discreto? Ele não sabia. Não queria ir para outro lugar com Daniel, também não tinha certeza se queria dispensá-lo agora.

– Acho melhor a gente ir para um lugar mais discreto – surpreendeu-se com a própria resposta.

Daniel levantou-se e os dois saíram do bar. Ainda não tinham pedido nada.

Quando chegaram lá fora, Cláudio teve de perguntar:

– E para onde nós vamos?

– Podemos ir conversar no meu apartamento, se você não se incomodar.

Quando ouviu o local sugerido, Cláudio ficou apreensivo. Pensou um pouco e, não achando nada de mais, disse que sim. Depois de dar a resposta à proposta, pensou no absurdo que fizera. O apartamento dele era algo de uma intimidade que não pretendia ter com Daniel. No entanto, já havia dito sim e não tinha mais como voltar atrás.

– Então você me segue no carro, ok? – Daniel já foi se dirigindo ao seu carro.

Nervoso, perturbado, mas ansioso, Cláudio entrou no seu carro e o seguiu. Enquanto ia seguindo Daniel, ele ficava se perguntando o que estava fazendo. Estava o tempo todo dividido. Queria desistir, porém, queria ir até o final para ver o que iria acontecer. Ora, nada do que ele não quisesse aconteceria. Ele sabia se defender muito bem. Por que haveria razão para ter medo? Não havia.

Entraram num prédio modesto. Daniel na frente e ele atrás. Estacionaram os carros e seguiram em silêncio até o apartamento de Daniel.

Quando chegaram, o silêncio foi ainda maior. Daniel abriu a porta, apontou a sala para ele e ali ficaram os dois em silêncio olhando um para o outro. Talvez um medo percorresse os dois e os fizesse ficar parados, esperando que alguém entrasse e quebrasse o gelo.

– Bonito, seu apartamento – Cláudio tomou a iniciativa.

E era bonito mesmo, todo arrumado, móveis finos e de bom gosto. Cores suaves e bem combinadas. Cortinas de cores discretas e um clima agradável.

– Obrigado. Reformei-o com coisas da sua loja. Foi assim que eu te vi.

Cláudio não pôde deixar de dar um sorriso, embora extremamente tímido.

– Quando eu te vi, nossa! – continuou – eu fiquei encantado. Te achei muito lindo e admirei o seu jeito com os clientes e os empregados.

Enquanto ia dizendo isso, Daniel ia caminhando lentamente em direção a Cláudio, que ficara estático, sem ação, talvez esperando o que viria pela frente. Daniel se aproximava mais e mais, até que ficou cara a cara com ele. Os dois eram quase da mesma altura, e isso possibilitou os dois de sentirem a respiração um do outro. Os olhos de Cláudio demonstravam bem o medo que ele estava sentindo naquela hora. Talvez não medo, e sim dúvida. Sim, dúvida era mais definível.

A dúvida só persistiu até seus lábios serem invadidos pelos de Daniel. Então ele experimentou a sensação de beijar um homem novamente. Dessa vez era diferente, era um homem e não um garoto, havia a sensação da barba e antes não havia, ele estava sendo beijado e não tinha tomado a iniciativa, estava beijando um homem e não Caetano. O que aconteceu? Ele travou. De repente, parou de corresponder ao beijo de Daniel, que recuou. Por que deixara e agora recuava? Porque não encontrou os lábios de há dezoito anos, porque não estava beijando o seu amigo de escola, porque não tinha Caetano em seus braços. Só beijara a ele e mais nenhum outro garoto ou homem. Não, não podia. Não queria. Não estava se sentindo bem.

Afastou-se de Daniel e quase chorando, pediu-lhe desculpas, saindo em seguida. Ele não era o que pensou ser quando quis encontrar Daniel. Ele era apenas um homem que vivera por muito tempo à sombra de uma relação infantil do seu passado. Não era "gay", tinha certeza. E não era porque tinha medo de ser, era porque não era mesmo. Ou então só conseguia ser com Caetano. Ou então só conseguira porque era uma criança na época. Era isso, era isso. Sua mente era outra, sua vida era outra, tudo era outro. O passado era o passado é lá ficara para sempre, pois nem notícias de Caetano tinha mais. Talvez nem vivo mais ele estivesse. Pronto! Era isso: o passado havia morrido a partir daquele momento! Não teria nem as lembranças daquela época. Afugentá-las-ia para sempre – assim não torturaria seus pensamentos a procura de uma resposta que ele nem sabia se existia.

Ele vinha pensando tudo isso, e quando chegou ao carro, notou que uma lágrima havia escapado de seus olhos. Por que ela havia fugido? Não soube explicar, também não sabia se queria explicação. Ligou o carro, saiu do estacionamento e foi pra casa.

Naquela noite, ele dormiu com o filho abraçadinho e chorou por um bom tempo sem que o menino percebesse. Seu choro era a forma de esquecer o incidente que cometera. Era isso, o choro ia lavar o que restava do passado. As lembranças de Caetano lhe vieram à mente com tal intensidade, que jurou tê-lo no quarto olhando-o, enquanto ele chorava de olho fechado. As mesmas lembranças de Caetano lhe trouxeram uma sensação de vazio tão grande que ele se convenceu – pelo menos naquele instante – que o amara de fato, que o quisera para ser seu par e que, só não levou adiante essa vontade, porque os dois foram separados. Ele nunca entendeu ao certo que tinha sido aquilo, mas tinha a certeza de que Caetano era a pessoa mais especial que conhecera. A doçura de seu olhar, o jeito tímido e a sua forma despretensiosa de amar era unicamente dele; nunca mais encontrou em nenhuma outra pessoa a metade do que vira no amigo. As dúvidas que lhe surgiram com a presença de Daniel foram em função de ainda querer rever Caetano. Talvez não necessariamente para viver com ele uma história – talvez pelo menos para terminar a que quase tinham iniciado.

No meio de devaneios e preocupações e dúvidas, pediu a Deus que lhe desse um lume. Mais exatamente, pediu que Deus colocasse Caetano na sua frente, para que ele pudesse se entender e entender tudo o que significava a relação que existiu entre eles.

O avião aterrissou em Rio Branco às quatro horas da tarde, os passageiros desembarcaram e aguardaram no saguão, até que suas bagagens fossem trazidas e colocadas na esteira. O padre Bernardo pegou suas malas e se dirigiu à saída, onde um carro da igreja lhe esperava na frente do aeroporto. O padre usava uma blusa de mangas compridas, calças sociais pretas, e uma camisa *clergyman*. Ele se tornara um homem bonito, corpo forte, olhos expressivos, sobrancelhas grossas e bem delineadas, barba farta. Algumas mulheres o olharam com certa malícia, o que lhe causou uma vontade de rir. Ele se dirigiu até o carro, entrou, e deixou o lugar.

Estava no lugar onde há dezoito anos seu amigo foi morar e dele não mais tivera notícias. O carro ia andando em velocidade média, e o padre ia contemplando a paisagem rural. As fazendas, os animais pastando lhe remeteram o lugar onde crescera. Sentiu saudade de sua família. Como estaria sua mãe e seu pai? Tinha-lhes escrito avisando que estava chegando a Rio Branco e que iria visitá-los em breve, sem data prevista. Sua mãe nunca lhe deixara de escrever, mantendo-o a par de tudo que se passava. Às vezes, nas cartas, ela falava da saudade que sentia de Elizabeth. Ele também sentia e lamentava muito o que havia acontecido.

O carro continuou o seu trajeto e ele ia olhando a cidade pela qual só passara há um tempo, quando saíra de Cruzeiro e foi para São Paulo. Agora, iria ficar ali até quando determinassem. De certa forma, sentia-se feliz por estar ali, e no fundo de sua alma, havia um desejo estranho, que ele negava para si mesmo, de, um dia, rever Cláudio. Tentou afastar sua imagem para não sofrer, mas sentia ainda uma vontade de vê-lo. Gostaria de olhá-lo nos olhos. Agora seria tudo diferente, o tempo lavava tantas coisas em sua vida. Lavara, sem dúvidas, aquele sentimento que lhe deu prazer e dor. Ele tinha convicção de que o desejo de ver Cláudio era pelo respeito e pela amizade que tinha por ele. Era a mais pura manifestação de um amor fraternal. Ele era agora um servo de Deus e tudo que faria seria somente pelo trabalho divino. Era isso: queria vê-lo como um homem que trabalha para Deus, que prega suas palavras, que abranda algumas dores.

Capítulo Dezenove

O carteiro era um sujeito magro, estatura mediana, cabelos crespos, e olhos incrivelmente azuis. Tinha os dentes meio taramelados, mas um sorriso encantador. Deveria ser umas dez horas da manhã, quando ele bateu palmas na frente da casa.

Uma senhora de cabelos grisalhos e passos um pouco lentos já pela idade veio recebê-lo. Ela o olhou afetivamente e ele retribuiu com um sorriso. Enfiou a mão na bolsa amarela e tirou dois envelopes, entregou-os a ela e fez sinal de ir-se em seguida. Ela lhe agradeceu ao pegar os envelopes. Em seguida, ele se ajeitou na bicicleta e saiu.

A senhora pegou os envelopes e os direcionou aos olhos. Era uma carta de seu filho. Ah, que bom! Fazia tempo que não recebia carta dele. O outro envelope não tinha um remetente, tinha apenas um endereçamento postal. Deveria ser para Osvaldo, mas não. Era o seu nome que estava escrito como destinatário. De quem seria? Sem muita pressa, entrou para poder lê-los.

Quando entrou, sentou-se no sofá da sala, arrumou o vestido florido que usava.

– Teresa, trás os meus óculos! Carta de Caetano!

Teresa entrou na sala segundos depois, trazendo-lhe os óculos. Ela tinha envelhecido um pouco. Os cabelos começavam a branquear e era possível ver pequenas rugas rodeando-lhe os olhos. Tinha ainda a postura jovem, o sorriso também.

Para Marta, o tempo tinha passado mais inexoravelmente. Ela já não tinha mais o viço da beleza, e mesmo o sorriso não tinha o mesmo encanto, embora ainda fosse aconchegante. Os olhos haviam se amiudado mais e as sobrancelhas já não eram tão erguidas. Uma pequena papada agora habitava abaixo do queixo, e as rugas desenhavam a experiência de vida que tivera. Os cabelos estavam bem branqueados e a boca não tinha mais o desenho firme de outrora. Em seu coração ainda morava a mesma esperança de que tudo sempre daria certo.

O tempo havia se passado porque deveria ser assim. Ele lhe fizera o favor de amenizar algumas dores, como a de ter perdido sua filha daquela forma trágica. Ainda tinha na mente as lembranças dela muito jovem e bonita, sorrindo, pedindo-lhe o conforto do colo.

– Cadê Osvaldo? Ainda está lá atrás?

– Sim, senhora. Vou chamar.

Minutos depois, um homem de cabelos grisalhos, olhos miúdos, corpo encurvado, gestos lentos, entrou na sala e se sentou ao lado da esposa. Ele ainda tinha o olhar sério e o jeito carrancudo, mas a velhice lhe adoçara mais o semblante.

– Carta de Caetano, meu velho – ela mostrou-lhe o envelope que acabara de abrir.

Tirou de lá a carta, que era muito curta e a leu em voz alta.

A felicidade de todos foi visível tal qual o sol que entrava pela janela. Ela então pareceu em festa. Seu filho estava mais perto e em breve viria visitá-los. Ah, que saudades tinha dele! Seu coração estava em festa e em festa ficaria mais quando ele fosse visitá-la. Por quanto tempo esperou aquela missiva com aquela notícia?

Depois de ter lido a primeira carta, abriu o outro envelope e começou a lê-lo. O texto dizia:

Querido papai e mamãe,

Eu lutei muito comigo mesma até tomar coragem de lhes escrever. Mas o tempo passa muito rápido e tenho medo de que seja tarde demais. Espero que esteja bem com todos vocês.

Pode parecer estranho, mas sou a filha que há dezoito anos vocês acreditaram que tinha morrido. Isso não é uma brincadeira, é a carta de uma filha que teve de viver todo esse tempo fugindo do que fez no passado, que agora, não podia deixar de ver seus pais, a quem nunca esqueceu.

Mamãe e papai, eu moro hoje em Rio Branco e quero revê-los, mas não posso ir até aí – e vocês sabem por quê. Mas gostaria que vocês viessem para cá, para conhecer minhas filhinhas gêmeas.

O envelope não tinha meu nome, porque eu não poderia usá-lo. E hoje também não me chamo mais Elizabeth, chamo-me Isabel. A história de tudo isso eu conto quando vocês chegarem. Por favor, basta que venham e me liguem quando chegarem aqui. Este é o número 3227-6756.

Por enquanto é só. O resto eu falo quando vocês estiverem aqui. Quanto a essa carta, não preciso pedir que ela seja destruída. Guardem apenas o número em algum lugar.

Beijo de sua filha que esteve ausente por circunstâncias da vida,

Elizabeth.

Marta não acreditou quando terminou de ler a carta. Osvaldo também estava estupefato. Como aquilo era possível? Dezoito anos tinham se passado, era impossível! Oh, Senhor, obrigado se aquilo for verdade! Os olhos de ambos não se aguentaram de alegria e se desfizeram em lágrimas grossas. O coração também manifestou sua alegria, aumentando seu ritmo, como se dançasse.

A notícia, que eles esperavam desde aquela noite fatídica, em que foram até a delegacia e que desistiram quando encontraram aquele corpo, havia chegado numa carta sem remetente. Por que chegara depois de tanto tempo? Por que não viera naquela mesma noite para aliviar-lhes o coração? Quantas lágrimas derramadas, quantas noites mal dormidas, quantas tristezas! A dor reinara naquela casa por tanto tempo, que um dia se fora e eles nem perceberam. E agora vinha a alegria, a vitória.

Marta entregou-se aos prantos e foi preciso que Teresa corresse em seu socorro. A idade não permitia que ela tivesse uma emoção daquelas. Osvaldo parecia ser mais forte, embora o choro também lhe houvesse dominado.

– Calma, meu bem, é a notícia mais magnífica que já recebemos. Nossa filha está viva! Viva!

Os dois se abraçaram numa ternura tão grande, que os olhos de Teresa marejaram, fazendo-a levar as mãos sobre a boca e entregar-se também ao pranto. A felicidade havia chegado àquela casa por meio de uma carta. Bendita carta era aquela, a qual quis guardar, embora soubesse que devia ser destruída, e logo.

Como aquela senhora já tinha sofrido, pensou Teresa, em sua dor íntima. Ela tivera de enfrentar lá atrás a traição do marido, a perda da filha, a sexualidade do filho, a sedução de Paulo, com seu jeito canalha, a morte de seu irmão Manuel, misteriosamente assassinado. Era uma mulher forte, não havia como negar. Teresa poucas vezes ou nunca vira mulher com tanta fibra – não talvez por ir à luta, mas por resistir, porque para resistir é preciso força. A filha, graças a Deus, aparecia agora, dando-lhe duas netas – entes que ela tinha certeza de nunca possuir. O filho, embora tivesse passado pelo constrangimento de ser quase violentado pelo caseiro na frente da mãe, tinha tomado um rumo bonito. Deus estava com ele, ela tinha certeza. E Paulo, que o diabo o levasse para bem longe, com sua beleza sedutora, com seu charme encantador, com sua canalhice. Ela ficara, resistira também à dor da traição, da decepção, porém, criou o filho com a ajuda da patroa, a quem nunca deixou, de quem virou mais que amiga. Seu filho era um lindo rapaz de dezessete anos, moreno como o pai e de olhos tão lindos quanto. No entanto, tinha outro caráter, respeitava os outros e sabia amar, pois sua mãe tivera o fardo aliviado pelo amor que dele emanava, com seus olhos aconchegantes. Andava já de namoros, e era rapaz respeitador, conhecia limites, embora a beleza lhe abrisse caminhos e diminuísse os limites. Ele era ponderado, educado.

Marta o amava como todos ali naquela fazenda. Osvaldo tinha pelo menino muito apreço, e dele se orgulhava muito. Por isso, ele o mandara estudar na cidade. O rapaz tinha ido muito feliz, porque se sentia amado como aprendera a fazer com os que o rodeavam. Ele se tornara para aquela família um filho, e um filho bom.

Marta também enfrentara a dor de ter seu irmão morto misteriosamente, embora ela soubesse o motivo. Manuel não era um homem de poucos prazeres e também não era de muitos limites. Havia se envolvido em escândalos num lugar muito pequeno, muito fechado a questões daquele tipo. Sua sexualidade não era para aquele lugar, embora ele insistisse em ficar por lá. A sua solidão lhe atraiçoou sem que ele se desse conta. A companhia pretendida, esperada não era o que ele merecia, não era o que, no fundo, ele desejava. Viveu-a iludido por pequeno espaço de tempo, até que a realidade lhe esbofeteou o rosto e lhe mostrou a dor da infidelidade, da promiscuidade, da desonra. De repente, seu mundo não fazia mais sentido, não era mais o mesmo, e sua idade avançava mais rapidamente. Seu coração guardava segredos que não podiam sequer pensar em sair de lá. Deveria lá morrer, matando-o também. Se ele pensou em expor seus limites, suas dores, seus envolvimentos, alguém o calou uma noite dessas com um tiro certeiro. Ele se fora daquela forma estúpida, sem poder dizer o que sentia, o que queria, o que eram as pessoas, pois se tinha alguém que ali conhecesse as pessoas era ele. Nenhum habitante daquele ramal tinha a capacidade de estudar o ser humano mais que Manuel. Infelizmente, a ignorância dos outros havia calado mais uma voz, que não queria muito, apenas viver em paz, com seus segredos e seus desejos proibidos.

Marta havia vivido tudo aquilo. Era forte aquela mulher, Teresa assentiu para si mesma. Depois enxugou as lágrimas cristalinas que lhe molharam o rosto, também marcado pelo tempo, pela dor e pela alegria de ser mãe e ter um filho bom.

Quando o detetive, que contratou para encontrar seu irmão e o seu amigo Caetano, contou-lhe que Caetano estava em Rio Branco, Cláudio não pôde acreditar. Ficou alguns minutos em total silêncio, enquanto o detetive do outro lado do telefone falava sozinho. Ele tinha contratado o detetive para ver se conseguia notícias de seu irmão, Maurício. Depois, achou que poderia usá-lo também para encontrar Caetano. Em Rio Branco? Como poderia prever que ele estava em Rio Branco, tão perto dele?

O detetive então lhe explicou que ele tinha chegado a Rio Branco recentemente e que antes estava numa cidadezinha no interior de São Paulo, onde cuidava de uma igreja. Uma igreja? O susto de Cláudio foi maior quando o detetive lhe explicou que ele realmente tinha se tornado um padre e que não atendia mais pelo nome de Caetano, senão pelo nome de Bernardo. Então a tia de Caetano não lhe tinha mentido quando lhe disse que ele estava no seminário.

Não deu importância a ela porque achou que ela tinha feito aquilo para afastá-lo do seu sobrinho. Então ele era um padre, e pelo que o detetive lhe dissera, um padre muito querido. Oh, Deus! Por que Caetano tinha optado por aquele caminho? Teria ele descoberto o dom do sacerdócio? Ou aquela decisão estava atrelada ao seu passado? Ao passado em comum que os dois tinham? Não, não poderia ser. Ele havia descoberto um dom e com certeza estava executando-o com presteza. Ele era assim, dedicado, cuidadoso. Sempre fazia tudo com capricho. Uma felicidade tomou conta de Cláudio, porque ele achou lindo o amigo ter-se tornado um padre.

Com certeza, ele nem lembrava mais do passado; com certeza esquecera aquilo que ambos deveriam esquecer; com certeza Caetano soubera enterrar o passado e superá-lo. Ora, mas ele também tinha superado o seu! Se tinha lembranças ainda vivas daquela época era porque... porque ele não precisava excluí-las de sua vida. Tê-las não significava que ficara preso a elas. Ele também tinha superado tudo aquilo. Só tinha vontade de reencontrá-lo como quem tem vontade de rever um grande amigo, nada mais!

Precisava então visitá-lo, precisava descobrir onde estava. Queria vê-lo logo, conversar, saber como ele estava, em que tinha mudado, como tinha ficado. Tinha de... Tinha? O que ele iria ver? O que iria saber? Iria em busca de quê? De uma pessoa que nem o reconheceria e nem se lembraria dele? Por que estava tão entusiasmado? Aquilo era ridículo! O tempo passara e foi bom que isso tivesse acontecido. Por que ele agora queria vê-lo? Se quase vinte anos se passaram e os dois não se reencontraram, por que isso agora? Era melhor deixar tudo como estava e manter a imagem de Caetano como da última vez que o vira. Era melhor guardar o menino Caetano junto com o passado que se fora há muito tempo.

Era isso. Não havia nada para fazer. O passado... deveria ficar lá, junto com suas lembranças.

Isabel tinha prometido para si mesma que não deixaria mais a vida levar as pessoas de quem tanto gostava. Sabia que não poderia mudar os desígnios dela, mas o que pudesse fazer para adiar as dores ou evitá-las, iria fazer. Por isso, tinha mandado uma carta para os seus pais. Sabia que os dois ainda estavam vivos, no entanto, haviam envelhecido, como tudo que está suscetível ao tempo. Não poderia mais perder tempo, por causa do medo que guardava só consigo. Pedira para os pais virem até ela porque não poderia ir até eles. O certo é que tinha de vê-los urgentemente. Se a morte a levasse ou levasse um dos dois? Ela não poderia esperar mais para contar-lhes tudo o que tinha acontecido e contar o principal, que ela não morrera, que estava viva e esperando por eles.

Já bastava ter enterrado o homem de sua vida e Dolores. Não queria mais perder ninguém, queria ganhar um pouco nada vida. Agradecia a Deus por nunca ter sido descoberta e por ter encontrado Bruno, Dolores e as filhas, enfim, por ter paz. Que paz? Ela tinha uma paz limitada. O medo a perseguiu sempre, por onde ela fosse. Isso não era paz, era tormento. Tivera sim, um homem que a amou profundamente, que lhe deu duas filhas lindas; tivera uma amiga que lhe foi como mãe; tinha uma cunhada magnífica, que lhe ouvia, aconselhava-a. Entretanto, não tinha a paz completa; vivia ainda como uma fugitiva, uma estranha; vivia uma vida que não era completamente sua. Criara uma vida nova, porque a sua tivera de deixar para trás. Nasceu Elizabeth e fora obrigada a viver Isabel. Gostava no nome, todavia, sentia nele algo de falso, de impostor, o que de fato era, mesmo que fosse uma necessidade. Gostaria de ser sempre chamada de Elizabeth. Sentia que renunciar a si mesma era pior que renunciar a qualquer riqueza. Ela tivera de ser outra pessoa, para poder ser um pouco de si mesma, para poder viver. Não se arrependia da troca que havia feito, mas se pudesse escolher, teria feito outro caminho na vida. Contudo, como aprendeu com Dolores, não há outros caminhos senão aqueles que temos de fazer.

Não queria nem pensar mais naquilo. Queria ver os pais, dar-lhes um abraço, senti-los, beijá-los. Era isso! Queria ver também seu irmão, que agora era padre, como ficou sabendo. Como ele deveria estar? Como deveriam estar seus pais? Era isso que ela queria. Rever as pessoas a quem tanto amava. Não queria mais viver apenas de lembranças e vontades e saudades. Queria concretizar seus anseios.

Já duas semanas se passara desde que enterrara o corpo de Dolores, mesmo que parecesse tão próximo o tempo em que o fizera. Era assim mesmo: o tempo se ia, e vinha em forma de lembranças e saudades bater-nos à porta, dando-nos a impressão de que ele não se tinha passado. Ela sentia que o tempo se encurtava às vezes, principalmente quando ele trazia coisas tristes.

Naquele dia, ele só lhe trouxe felicidades. Não conseguiu ir ao aeroporto buscar os pais. Estava tão nervosa, que Suzy achou melhor ela esperá-los em casa. Suzy os buscaria. Isabel concordou e ficou em casa em nervos. Deu milhares de volta pela sala, roeu as unhas feitas no dia anterior. Bebeu água, suco, fez um ritual de desespero, até que ouviu o barulho do carro de Suzy invadindo a casa. Pensou em sair, não teve coragem. Resolveu esperar dentro de casa.

Ficou ali, de frente para a porta, esperando que ela fosse aberta para que ela pudesse correr para os braços do pai e da mãe. Oh, Senhor, por quanto tempo esperou ela por aquele encontro! E era chegada a hora de ele acontecer. Os pais estavam ali a metros apenas dela, prontos a abrir a porta.

Quando a porta se abriu, a primeira imagem que ela viu foi de uma senhora de grisalhos cabelos. Oh, Senhor, era ela! Era ela! Ela não pôde mais se conter, correu para os braços daquela mulher que adentrava sua casa. O abraço foi terno, desesperado, louco. Com os braços, conseguiu abarcar os dois, a mãe e o pai, e abraçados ficaram por minutos. Descrever a beleza daquele abraço é impossível porque não há palavras que possam dizer o que só era para ser visto. Narrá-lo poderia tirar-lhe a beleza, que era natural, natural como a saudade que o tornava ainda mais belo. As testemunhas do momento mais mágico do trio familiar eram Suzy e as duas meninas gêmeas, que chegaram em seguida e olhando a cena ficaram.

Os três estavam ali abraçados, juntos, como se o tempo não tivesse passado. Como se o tempo não tivesse passado? Ele tinha passado, sim. Não apenas passou, mas massacrara aquelas três pessoas. Não por culpa sua, porque era essa a sua missão: passar. Passar e levar consigo o que os homens fazem para si mesmos. Ele era apenas um mensageiro, um anunciante. As dores existiam não por causa dele, elas existiam porque precisam existir. Ele, às vezes, até as levava consigo, aliviando os mortais de carregá-las para sempre. Quem as traziam de volta não era o tempo, senão a saudade, as lembranças. Elas eram responsáveis pelas dores que o tempo tentava levar e elas não deixavam. O tempo só cumprira o seu papel, mais nada.

Depois do abraço, Marta avistou as netas de cuja existência ficou sabendo há poucas semanas. E que lindas eram elas! Eram Elizabeth quando menina, dessa vez duplicada. Era felicidade demais. Seria ela merecedora de tudo aquilo? Claro que era! E não seria? Tudo aquilo que agora lhe proporcionava uma alegria lhe fora tirado há muito tempo. Então era direito dela, aquilo era dela. Aquelas netas tinham de ser suas, e se não fossem, foi força das circunstâncias da vida. Ela correu para abraçar as meninas, que nada entenderam, só quando sua mãe lhes disse:

– É a vovó de vocês. É a mamãe da mamãe – e como fora prazeroso dizer aquilo, assumir aquilo. Poder dizer para as filhas que ela tinha uma mãe, que tinha um pai.

As lágrimas rolavam diante daquela cena. Depois era o seu pai a abraçar as netas. As netas que ele nunca achou que fosse ter, uma vez que o filho havia escolhido o sacerdócio, e a filha... a filha estava ali com as suas duas filhinhas lindas.

Aquelas cenas foram se multiplicando e multiplicando. Depois delas, foram as conversas. Eram tantas perguntas e respostas e lágrimas e lamentações e tudo de novo que tudo representava aquilo que se romperam horas e horas. Conversaram sem parar, recuperando o que haviam perdido. Elizabeth então sentiu falta de Caetano. Perguntou a mãe sobre ele, se ele já sabia, quando iria poder vê-lo. Antes mesmo que ela tivesse as respostas pela boca da mãe, um homem bem vestido, alto, bonito entrou pela sua porta. O homem a lembrava... a lembrava Caetano.

Correu para abraçar o irmão, que a recebeu com lágrimas e sorrisos. Foi mais um abraço forte e terno. Oh, Senhor, seu irmão! Um homem! Um padre! Lindo, encantador! E todos estavam ali, todos. Tinha sua família de volta, sua felicidade, sua vida, que roubada lhe fora pelo destino, pelos desígnios da vida. Não comportava em seu peito tanta felicidade. Não fosse a força que Deus lhe dera, não teria resistido a tudo o que se passava diante de seus olhos.

Caetano olhou a mãe, o pai, a irmã... e as sobrinhas, tão lindas, tão parecidas com Elizabeth quando pequena! Naquele momento, ele se perguntou como era possível que o passado pudesse voltar e de forma tão intensa. Porque era o passado tudo aquilo. Era como se tivessem deixado passar dezoito anos e agora voltassem a viver. Tinham se separado e agora estavam todos juntos. Eram três e agora, seis. Ele não demonstrou, mas uma dor forte na cabeça lhe veio diante de tanta emoção. Ele não conseguiu se preparar para reencontrar a irmã. Seu corpo não tinha tanta força, ele pensou. Ele ainda veria muita coisa e sentiria ainda muita emoção – boa – ele esperava, boa.

Capítulo Vinte

uando o padre Bernardo celebrava uma missa, todos os fiéis eram um só, como para o ator a plateia é um só elemento. Embora fossem várias faces que o olhassem, não havia distinção entre um e outro. Isso o tranquilizava porque assim não se desconcentrava olhando para um ou outro rosto. A palavra de Deus era então o cerne da celebração, era nela que ele se atinha, sem descuidar nem um segundo sequer.

Aquela missa de domingo seria mais uma dentre as várias que já celebrara, mas havia um diferencial: seus pais, sua irmã e suas sobrinhas estavam assistindo. Era a primeira vez que ele celebrava uma missa com a presença da família. Essa novidade o deixou um pouco excitado, mas não a ponto de retirar-lhe a concentração. Ele era um profissional e sempre agia conforme exigia o sacerdócio. Era de uma incrível concentração que lhe valeu muito os elogios que recebera no seminário. Fora um exemplo a ser seguido e era comentado sempre que os padres falavam da disciplina no seminário. Era a sua marca: fazer tudo com perfeição.

Ele subiu no altar na hora exata em que tinha programado para começar a missa, sete e meia da manhã. A igreja era um pouco menor do que a que cuidava em São Jorge, mas era muito bonita, toda enfeitada com flores e cortinas de renda branca nas paredes. As janelas eram altas também, porém, eram mais estreitas; os bancos eram mais bonitos, em madeira escura entalhada; o teto era uma grande abóbada oval, cuja sustentação era de madeira também entalhada. No altar, pendia virado para a porta, bem no alto, um grande crucifixo feito de madeira apenas descascada, onde Cristo estava suspenso e olhando a todos os que ali entravam.

Um considerável número de fiéis havia lotado a igreja. Era a primeira missa dele naquela igreja para aquele público, assim que entrou, já gostara do que vira. Os fiéis, que estavam sentados e conversando, levantaram-se quando ele entrou exibindo um sorriso paterno. O silêncio se fez, e ele iniciou o ritual.

No segundo banco do lado direito, sua família o assistia com grande júbilo. Ele os vira e ficara feliz por tê-los ali. Sentiu uma vontade ainda maior por exercer o ofício que escolheu e por sentir que fazia algo que tinha agradado à família. Conforme foi executando a sua tarefa, que com prazer imenso fazia, ia olhando os fiéis, procurando senti-los e conhecê-los aos poucos, uma vez que eles estariam ali outras vezes. Gostava de ter um contato direto com a comunidade, e era isso que o deixava saudoso da longínqua São Jorge. Tinha uma nova comunidade e logo se adaptaria a ela, conhecê-la-ia aos poucos e logo estariam integrados. As crianças viriam para as aulas de catecismo, os grupos de jovens cantariam e tudo seria uma alegria. Por isso, ele olhava os fiéis, querendo, inclusive, que eles se sentissem olhados pelo padre para que o sentissem. Quando se sentia olhando para todos, como se fossem um grande bloco, era porque olhava um por um da mesma forma como se olhasse apenas um.

Na sua observação de mirar os fiéis, ele viu um rosto que nada estranho lhe pareceu. Não poderia ser... seria coincidência demais, seria... Ele olhou mais e mais, para ter certeza de que era... Estava diferente, mais velho... estava... Seria? Ou seria alguém que tinha traços parecidos? Deveria ser isso, só podia. Ele olhou de novo e então pôde concluir... O homem lhe sorriu amistosamente. Não tinha mais dúvida! Era ele, era ele! Cláudio estava na primeira fila do lado esquerdo. Oh, aquele sorriso ainda era o mesmo!

De repente, sentiu-se meio tonto. Não esperava vê-lo, quem diria tão cedo e de tão perto! Não, Senhor, não podia ser! Agora não, não sem avisá-lo, prepará-lo. Ele fizera todas as análises que tinha de fazer para saber o que ainda sentia por aquele homem que lhe sorria agora, e não conseguia chegar a uma conclusão definitiva. Tinha várias conclusões, embora só quisesse acreditar na de que esquecera o passado e dele não tinha mais medo. Mas ele tinha! Um pavor tomou conta dele, quando reconheceu o velho amigo de há tantos anos. Ele tinha os mesmos olhos carinhosos, o mesmo sorriso sincero e charmoso. Era o passado batendo à sua porta e implorando para entrar. Entretanto, ele não queria abri-la, não podia, não tinha forças, não estava preparado.

Mesmo tentando disfarçar, o padre Bernardo continuou a sentir uma tontura, uma dor de cabeça, que se intensificava rapidamente. Ele tentou se controlar, disfarçar. Mal tinha iniciado a missa. Tinha de ir até o fim, era a sua missão. Foi por isso que entrou na igreja, para exercer seu sacerdócio. Não foi para isso? Não, não fora. Ele entrou porque queria fugir das lembranças, da saudade dilacerante de um amor impossível, de um amor que ele julgou errado, um pecado. Foi por isso que ele entrou na igreja, para se esconder, para ocultar os seus sentimentos. Ele entrou na igreja por covardia, medo. Não, não! Não podia ser! Quase vinte anos de estudos e muita dedicação para poder se ver livre daquele sentimento de apego, de desejo, de saudade. Não adiantou nada, nada! Bastou vê-lo novamente para que tudo voltasse, para que o mundo caísse como caíra quando o amigo se foi sem se despedir, quando ele perdeu o amor de sua vida, a pessoa que passou a ser a sua razão de viver. Como tudo estava ainda vivo, só aguardando por um despertar! Ele foi despertado pelo sorriso que mais tentou esquecer e com o qual mais sonhou noites e noites, naquele quarto de seminário, onde buscou purgar os erros, os desejos.

As dores estavam aumentando, aumentando. Ele não iria aguentar, Senhor! Ele iria cair! Não estava aguentando! Estava perdendo as forças! A dor estava aumentando! Sua vista estava escurecendo! O mundo estava girando! Era o passado! Era o presente! Era o beijo de Cláudio, seu abraço, seu sexo! Era Deus lhe olhando e apontando-lhe o dedo em condenação! Era o diabo rindo, gargalhando! Era ele chorando e Cláudio partindo! Era a escuridão! Era a escuridão! Não aguentava mais, não! Senhor!

Em uma fração de segundos, o padre foi perdendo o equilíbrio e o seu corpo pesado não resistiu, caindo de bruços. Os fiéis olharam espantados, e houve um grande tumulto dentro da igreja. Os familiares correram em seu auxílio. A missa tinha sido interrompida.

O médico não trazia boas notícias. Marta pressentiu, mas esperou que ele falasse, pois tinha esperança de que o filho estivesse bem. O homem gordo e de óculos quadrados iniciou:

— Eu não tenho boas notícias.

Todos se estremeceram.

— Fisicamente, ele sofreu um início de derrame, mas está bem.

Graças a deus!

— Mas ele não está bem mentalmente, está perturbado com alguma coisa. Está sob efeito de tranquilizante. Agora vamos esperar que ele acorde, para vermos como vai se comportar.

O coração de Marta se apertou de um jeito que ela precisou se sentar. Temeu pelo filho. Osvaldo e Isabel foram mais fortes, mas não menos preocupados com o que ouviram. O que estava acontecendo com Caetano? Tomara que tudo desse certo, que ele acordasse bem e que não ficasse com nenhuma sequela.

Eles se sentaram no grande sofá verde no corredor do hospital. Não conversaram nada, apenas pensavam cada um consigo mesmo, pedindo a Deus que ele ficasse bem. Deus iria ajudá-lo e ele acordaria bem.

Como o médico recomendara que todos fossem pra casa descansar, eles deixaram o hospital e foram para a casa de Isabel. O hospital os informaria se houvesse alguma mudança no estado dele. Era preciso deixá-lo dormir para que tudo ficasse bem. Quando ele acordasse, eles voltariam.

Ele acordou no dia seguinte, ainda sob efeito dos sedativos, mas muito pouco. Contudo, o médico observou que ele ainda não estava em seu estado normal. Não reconhecia ninguém e parecia conversar e olhar para pessoas que não estavam dentro da sala. Seu rosto, de repente, pareceu o de uma criança. Ele se levantou da cama e foi até a janela, de onde ficou olhando lá para fora, concentrado em algo que o médico não viu. Aquilo exigia mais observação e mais exames. Mentalmente, o padre não estava bem. Ele estava louco, pelo menos era o que suas atitudes denotavam. Além das ações de Caetano, a experiência do médico ratificava o estado de loucura na qual se encontrava o padre Bernardo.

A família foi informada de tudo o que estava acontecendo. O médico lhes disse que estava esperando os exames e a avaliação de um neurologista e um psiquiatra, visto que tudo poderia ser somente uma reação ao que ele sofreu. O estado dele poderia melhorar e não ser caso de psiquiatria. Tinha de dar tempo ao tempo. Os exames diriam uma parte das respostas. Era só esperar.

A família esperou uma semana, duas, três, mas o estado de Caetano continuava o mesmo, com alguns agravos. Ele agora conversava baixinho, quase em sussurro com alguém que ninguém via. Os enfermeiros ficavam olhando o padre sentado no chão, riscando o piso como se desenhasse e escrevesse, mas sem nada na mão. Às vezes, ele se sentava na cadeira e ficava horas olhando para o mesmo lugar, com os olhos meio perdidos. Muito raramente reagia ao que lhe falavam ou perguntavam. Era como se ele não estivesse ali. Era com se estivesse em outro lugar, conversando com pessoas reais, e aqui, as pessoas o assistissem.

Os médicos já não tinham mais dúvidas, os exames também não – Caetano estava louco.

Aquilo foi um choque para a família. No momento em que sentiram a felicidade voltando e os abraçando, acontecia aquilo com Caetano, que estava tão feliz, tão bonito. Marta era a que mais sofria, via-se isso em seus olhos, em sua tristeza, em seu ato cabisbaixo. Osvaldo também sentia uma dor profunda pelo que acontecera ao filho, do mesmo jeito que Isabel sentia o que se passava. E os três lamentavam o que não podiam mais fazer por ele. De repente, tinham perdido o homem Caetano, e, em seu lugar, ganharam uma criança, que vivia em seu mundo sozinho.

Os dias se passavam e eles já começavam a se acostumar com a realidade, sempre na esperança de que, do mesmo jeito que ele tinha adormecido naquele mundo, ele acordaria e tudo voltaria a ser como antes, tudo voltaria de onde tinha parado. Entretanto, a vida não parava. Por isso, eles estavam ali marcados pela vida, a vida não parou por dezoito anos para que eles começassem de onde tinham parado. Tinham de prosseguir, e não começar de onde pararam. Se Caetano acordasse e voltasse a esse mundo, prosseguiria, assim como prosseguira quando voltara para o passado, em que repousava um segredo que só ele e Cláudio sabiam. Talvez se ele tivesse condição de prosseguir, não tivesse perdido o leme do barco da vida.

Se o seu irmão tinha voltado, se Lúcia estava melhor e já conversava com ele sem escândalo, se seu pai estava feliz com a volta do filho, Cláudio ainda trazia consigo uma dor. Ele viu a cena mais horrível de sua vida e não pôde fazer nada. Ele viu uma cena muito provavelmente causada pela sua presença. Viu quando Caetano o reconheceu. Foi depois disso que ele teve o ataque, foi depois disso que ele ficou do jeito que ficara. Estava acompanhando pelos jornais. O padre tinha ficado louco, não falava com ninguém, não reconhecia ninguém, conversava sozinho. Ele não podia fazer nada. Era o seu amigo, era Caetano, o menino sonhador que nutria por ele o mais puro dos sentimentos. Agora era um espectro, um corpo sem vida que olhava sem rumo, sem direção ou em direção sem sentido.

Ele estava lá quando tudo aconteceu, mas a multidão lhe impediu de fazer algo. Fazer o quê? Não havia nada que ele pudesse fazer. A família estava lá, até mesmo a irmã que tinha sumido e aparecido morta há muito tempo. Não entendeu direito o que tinha acontecido, mas não procurou entender. Como a missa tinha sido interrompida, foi para casa, levando consigo a insatisfação, a raiva, a culpa, o remorso, o medo. Como queria que o encontro entre os dois fosse diferente, fosse terno, fosse um reencontro. Nada podia ser do jeito que queria, não tinha o poder de mudar as coisas. Se tivesse, ainda seriam duas crianças adolescentes na busca do conhecimento de si mesmas; se tivesse o poder, não seria aquele homem marcado por um sentimento velho e que ainda o sufocava.

No dia em que leu no jornal que Caetano tinha ficado louco, ele chorou como uma criança que perde a mãe. Ele se trancou no quarto e chorou, chorou. O choro deveria levar consigo a dor daquele homem, que não era nada mais que o reflexo de uma criança que foi feliz e que tivera sua felicidade interrompida, uma criança que trazia do passado marcas que nunca curariam, uma vez que elas eram sinais da vida, de que um dia ele vivera intensamente.

Epílogo

O homem brincava com um pedaço de papelão. Quem o visse de longe, assim brincando com aquela singeleza, não diria que ele fora um padre e que tivera uma longa vida, cheia de intempéries, emoções, batalhas. Era a imagem de uma criança, que habitava no corpo de um homem. Caetano estava sentado no chão, encostado na parede e tinha entre as pernas esticadas as mãos e o pedaço de papelão amassado. O corredor do hospital psiquiátrico era grande e ele estava lá no fim, como se quisesse ficar só. Ele olhava para o papel e depois mirava seus olhos para frente, como se estivesse olhando para alguém, embora não houvesse ninguém ali na sua frente havia.

Havia do seu lado direito. Um homem forte e bonito contemplava-o ternamente, observando-lhe os gestos, os olhares, a forma como ele mirava o nada. O homem tinha grossas lágrimas em seus olhos e um grande aperto em seu coração. Ele olhava tão fixamente para Caetano, que se ele virasse os olhos para o homem, ninguém estranharia.

O homem pegou sua mão e a segurou, acariciando-a. As lágrimas rolaram no instante em que ele tocou em Caetano. Depois, ele começou a falar:

– Oh, Caetano, eu nem sei o que dizer. Eu fui à igreja te ver porque queria ter certeza de que você estava bem e para matar minha saudade, que é tão grande que você nem imagina. Durante tanto tempo eu convivi com o que nós fizemos, imaginando se um dia eu iria encontrar alguém que me amasse do jeito que você me amou naquela época. Alguém a quem eu pudesse amar como eu também te amei. Alguém que eu pudesse amar como eu ainda te amo. O que aconteceu com a gente? O que aconteceu com você? Eu te mandei um monte de cartas e você nunca me respondeu. Mas eu nunca fiquei com raiva de não ter recebido a resposta. Só fiquei triste... até que um dia, eu desisti. Hoje eu sei que elas não chegaram até você. Eu as tenho ainda, e como gostaria de ler para você, para que você soubesse o quanto eu sofri também quando nos separamos. Eu me casei, tive um filho lindo, que batizei com o seu nome, em sua homenagem. Eu fiz uma porção de coisas, mas nada apagou o que eu sinto por você. Parece uma coisa louca, estranha, mas é, Caetano, eu te amo. É uma pena que mais uma vez o destino tenha nos maltratado. – O homem falava lentamente e a cada frase que construía, uma lágrima rolava pelo seu rosto.

De longe, os dois pareciam duas crianças, pois uma serenidade desenhava-os com cores suaves e alegres.

Cláudio continuou:

– Qualquer dia desse eu venho trazer o meu filho para você conhecer.

De repente, ele se calou. Deixou as lágrimas caírem e ficou ali sentado, olhando para o amigo, esperando que ele acordasse daquele mundo. Depois de várias horas ali, sentado, Cláudio se levantou, despediu-se de Caetano, e se foi.

Quando Cláudio já estava longe, a enfermeira que vinha passando ao lado de Caetano, que permanecia sentado, ouviu-o balbuciando uma palavra, um nome:

– Cláudio.

Ela lhe sorriu e continuou a caminhar pelo corredor.

Lá fora, Cláudio se torturava com seus pensamentos. Ele não queria que Caetano sofresse, sentia muito por ele. Cláudio só não entendia que no novo mundo de Caetano tudo era perfeito, não havia sofrimento, não havia dor, saudade, tristeza, não havia nada que faz do homem escravo da esperança. Lá, naquele mundo só dele, onde ele era feliz finalmente, não havia marcas de amores e segredos.

Quando Isabel desceu a escada do banco, por estar apressada demais, não olhou direito, e acabou esbarrando num homem, deixando cair uns papéis que trazia consigo. Ele era alto, um senhor já, tinha cabelos grisalhos, era meio careca e usava um bigode. Ela pediu desculpas e ele lhe sorriu com simpatia, ajudando-a juntar os papéis.

Ele lhe entregou os papéis que tinha juntado e ela lhe agradeceu. Mirou-a por um tempo, como se buscasse sua imagem num lugar mais distante, no fundo de sua memória. Ele, muito gentil e com outro sorriso nos lábios, respondeu-lhe:

– De nada, menina Elizabeth.

O AUTOR

SERGIO SANTOS nasceu em Belo Horizonte (MG), em 1980, mas se mudou para o Acre em 1982, indo morar em Cruzeiro do Sul, no Acre. Desde 1990, mora na Capital, Rio Branco. Formou-se em Letras/Português, pela UFAC, onde fez Mestrado em Letras/Linguagem e Identidade, e onde é professor efetivo de Língua Portuguesa, desde 2009. É doutor em Estudos Linguísticos, pela UNESP/Câmpus de São José do Rio Preto.

Na literatura, é autor de *O regresso*, romance urbano publicado em 2011. É autor também de vários poemas, contos e crônicas, muitos dos quais já foram publicados em várias coletâneas nacionais, como: *20 cabeças e 22 contos imperdíveis* (conto "De saudades verduras"); *A nova literatura acreana* (poema "Angústia"); *A nova literatura acreana vol. II* (romance "De Amores e Segredos", conto "Da janela"); *IV concurso de sonetos "chave de ouro"* (soneto "Se é doce o favo da jataí, querido"); *Do fundo de nossa alma* (soneto "Vou dormir, pois me chega o sono agora"); *VI CLIP – Concurso Literário de Presidente Prudente* (conto "O muro" e o soneto "A complexa vastidão de tua alma"); *Versos soprados pelos ventos do outono* (soneto "Erguida sobre a cova ela contempla); *Amar. Viva esse espetáculo* (soneto "Vontade"); entre outros.